# Schitterend Kwaad

Rebecca James

# SCHITTEREND KWAAD

*Vertaald door Marja Borg*

MOURIA

Uitgeverij Mouria en drukkerij Bariet vinden het belangrijk om op milieuvriendelijke en verantwoorde wijze met natuurlijke bronnen om te gaan


Oorspronkelijke titel: *Beautiful Malice*
Vertaling: Marja Borg
Omslagontwerp: DPS/Davy van der Elsken
Omslagfotografie: Millennium Images/Hollandse Hoogte

ISBN 978 90 458 0197 1
NUR 285

www.mouria.nl
www.watleesjij.nu

# DEEL EEN

*Ik ben niet naar de begrafenis van Alice geweest.*

*Ik was toen zwanger en helemaal uitzinnig van verdriet. Maar het was niet Alice om wie ik verdriet had. Nee, tegen die tijd haatte ik Alice al en was ik blij dat ze dood was. Het was Alice die mijn leven had verwoest, die me het beste wat ik ooit had gehad, had afgepakt en in duizend niet meer te repareren stukjes kapot had gesmeten. Ik huilde niet om Alice, maar vanwege haar.*

*Maar nu, vier jaar later en oneindig veel gelukkiger, eindelijk gesetteld in een aangenaam en regelmatig leventje met mijn dochter Sarah (mijn lieve, o zo serieuze kleine Sarah), wou ik soms dat ik toch naar Alice' begrafenis was gegaan.*

*Het punt is dat ik Alice af en toe zie – in de supermarkt, bij het hek van Sarahs kinderdagverblijf, op de sociëteit waar Sarah en ik soms voor weinig geld een hapje gaan eten. Ik vang vanuit mijn ooghoeken een glimp op van Alice' glanzende, stroblonde haar, haar modellenlichaam, haar opvallende kleren, en blijf dan staan kijken, met een bonzend hart. Al heel snel herinner ik me dan weer dat ze dood is, weg, dat ze het onmogelijk kan zijn, maar ik moet mezelf toch dwingen om naar haar toe te lopen, om mezelf ervan te overtuigen dat ik niet word achtervolgd door haar geestverschijning. Van dichtbij zien die vrouwen er soms hetzelfde uit, hoewel ze nooit, helemaal nooit, net zo mooi zijn als Alice. Het komt echter vaker voor dat ze bij nader onderzoek totaal niet op haar lijken.*

*Ik draai me dan om en ga verder met wat ik dan ook aan het doen was, maar alle warmte is uit mijn gezicht en lippen getrokken en mijn vingertoppen tintelen onaangenaam van de adrenaline. En altijd weer is mijn dag verpest.*

*Ik had naar de begrafenis moeten gaan. Ik had niet hoeven huilen of doen alsof ik wanhopig was. Ik had verbitterd kunnen lachen en in de grafkuil spugen. Dat had echt niemand wat kunnen schelen. Als ik maar had gezien dat ze haar kist in de grond hadden laten zakken, dat ze aarde in haar graf hadden gegooid, dan had ik zekerder geweten dat ze echt dood en begraven was...*

*Dan zou ik, diep vanbinnen, weten dat Alice voorgoed weg was.*

# 1

'Kom je ook?' Alice Parrie kijkt me glimlachend aan.

Het is lunchtijd en ik zit in mijn eentje onder een boom, verdiept in een boek. 'Wat?' Ik houd een hand boven mijn ogen en kijk op. 'Waar moet ik komen?'

Alice geeft me een stukje papier.

Ik pak het aan en begin te lezen. Het is een felgekleurde fotokopie van een uitnodiging voor Alice' feest ter ere van haar achttiende verjaardag. *Komt allen!! Neem je vrienden mee!!* staat er. *Gratis champagne! Gratis eten!* Alleen als je zo populair en zelfverzekerd bent als Alice kun je met zo'n uitnodiging komen aanzetten; een wat alledaagser type zou het gevoel hebben dat hij om gasten smeekte. Waarom ik, vraag ik me af. Ik weet wie Alice is, iedereen weet wie Alice is, maar ik heb nog nooit een woord met haar gewisseld. Ze is een van die meisjes – mooi, populair – die je gewoon niet over het hoofd kunt zien.

Ik vouw de uitnodiging doormidden en knik. 'Ik zal het proberen. Klinkt leuk,' lieg ik.

Alice kijkt me een paar seconden aan. Dan laat ze zich met een zucht naast me neerzakken, zo dichtbij dat een van haar knieën zwaar tegen de mijne rust.

'Je gaat het helemaal niet proberen.' Ze grijnst.

Ik voel dat ik bloos. Hoewel mijn hele leven soms één grote façade lijkt, een muur van geheimen, kan ik niet goed liegen.

Ik staar naar mijn schoot. 'Waarschijnlijk niet.'

'Maar ik wil dat je komt, Katherine,' zegt ze. 'Dat zou ik echt heel fijn vinden.'

Het verbaast me dat Alice weet hoe ik heet, maar wat me nog meer verbaast – nee, ik vind het zelfs erg moeilijk te geloven – is dat ze wil dat ik op haar feest kom. Op Drummond High kent bijna niemand me en ik heb er geen echte vrienden. Ik kom en ga stilletjes, in mijn eentje, en volg de lessen. Ik probeer zo min mogelijk aandacht te trekken. Het gaat redelijk goed op school, maar ik haal geen buitensporig hoge cijfers. Ik doe niet aan sport en ben van geen enkele club lid geworden. En hoewel ik weet dat ik dit – als een soort schaduw door het leven gaan – niet eeuwig kan volhouden, komt het me voorlopig wel goed uit zo. Ik verstop me, dat weet ik; ik ben een lafaard, maar op dit moment is het nodig dat ik onzichtbaar ben, dat ik het soort meisje ben dat geen nieuwsgierigheid opwekt. Zo zullen ze nooit hoeven weten wie ik in werkelijkheid ben, of wat er in Melbourne is gebeurd.

Ik sla mijn boek dicht en begin mijn lunchspullen in te pakken.

'Wacht.' Alice legt een hand op mijn knie.

Ik kijk haar zo koeltjes mogelijk aan, en ze trekt hem weer weg.

'Ik meen het,' vervolgt ze. 'Ik wil echt graag dat je komt. Ik vond het fantastisch wat je vorige week tegen Dan zei. Ik wou echt dat ik zulke dingen kon bedenken, maar dat lukt me gewoon niet. Daar ben ik gewoon niet snel genoeg voor. Weet je, het zou nooit in me zijn opgekomen om de gevoelens van die vrouw op die manier op te vatten. Pas toen ik hoorde hoe je Dan op zijn nummer zette, snapte ik het. Ik bedoel, dat was echt heel goed; het klopte precies wat je zei, en je hebt Dan goed te kakken gezet, die idioot.'

Ik weet meteen waar Alice op doelt – de eerste en enige keer dat ik mijn dekking liet zakken, mezelf even vergat. Ik ga niet meer zo snel tegen mensen in. Ik doe juist erg mijn best om dat in mijn dagelijkse leven te vermijden. Maar de manier waarop Dan Johnson en zijn vrienden zich twee weken geleden gedroegen, stuitte me zo tegen de borst dat ik mijn mond niet kon houden. Er was een gastspreker die het had over carrièreplanning en toelatingseisen voor de universiteit. Ik geef meteen toe dat het een saai verhaal was dat we al duizenden keren hadden gehoord, en de vrouw die het praatje hield, was zenuwachtig, dus ze stotterde en aarzelde en praatte in verwarrende cirkelredeneringen, wat alleen maar verergerde naarmate de meute luidruchtiger en onrustiger werd. Dan Johnson en die enge vriendjes van hem maakten daar misbruik van. Ze verstoorden de boel opzettelijk en waren zo wreed dat de vrouw uiteindelijk huilend van vernedering wegliep. Toen het allemaal voorbij was, ging ik in de gang achter Dan staan en tikte hem op de schouder.

Dan draaide zich om met een zelfvoldane blik op zijn gezicht; het was duidelijk dat hij een soort goedkeuring voor zijn gedrag verwachtte.

'Weet je wel wat je die vrouw hebt aangedaan?' begon ik, aangevuurd door woede, met een verbazingwekkend krachtige stem. 'We hebben het hier wel over haar leven, Daniel, haar carrière, haar professionele reputatie. Jouw zielige roep om aandacht is voor haar een enorme vernedering. Ik heb echt medelijden met je, Daniel, je moet wel erg kleinzielig zijn om iemand zo de grond in te willen stampen, iemand die je niet eens kent.'

'Je was echt te gek,' vervolgt Alice. 'En eerlijk gezegd was ik hartstikke verbaasd. Ik bedoel, volgens mij was iedereen verbaasd. Niemand durft zo tegen Daniel te spreken.' Ze schudt haar hoofd. 'Echt niemand.'

Nou, ik wel, denk ik bij mezelf. Mijn echte ik wel tenminste.

'Het was bewonderenswaardig. Moedig.'

En dat woord geeft de doorslag: moedig. Ik wil zo graag moedig zijn. Ik wil de lafaard in me zo graag uitwissen, kapotmaken en vernietigen dat ik geen weerstand meer aan haar kan bieden.

Ik sta op en hang mijn tas over mijn schouder. 'Oké,' zeg ik tot mijn eigen verbazing. 'Oké, ik kom.'

# 2

Alice wil per se dat we ons samen klaarmaken voor het feest. Ze komt me op de dag van het feest vlak na de lunch afhalen in haar auto, een gehavende oude Volkswagen, en neemt me mee naar haar huis. Onderweg, terwijl ze voortdurend van rijbaan wisselt en veel sneller rijdt dan iemand met een voorlopig rijbewijs officieel mag, vertelt ze me dat ze alleen woont, op een eenkamerflatje in de binnenstad. Ik ben verbaasd, echt stomverbaasd. Ik had verwacht dat iemand als Alice wel bij liefhebbende ouders in een comfortabel huis in een buitenwijk zou wonen. Ik had verwacht dat ze wel zou worden verwend en vertroeteld, dat er voor haar zou worden gezorgd (net zoals vroeger bij mij het geval was), en het feit dat ze alleen woont, maakt haar ineens interessanter, gecompliceerder dan ik had gedacht. Het is wel duidelijk dat Alice en ik meer gemeen hebben dan ik dacht.

Ik wil haar wel duizend vragen stellen – Waar zijn haar ouders? Hoe kan ze zich een eigen flatje permitteren? Is ze wel eens bang? Voelt ze zich wel eens eenzaam? – maar ik houd mijn mond. Ik heb zelf ook zo mijn geheimen en uit ervaring weet ik dat je, als je vragen stelt, het risico loopt zelf ook aan een kruisverhoor te worden onderworpen. Het is veiliger om niet al te nieuwsgierig te zijn naar anderen, het is veiliger om niets te vragen.

Haar flat bevindt zich in een vierkant bakstenen gebouw dat er nogal doorsnee uitziet. Het trappenhuis is donker en weinig uitnodigend, maar wanneer we bij haar appartement aanbelanden, buiten adem na vier trappen te zijn op gerend, doet ze de deur open en zie ik een ruimte vol kleur en gezelligheid.

Aan de donkeroranje muren hangen grote abstracte schilderijen in felle kleuren. Over twee enorme, zacht uitziende banken zijn donkerrode lappen stof gedrapeerd waarop kleurige, exotische kussens liggen. Overal staan niet-brandende kaarsen.

'Voilà! Mijn nederige stulpje.' Alice trekt me naar binnen en kijkt me verwachtingsvol aan terwijl ik de kamer in me opneem. 'Hoe vind je het? Ik heb alles zelf gedaan. Je had het eens moeten zien toen ik hier kwam wonen, heel saai en kaal allemaal. Het is een wonder wat je met een beetje kleur kunt doen. Het enige wat er eigenlijk voor nodig is, is een beetje creativiteit en een likje verf.'

'Hartstikke cool,' zeg ik. Ik moet bekennen dat ik een beetje jaloers ben. Alice' huis is funky en ziet er veel jeugdiger uit dan het moderne, minimalistische appartement waar ik woon.

'Echt waar? Vind je het echt mooi?'

'Ja,' zeg ik lachend. 'Echt waar.'

'Gelukkig. Ik wil namelijk dat je het hier net zo mooi vindt als ik, want ik wil dat we hier heel vaak samen zijn. Ik zie het al helemaal voor me; we zullen hier heel vaak samen zijn, in deze kamer, lekker kletsen en tot diep in de nacht onze diepste geheimen aan elkaar vertellen.'

Ik heb wel eens gehoord dat charmante, sterke persoonlijkheden je het gevoel kunnen geven dat je de enige mens op de hele wereld bent, en ik snap nu helemaal wat ze daarmee bedoelen. Ik weet niet precies wat Alice doet, of hoe ze het doet – iemand anders zou een veel te gretige, zelfs kruiperige indruk maken – maar door de overstelpende aandacht van Alice heb ik het gevoel dat ik de moeite waard ben en krijg ik het gewoon warm bij de gedachte dat ze me volledig begrijpt.

Een kort, krankzinnig ogenblik lang stel ik me voor dat ik haar mijn geheim vertel. Ik zie het allemaal duidelijk voor me. Alice en ik in deze kamer; allebei een beetje aangeschoten, giechelig en blij, en ook een heel klein beetje verlegen, dat gevoel dat je bekruipt wanneer je net een nieuwe vriendin hebt gevonden, een speciale vriendin; ik leg mijn hand op haar knie zodat ze haar mond houdt, zodat ze snapt dat ik iets belangrijks wil zeggen, en dan vertel ik het haar. Ik vertel het haar snel, zonder te stoppen, zonder haar aan te kijken. En wanneer ik ben uitgepraat, is ze lief en vergevingsgezind en begripvol, precies zoals ik hoopte. Ze omhelst me. Alles is goed en ik voel me lichter omdat ik het heb verteld. Ik ben vrij.

Maar dit is alleen maar een droom. Een idiote fantasie. Ik vertel haar niets. Ik draag mijn gebruikelijke outfit bestaande uit een spijkerbroek, laarzen en een blouse, en ik heb wat make-up bij me om op te doen voordat we naar het feest gaan. Alice wil echter per se dat ik een jurk aantrek. Haar kast puilt uit van de jurken, in allerlei kleuren en lengtes en stijlen. Ze moet er minstens honderd hebben, en aan sommige ervan hangt nog een prijskaartje. Ik vraag me af waar ze het geld vandaan haalt, hoe ze zich al die kleren kan veroorloven, en weer kom ik bijna in de verleiding om ernaar te vragen.

'Ik heb iets met kleren.' Ze grijnst.

'Goh, het is dat je het zegt,' reageer ik lachend.

Alice begint jurken uit de kast te trekken. Ze gooit ze op bed. 'Hier. Zoek er maar eentje uit. De meeste heb ik nog nooit gedragen.' Ze houdt een blauwe omhoog. 'Vind je deze mooi?'

De jurk is best mooi, maar ik heb al een andere gezien die ik graag zou dragen. Rood, met een paisley-motief; een omslagjurk met een koord om de taille, gemaakt van een of andere rekstof. Het is een jurk die mijn moeder in de jaren zeventig had kunnen dragen en die heel mooi past bij mijn hoge laarzen.

Alice kijkt naar me. Lachend pakt ze de rode jurk van bed. 'Deze?'

Ik knik.

'Hij is prachtig, hè?' Ze houdt de jurk voor haar lichaam en kijkt in de spiegel. 'En duur ook. Van Pakbelle and Kanon. Je hebt een goede smaak.'

'Hij is heel mooi. Waarom doe je hem zelf niet aan? Het prijsje zit er nog aan, je hebt hem nog nooit gedragen. Je hebt hem vast bewaard voor een speciale gelegenheid.'

'Nee hoor. Ik doe iets anders aan. Iets bijzonders.' Alice houdt de jurk voor me op. 'Trek eens aan.'

De jurk zit me als gegoten en, zoals ik al had verwacht, past hij goed bij mijn laarzen. Het rood staat ook mooi bij mijn donkere huid en haren, en in de spiegel glimlach ik tevreden naar Alice. Ik voel me opgewonden, blij dat ik erin toe heb gestemd om mee te gaan.

Alice loopt naar de keuken en pakt een fles uit de koelkast. Het is champagne. Roze.

'Mmm,' zegt ze, terwijl ze de fles kust. 'Mijn enige ware liefde. En vanaf gisteren mag ik nog officieel drinken ook!'

De kurk op het plafond mikkend, maakt ze de fles open en schenkt, zonder me te vragen of ik wel wil, ons beiden een glas in. Ze neemt het hare mee naar de badkamer waar ze zich gaat douchen en omkleden, en wanneer ze weg is, pak ik mijn glas en neem een heel klein slokje. Ik heb geen alcohol meer gedronken sinds de avond waarop mijn familie is verwoest. Geen druppel. Maar ja, ik heb sinds die tijd ook niets leuks meer gedaan met een vriendin, en dus breng ik het glas nog een keer naar mijn mond en sta mezelf toe om te genieten van het gevoel van de bubbeltjes tegen mijn lippen, op mijn tong. Ik laat nog een klein slokje door mijn keel glijden en verbeeld me dat ik het effect ervan meteen merk, de alcohol die door mijn aderen stroomt, die mijn lippen laat tintelen en me licht in het hoofd maakt. De champagne is zoet en drinkt gemakkelijk weg, als een vruchtensapje, en ik moet me beheersen om niet alles in één keer op te drinken.

Ik proef aandachtig van iedere slok en geniet ervan hoe mijn lichaam zich steeds meer ontspant naarmate ik meer drink. Wanneer het glas leeg is, voel ik me een stuk gelukkiger, luchtiger, zorgelozer – als een normaal meisje van zeventien – en ik laat me op Alice' kleurige bank vallen en giechel om niets in het bijzonder. En daar zit ik nog steeds, glimlachend, genietend van de aangename zwaarte van mijn lichaam op het kussen, wanneer Alice weer de kamer in komt.

'Wauw, Alice. Je ziet er...' Ik haal mijn schouders op, niet in staat een passend woord te vinden. 'Je ziet er fantastisch uit!'

Ze steekt haar armen in de lucht en draait een rondje op haar tenen. 'Dank u wel, *miss* Katherine,' zegt ze. Alice is heel mooi; opvallend mooi. Ze is lang en heeft volle borsten en lange, welgevormde benen, en haar gezicht is de volmaaktheid zelve: glinsterende donkerblauwe ogen, een goudglanzende huid.

Hoewel ik ook niet echt lelijk te noemen ben, voel ik me naast Alice echt een grijze muis.

Terwijl we op de taxi wachten, neemt Alice onze glazen mee naar de keuken om ze bij te vullen. Wanneer ik opsta om mijn glas aan te pakken, voel ik me een beetje duizelig. Het is geen onaangenaam gevoel – eerlijk gezegd voel ik me helemaal op mijn gemak, ontspannen en relaxed. En dit gevoel, deze lichtzinnige blijheid, deze gewaarwording dat de wereld een welwillend en vriendelijk oord is, komt me ineens heel bekend voor, en het dringt plotseling tot me door hoezeer dat gevoel me angst inboezemt. Dat is wat alcohol met je geest doet – je denkt dat je niet meer op je hoede hoeft te zijn, dat de wereld wel voor je zorgt – maar ik weet dat dit gevoel van veiligheid slechts een gevaarlijke illusie is. Door de alcohol neem je risico's die je anders niet zou nemen, door de alcohol maak je domme keuzes. En beter dan wie ook weet ik hoe verschrikkelijk de gevolgen van één verkeerde keuze kunnen zijn. Met die gevolgen leef ik nog elke dag.

Hoewel ik het glas gewoon aanpak, doe ik alleen maar alsof ik ervan drink; ik laat de vloeistof mijn lippen nauwelijks beroeren, en wanneer de taxi komt, giet ik de rest in de gootsteen.

Alice heeft de balzaal boven in het Lion Hotel gehuurd. Het is een bijzonder grote, chique ruimte, met enorme houten ramen en een prachtig uitzicht over de stad. Er zijn witte ballonnen, witte tafelkleden en er treedt een bandje op. Cateraars poetsen champagneglazen op, en er staan schalen met duur uitziende hapjes. En omdat het een privéfeest is, wordt er niet naar onze identiteitsbewijzen gevraagd wanneer Alice voor ons allebei een glas champagne haalt.

'Te gek, zeg.' Ik neem Alice nieuwsgierig op. 'Hebben je ouders dit allemaal voor je georganiseerd?'

'Nee.' Alice haalt minachtend haar neus op. 'Die weten nog niet eens hoe ze een barbecuefeestje zouden moeten geven, laat staan zoiets als dit.'

'Wonen ze in Sydney?' vraag ik.

'Wie?' Ze fronst haar voorhoofd.

'Je ouders.'

'Nee. Nee, gelukkig niet. Ze wonen in het noorden.'

Ik vraag me af hoe Alice het zich kan veroorloven om in Sydney te wonen, waar ze haar huur van betaalt. Ik was ervan uitgegaan dat ze geld van haar ouders kreeg, maar dat lijkt me nu onwaarschijnlijk.

'Hoe dan ook, het is erg aardig van je om zo'n groot feest voor je vrienden te geven,' zeg ik. 'Ik geloof niet dat ik ooit zo gul zou zijn. Ik zou het geld liever aan mezelf uitgeven. Aan een wereldreis of zoiets cools.'

'Noem je dat aardig?' Alice haalt haar schouders op. 'Dat is het niet echt. Ik ben gek op feesten. Vooral wanneer ik het feestvarken ben. Ik kan niks leukers bedenken. En trouwens, naar het buitenland gaan trekt me helemaal niet.'

'O nee?'

'Ik ken daar niemand, en niemand kent mij. Wat heeft het dan voor zin?'

'O.' Ik lach, terwijl ik me afvraag of ze een grapje maakt. 'Ik kan wel wat dingen opnoemen die me leuk lijken. Zwemmen in de Middellandse Zee, de Eiffeltoren zien, de Chinese Muur, het Vrijheidsbeeld... plus het feit dat je er niemand kent. Dat moet toch een enorm gevoel van vrijheid geven?' Ik merk dat Alice me sceptisch aankijkt. 'Trekt dat je echt helemaal niet aan?'

'Nee, ik vind het hier leuk. Ik vind mijn vrienden leuk. Ik hou van mijn leven hier. Waarom zou ik hier weg willen?'

'Omdat...' Net als ik haar wil vertellen over mijn grote nieuwsgierigheid naar de rest van de wereld, over mijn fascinatie voor vreemde talen en andere gewoontes en gebruiken, voor de geschiedenis van de mensheid, worden we onderbroken door de eerste gasten die binnenkomen.

'Alice, Alice!' roepen ze, en ineens wordt ze omringd door mensen. Sommigen ervan herken ik van school, anderen, wat oudere lui, heb ik nog nooit eerder gezien. Sommigen zijn erg formeel gekleed, in lange jurken en pakken met das, anderen gewoontjes, in spijkerbroek en T-shirt, maar ze hebben allemaal één ding gemeen: ze willen allemaal een stukje van Alice, een ogenblikje van haar tijd; ze willen haar onverdeelde aandacht, haar aan het lachen maken. Allemaal, zonder enige uitzondering, willen ze dat Alice hen leuk vindt.

En Alice speelt haar rol met verve, ze geeft al haar gasten het gevoel dat ze welkom zijn, stelt hen op hun gemak, maar om de een of andere reden kiest ze ervoor om het grootste gedeelte van de avond met mij door te brengen. Met haar arm door de mijne gestoken, sleept ze me van groepje naar groepje en betrekt me bij elk gesprek. We dansen samen en roddelen over wat iedereen aanheeft, over wie met wie flirt en wie zich tot wie aangetrokken lijkt te voelen. Ik vermaak me uitstekend. Ik heb in geen jaren zoveel plezier gehad. En terwijl ik daar ben, denk ik geen enkele keer aan mijn zusje, en ook niet aan mijn doodongelukkige ouders. Ik dans en ik lach en ik flirt. Ik vergeet, voor een poosje, de avond waarop ik de verschrikkelijke waarheid over mezelf leerde kennen. Ik vergeet de avond waarop ik ontdekte dat ik in het diepst van mijn ziel een schandelijke, verachtelijke lafaard ben.

# 3

Na het feest van Alice doet iedereen op school duidelijk een stuk aardiger tegen me. In de gangen wordt er door leerlingen die ik niet herken naar me geglimlacht en geknikt, en enkelen kennen tot mijn verbazing zelfs mijn naam en roepen: 'Ha, Katherine!' En in de lunchpauzes komt Alice steevast bij me; ze gaat naast me zitten en maakt me aan het lachen met verhalen over de andere leerlingen, roddelweetjes over mensen die ik nauwelijks ken. Het is leuk en ik ben erg blij met haar gezelschap, blij dat ik niet meer alleen ben.

Ik vraag me niet af waarom ze met me wil omgaan. Per slot van rekening was ik het gewend om populair te zijn, ik was het gewend dat mensen me aardig vonden. Alice zegt dat ze vriendinnen wil worden, ze lijkt van mijn gezelschap te genieten en ze luistert aandachtig naar alles wat ik zeg. Dus ben ik dankbaar en gevleid en blij. En voor het eerst sinds Rachels dood voel ik iets van geluk.

De donderdag na haar feest bel ik Alice met de vraag of ze zin heeft om op zaterdagavond bij me te komen. Ik woon bij mijn tante Vivien, de zus van mijn vader. Ik vind het fijn bij haar, ze is warm en gemakkelijk in de omgang en ik ben blij dat ik niet meer in Melbourne woon, dat ik mijn middelbare school kan afmaken in een stad waar niemand van Rachel of van de zusjes Boydell heeft gehoord. Ik ben veel alleen omdat Vivien vaak op zakenreis is en als ze in het weekend vrij heeft, gaat ze vaak weg met vrienden. Ze zegt steeds dat ik toch vooral mensen bij me thuis moet uitnodigen en vindt het blijkbaar raar dat ik geen sociaal leven heb, maar ik ben gewend geraakt aan mijn eigen gezelschap en vind het fijn om helemaal zelf te kunnen kiezen wat ik eet, naar welke programma's ik kijk en naar welke muziek ik luister.

'Ik kook,' zeg ik.

'Te gek,' zegt Alice. 'Hopelijk kun je het een beetje.'

'Ja hoor. Koken is een van mijn vele geheime talenten.'

'Geheim?' Alice is even stil. 'Vast niet je enige, hè?'

Ik lach, alsof het idee alleen al absurd is.

Op zaterdag ga ik naar de markt om boodschappen te doen. Voor Rachels dood, toen we nog een gezin vormden, kookte ik vaak, dus ik weet wat ik doe en wat ik nodig heb. Ik koop alle ingrediënten – kippenbouten, kardemom, yoghurt, gemalen koriander, basmatirijst – voor een van mijn lievelingscurry's. Op die manier kan ik alles van tevoren klaarmaken, en als Alice er dan is, kunnen we kletsen terwijl de curry staat te pruttelen en steeds lekkerder wordt.

Ik ben er zo aan gewend geraakt om alles voor mezelf te houden, privé, ik heb zo mijn best gedaan om mensen op afstand te houden, dat het me verbaast dat ik echt uitkijk naar Alice' bezoek. Ik weet niet wanneer of hoe het idee van vriendschap en vertrouwelijkheid zo aanlokkelijk werd, maar plotseling is de gedachte aan een nieuwe vriendin om gewoon wat lol mee te kunnen maken onweerstaanbaar voor me. En hoewel ik nog steeds bang ben te veel los te laten, me er nog steeds bewust van ben dat een vriendschap riskant kan zijn, lukt het me niet om dit opwindende gevoel te onderdrukken.

Ik kom thuis, maak de curry klaar en ga me dan douchen en aankleden. Omdat het nog een uur duurt voordat Alice komt, bel ik mijn ouders. Mijn vader en moeder en ik zijn ongeveer een jaar geleden alle drie uit Melbourne vertrokken. Er waren daar te veel mensen die ons kenden, te veel mensen die wisten wat er met Rachel was gebeurd. We konden het opvallende gefluister en de medelijdende en nieuwsgierige blikken die ons overal volgden gewoon niet meer aan. Ik ben bij Vivien gaan wonen om mijn middelbare school af te maken op Drummond, een van de grootste middelbare scholen in New South Wales, zo groot dat ik me met niemand zou hoeven bemoeien en gewoon in de massa zou kunnen opgaan. Mijn ouders kochten een huis een paar uur rijden naar het noorden, in Newcastle, vlak bij het strand. Ze wilden natuurlijk dat ik met hen meeging en hielden me voor dat ik te jong was om al uit huis te gaan. Maar hun droefheid werd me te overweldigend, hun aanwezigheid alleen al te verstikkend, en dus probeerde ik ze ervan te overtuigen dat Drummond de perfecte school was, dat mijn levensgeluk ervan afhing, en uiteindelijk gaven ze toe.

'Met de familie Boydell.' Het is mijn moeder die opneemt. Toen ik verhuisde, heb ik een nieuwe achternaam aangenomen en ik gebruik nu de meisjesnaam van mijn grootmoeder, Patterson. Het was verbazingwekkend gemakkelijk om mijn oude naam van me af te schudden – heel gemakkelijk, op papier tenminste, om een nieuwe persoon te worden. Ik mis mijn oude naam wel. Maar die hoort bij mijn oude ik; de vrolijke, zorgeloze, sociale ik. Katherine past beter bij de nieuwe, rustigere uitvoering. Katie Boydell bestaat niet meer. Rachel en Kathy Boydell, de beruchte zusjes Boydell, zijn niet meer.

'Mama.'

'Lieverd, ik wilde je net bellen. Papa en ik hadden het over je auto.'

'O?'

'Nou moet je niet meteen gaan tegensputteren, maar we hebben besloten om een nieuwe voor je te kopen. Tegenwoordig zijn ze een stuk veiliger, met airbags en zo. We hebben het geld ervoor en het voelt gewoon idioot om je in die oude rammelkast te laten rondrijden.'

'Hij is pas acht jaar oud, mam.' Ik rijd in haar oude Volvo, die voor iemand van mijn leeftijd behoorlijk nieuw en truttig is.

Ze gaat verder alsof ik niets heb gezegd. 'We hebben een heel leuke Peugeot gevonden. Behoorlijk compact, echt een snoepje, maar het mooiste is dat hij opmerkelijk goed scoort bij veiligheidstesten. Echt iets voor jou in de stad.'

Het heeft weinig zin ertegen in te gaan. Ik wil haar niet van streek maken, niet moeilijk doen. Sinds Rachels dood is mijn veiligheid nogal een obsessie voor mijn ouders geworden; ze doen alles wat binnen hun macht ligt om ervoor te zorgen dat ik blijf leven, en voor mij zit er weinig anders op dan hun cadeaus, hun bezorgdheid, te aanvaarden.

'Klinkt heel goed, mama,' zeg ik. 'Dank je.'

'Hoe gaat het op school? Zijn je cijfers al wat beter?'

'Ja,' lieg ik. 'Het gaat stukken beter.'

'Ik heb iets gelezen over de studie medicijnen aan Newcastle University. Die is echt behoorlijk vooruitstrevend en staat net zo goed aangeschreven als die van Sydney. Het lijkt op dit moment zelfs dé plek om medicijnen te studeren. Er geven heel wat gerenommeerde artsen les. Denk er maar eens over na, schat. Voor mij. Je zou dan bij ons kunnen wonen, en je weet hoe blij je papa daarmee zou maken, en dan zou je je helemaal op je studie kunnen richten zonder je druk te hoeven maken over de huur of rekeningen of eten. Wij kunnen dan voor je zorgen, het je wat gemakkelijker maken.'

'Ik weet het niet, hoor, mam, ik weet het niet. Op dit moment vind ik Engels heel leuk, en geschiedenis, lezen... Bètavakken zijn niet... Nou ja, ik had eigenlijk wel zin om kunstgeschiedenis of zo te gaan doen. En Sydney bevalt me ook prima, mam.'

'Ja, logisch. Vivien heeft een fantastisch huis en ik weet dat ze het ook fijn zal vinden als je daar blijft. En kunstgeschiedenis is heel leuk om mee te beginnen. Maar het is echt alleen maar een begin, lieverd. Je moet echt de draad weer zien op te pakken. Ooit. Als je eraan toe bent.'

De draad oppakken. Als je eraan toe bent. Preciezer dan dit durft mijn moeder niet te worden; ze durft niet hardop te zeggen wat er met Rachel is gebeurd, wat we hebben verloren, hoe ons leven was voor haar dood. Ik zat in de vierde en het ging erg goed – ik was de beste van de klas. Ik hoopte in de zesde met zulke goede cijfers te slagen dat ik daarna medicijnen kon gaan studeren. Mijn ultieme doel was verloskunde, dat had ik al helemaal zo gepland. Maar toen Rachel stierf, vielen al mijn plannen in duigen, had mijn leven geen enkele richting meer. De draad waar mijn moeder het over had, was gebroken, weggevaagd.

En tijdens die vreselijke tijd ontdekte ik ook dat de bètavakken, al die concrete zaken waar ik zoveel van hield, totaal nutteloos waren bij het begrijpen van verdriet, bij het verwerken van mijn schuldgevoel.

Ik betwijfel op dit moment dan ook of ik die draad ooit weer zal kunnen oppakken. Ik volg nu een andere richting, krijg heel langzaam weer wat vaart, en ik geloof niet dat ik nog een keer van richting wil, of kan, veranderen.

'Ik zal erover nadenken.'

'Mooi zo. Dan zal ik je wat brochures sturen.' Ze lacht, maar ik hoor iets haperen in haar keel, het teken dat dit gesprek haar bijna aan het huilen maakt. 'Ik heb er behoorlijk wat verzameld.'

Ik raak het mondstuk van de telefoon aan, alsof ik haar daarmee kan troosten. Maar troosten is onmogelijk. Haar leven bestaat alleen nog uit gradaties van verdriet.

'Dat geloof ik meteen,' zeg ik zo lief mogelijk.

'Och.' Haar stem klinkt weer kordaat, zakelijk, alle emoties in bedwang. 'Moet je mij nou eens horen doorratelen. Je wilt vast ook nog wel even met papa praten, hè? Hij is er niet, lieverd, maar ik zal hem vragen of hij je straks terugbelt.'

'Dat hoeft niet. Ik krijg een vriendin te eten. Misschien dat ik morgen nog even bel.'

'O, wat fijn dat je iets leuks gaat doen.' Weer die hapering in haar stem, gevolgd door een kort hoestje om haar stem onder controle te krijgen. 'Veel plezier vanavond. Ik zal papa zeggen dat hij je morgen moet bellen. Echt niet bellen, hoor, deze keer zijn wij aan de beurt om te betalen.'

Wanneer ik ophang, voel ik me leeg, alle opwinding over de avond is verdwenen. Ik heb er spijt van dat ik heb gebeld. Ik ben er niet blij van geworden – en ik weet zeker dat mijn moeder zich er alleen maar nog ongelukkiger door is gaan voelen. Zo gaat het tegenwoordig altijd met mijn moeder. Ze is eeuwig aan het praten, aan het plannen, vol ideeën en praktische gespreksonderwerpen. Het is net alsof ze het niet aankan om te zwijgen of zichzelf een ogenblik van stilte toe te staan. Op deze manier voorkomt ze dat ze ruimte heeft voor herinneringen, ruimte om na te denken over wat ze is kwijtgeraakt. Ze voorkomt er ook mee dat degene met wie ze praat iets terugzegt, het ergens over heeft waar ze het liever niet over wil hebben, over Rachel begint.

De moderne manier van rouwverwerking, de zogenaamd juiste manier, is erover praten, jezelf toe te staan om te huilen en te schreeuwen en te jammeren. Mijn therapeut zei dat we erover moesten praten. En in dat lange, lange eerste jaar na Rachels dood, heb ik geprobeerd erover te praten, om uitdrukking te geven aan mijn verdriet, om ons verlies onder woorden te brengen, om toe te geven dat ik wanhopig was. Maar mijn vader wilde niet naar me luisteren en mijn moeder onderbrak me steeds, sneed een ander onderwerp aan, en als ik dan toch doorging, begon ze te huilen en liep ze de kamer uit.

Ik gaf het op. Ik kreeg het gevoel dat ik haar martelde en werd gewoon misselijk van mezelf, van mijn behoeftigheid. Door erover te praten hoopte ik op absolutie, wilde ik uit hun eigen mond horen dat ze mij niet de schuld gaven van wat er was gebeurd. Ik besefte echter al snel dat ik het onmogelijke eiste. Natuurlijk gaven ze mij de schuld – van het feit dat ik laf was geweest, dat ik was ontsnapt, dat ik nog leefde. Als er dan toch een van hun dochters had moeten sterven, dan had ik dat natuurlijk moeten zijn.

Ik geloof ook niet meer dat er zoiets bestaat als een juiste manier om met de dood om te gaan. Je moet gewoon een hele stinkzooi verdriet zien te verdragen – een blijvende, vreselijke last – en erover praten maakt die last er niet lichter op en maakt ook niet dat hij verdwijnt. Rachel is op een onvoorstelbaar afgrijselijke manier gestorven. Woorden zijn nutteloos tegenover die harde waarheid. Rachel is dood. Ze is voor altijd weg en we zullen haar mooie gezicht nooit meer zien, haar muziek nooit meer horen. Ze is dood.

Waarom we ons zouden moeten wentelen in deze realiteit, het er steeds maar weer over hebben, erin pulken en prikken en haar onderzoeken tot onze ogen ervan bloeden, tot ons hart het begeeft van afschuw en van de ongelooflijke droefheid ervan, is me een raadsel. Dat kan onmogelijk helpen. Niets helpt. Als mijn moeder de behoefte heeft om stoïcijns te zijn, om te doen alsof het prima met haar gaat, om haar wanhoop te verbergen achter een doorzichtige sluier van kordate efficiëntie en zakelijke gespreksonderwerpen, dan vind ik dat best. Het is gewoon een van de manieren om door te kunnen gaan met dat gereduceerde leven van haar.

Ik leg mijn wijsvinger op het ronde littekentje boven mijn knie. Het is het enige tastbare bewijs dat ik heb overgehouden aan de avond waarop Rachel is vermoord, de enige tastbare verwonding die ik heb opgelopen. Op die vreselijke dag in Melbourne is het verkeerde meisje gestorven. En hoewel ik niet echt kan willen dat ik dood was in plaats van Rachel – ik ben lang niet moedig genoeg om een martelaar te kunnen zijn – ben ik me er honderd procent van bewust dat het beste zusje van de twee is doodgegaan.

# 4

Toen Rachel het podium op liep, werd het publiek meteen stil. Ze was mooi, lang en opvallend; haar rode fluwelen jurk – die, naar ik wist, mijn ouders een smak geld had gekost – benadrukte haar lengte en présence. Hoewel ze pas veertien was, kon ze op het podium gemakkelijk doorgaan voor een vrouw van in de twintig.

Mijn moeder kneep me opgewonden in de hand en ik wierp haar van opzij een glimlach toe. Ze merkte het niet, want ze staarde in aanbidding naar Rachel op het podium, met om haar mond dat maffe trekje dat ze altijd had wanneer ze heel erg haar best deed om niet breeduit te gaan lachen, en met in haar ogen tranen van geluk. Aan de andere kant van haar probeerde mijn vader haar blik te vangen, maar in plaats daarvan ontmoette hij de mijne; we lachten naar elkaar om mijn moeders gezicht, allebei bijna uit elkaar barstend van trots.

Rachel nam plaats achter de piano, met haar jurk elegant over haar benen gedrapeerd, en begon te spelen. Ze begon het recital met een sonate van Mozart – een mooi, gevoelig stuk, waarvan de melodie me zo vertrouwd was dat ik elke noot, elk fortissimo en elk crescendo kende. Ik keek naar haar, zoals altijd betoverd door de muziek die ze schiep, maar ook door de metamorfose die plaatsvond wanneer ze optrad. Op het podium verdwenen Rachels verlegenheid en onbeholpenheid volledig. Op het podium was ze majestueus, imponerend, dan ging ze zo op in haar optreden en de muziek dat ze zichzelf vergat. Wanneer ze speelde was het nauwelijks voorstelbaar dat ze verlegen en onzeker kon zijn, dat ze nog maar een meisje was.

Tijdens het hele recital, dat meer dan een uur duurde, nam mijn moeder haar ogen geen seconde van Rachel af. Altijd wanneer mijn moeder naar Rachel luisterde, leek ze zichzelf te vergeten, leek ze zich niet meer bewust van de tijd of van waar of met wie ze was en kreeg ze iets tranceachtigs over zich.

Ik speelde ook piano. Technisch was ik behoorlijk bedreven; een jaar daarvoor had ik het zevende jaar met goed gevolg afgesloten en ik won ook vaak wedstrijden op school en op plaatselijke festivals. Maar Rachel was het echte talent; er waren haar al drie verschillende internationale beurzen aangeboden. Wekenlang hadden we het er thuis alleen maar over welke plek ze zou moeten accepteren, die in Berlijn, in Londen of in Boston, om haar droom om concertpianiste te worden te verwezenlijken. Voor mij was pianospelen gewoon een leuke hobby en ik voelde er niets voor om dag in dag uit de hele dag te moeten repeteren. Maar de piano was Rachels grote liefde, haar passie, en ze was voortdurend aan het oefenen.

Rachel was anderhalf jaar jonger dan ik, en hoewel er beweerd wordt dat het oudste kind altijd het meest ambitieuze is, gold voor ons gezin het tegenovergestelde. Rachel was gedreven en ambitieus. Voor mij waren jongens en feestjes en mijn vrienden belangrijker dan iets bereiken op academisch of muzikaal gebied.

Mijn vader en moeder hadden het continu over Rachels toekomst als concertpianiste – haar carrière was alles voor hen. Ik weet dat mensen soms schrokken van wat ze beschouwden als voortrekkerij van mijn vader en moeder, ze schrokken van hun overdreven verafgoding van Rachel en van het feit dat ze duidelijk minder belangstelling voor mij aan de dag legden. Ik weet zeker dat sommige mensen zelfs medelijden met me hadden, omdat ze ten onrechte dachten dat ik me verwaarloosd voelde. Maar zo voelde ik het niet, dat hoefde ook niet – Rachel en ik wilden altijd heel verschillende dingen. Ik vond het prima dat Rachel de briljante zus was. Ik wist hoe hard ze ervoor moest werken om het wonderkind te zijn, en dat trok me totaal niet aan. Ik genoot veel te veel van mijn vrienden en mijn sociale leven. Misschien dat Rachel dan een genie was, ik had veel meer lol – en wat een buitenstaander misschien ook zou denken, ik had altijd het gevoel dat ik het gelukskind was.

Rachel was anders. Anders dan de meeste mensen leek ze geen vrienden nodig te hebben. Dat wilde nog niet zeggen dat ze kil was, of niet van mensen hield, want dat was ze niet en dat deed ze wel. Haar liefde was intens en ruimhartig en ze was vreselijk loyaal aan degenen om wie ze gaf. Maar ze was ook verlegen; in de sociale omgang was ze ongemakkelijk en onbeholpen, en gewoon wat over koetjes en kalfjes praten kon ze al helemaal niet. Ze kon zo stil en in zichzelf gekeerd zijn dat mensen die haar niet goed kenden, dachten dat ze afstandelijk of onverschillig was. Maar wanneer het je wel lukte om haar bij het gesprek te betrekken, dan wist ze je altijd weer te verbazen met hoeveel ze had opgepikt van wat er was gezegd. Ze beschikte over een voor haar leeftijd ongebruikelijke beminnelijke en barmhartige wijsheid en bijna iedereen die zijn best deed om haar beter te leren kennen, moest haar wel bewonderen. Ze was de enige die ik ooit heb gekend die totaal geen last had van jaloezie, hebzucht of kwaadaardigheid, de enige die ik ooit met een engel zou durven vergelijken.

Dus ondanks alles wat er in de kranten stond nadat ze was vermoord – al die pijnlijke speculaties en het misplaatste giswerk over onze verhouding – ben ik nooit uit het oog verloren wat ik werkelijk voelde. Ik aanbad Rachel, zowel toen ze nog leefde als na haar dood. Ik was haar grootste fan en zal dat ook altijd blijven.

# 5

Alice is op tijd voor het eten en ze komt zo vrolijk babbelend en energiek binnenwandelen dat ik me meteen beter voel.

'Mijn god,' zegt ze zacht terwijl ze om zich heen kijkt in Viviens appartement. 'Wat luxe, zeg. Wat een supertrendy ouders heb je.'

'Nee.' Ik schud mijn hoofd. 'Nee, dit is niet het huis van mijn vader en moeder. Ik woon bij mijn tante. Ze is dit weekend weg.'

'Dus we zijn alleen?'

Wanneer ik knik, maakt Alice een vreugdesprongetje en slaakt een gil. 'Yes! God, Katherine, wat ben ik blij. Ik dacht dat je vader en moeder er ook zouden zijn. Dat dit een of andere belangrijke toestand was om me aan je ouders voor te stellen.' Ze rolt met haar ogen. 'Alsof we gingen trouwen of zo. Gelukkig.' Ze schopt haar schoenen uit en begint door de kamer te drentelen om spulletjes te bekijken en een blik op het uitzicht te werpen.

Ik heb me erop voorbereid om Alice te moeten uitleggen waarom ik bij mijn tante woon in plaats van bij mijn ouders, iets over dat Drummond High zo goed staat aangeschreven vergeleken met de scholen in Newcastle, wat overigens niet helemaal onwaar is. Maar ze vindt het appartement zelf veel interessanter dan het hoe of waarom ik hier woon.

'Wat moet het fantastisch zijn om in zo'n stijlvol huis te wonen,' zegt ze, terwijl ze de gang in loopt en snel even in de andere kamers kijkt. Ze schreeuwt en haar stem echoot door de gang. 'Heb je hier al eens een feest gegeven? Vast niet, hè? Laten we dat doen. Dit is zo'n te gek huis. Ik ken massa's mensen die we zouden kunnen uitnodigen... O!' roept ze ineens uit. 'Moet je zien!' Ze pakt een duur uitziende fles van een schap. 'Whisky. Jammie. Daar ben ik gek op. Laten we een glas nemen.'

'Die is niet van mij,' zeg ik. 'Hij is van Vivien.'

'Maakt niet uit. Dan kopen we een nieuwe. Daar merkt je tante niks van.' Ze neemt de fles mee de keuken in, zoekt glazen en schenkt whisky in. Ze is niet zuinig. 'Heb je ook cola?'

Ik schud mijn hoofd. 'Sorry.'

'Het kan ook met water.' Ze loopt naar de kraan om de glazen bij te vullen met water, waarna ze er een aan mij geeft.

Ik neem een klein slokje. De whisky ruikt smerig en smaakt nog smeriger – bitter en droog en heel sterk – en ik weet nu al dat ik het glas niet leeg zal kunnen drinken.

Ik was niet van plan om vanavond alcohol te drinken, ik had er zelfs niet over nagedacht. Maar de gretigheid waarmee Alice wil drinken, drukt me er met de neus op dat ik nauwelijks meer weet hoe het er in de wereld aan toegaat. Niet iedereen is zo bang voor de buitenwereld als ik – niet iedereen heeft zijn billen gebrand.

We nemen onze glazen mee naar de veranda en kijken naar het uitzicht op de stad. Het is voornamelijk Alice die het woord voert, maar ik vind het prima om alleen maar te luisteren en te genieten van haar energie, haar joie de vivre. En ik word er continu aan herinnerd hoe het is om lol te maken met iemand van mijn eigen leeftijd; ik ben continu bezig mezelf weer vertrouwd te maken met een andere uitvoering van mij – een jongere, gelukkigere uitvoering – het meisje dat het normaal vond dat het leven zo in elkaar stak, die vond dat het zo hoorde te zijn: vrij en luchtig en vreugdevol.

'Hallo wereld!' schreeuwt Alice, leunend over de balustrade.

Haar stem echoot om ons heen. 'Hallo wereld!'

Ze draait zich weer naar me om, leunt tegen de balustrade en knikt naar binnen. 'Later wil ik precies zo'n huis. Alleen nog groter. Nog chiquer. Zodat al mijn vrienden kunnen blijven logeren. En ik heb dan ook heel veel hulp.' Ze steekt haar neus in de lucht en zet een kakstem op. 'Ik neem personeel, schat. Huishoudsters. Personal trainers. Butlers. De hele rataplan. Ik neem iemand die iedere avond langskomt alleen maar om de champagne in te schenken.'

'Natuurlijk,' zeg ik. 'Want stel je voor dat je een nagel zou breken. Of vieze vingers krijgt.'

'*Quelle horreur!*' Ze zet grote ogen op en doet alsof ze geschokt is, terwijl ze naar haar handen kijkt. 'Het is gewoon vreselijk gevaarlijk om je met dagelijkse beslommeringen bezig te houden. Nee, daar zal ik mij verre van houden.'

Ik lach. 'En je moet ook een privé-*barista* nemen. Om 's ochtends koffie voor je te zetten.'

'En een kok.'

'Een privémasseur.'

'Kapper.'

'Kledingstylist.'

'Tuinman.'

'Chauffeur.'

'Ja.' Ze gaat op de stoel naast me zitten en slaakt een dromerige zucht. 'Dan hoef ik nooit meer wat te doen. Niemand die mij erop zal kunnen betrappen dat ik net als mijn moeder de hele dag over het huishouden zeur. Daar houd ik me gewoon niet mee bezig. Ik hoef zelfs mijn eigen bad niet te laten vollopen.'

'Maar wat als je er genoeg van krijgt? Van de hele tijd al die mensen om je heen? Misschien hunker je dan wel naar wat tijd voor jezelf.'

'Nee hoor,' zegt ze. 'Waarom zou ik? Het is saai om alleen te zijn. Ik haat het om alleen te zijn. Ik haat het gewoon. Mijn leven mag niet serieus en saai worden. Het moet leuk worden. Eén groot feest. Een enorm, continu, eeuwigdurend feest.'

Ik denk bij mezelf: Alice is precies het juiste gezelschap voor me. Ze leeft in het heden en koestert opvallend weinig belangstelling voor het verleden, wat mij natuurlijk heel goed uitkomt.

Wanneer Alice een paar glazen whisky opheeft – ik nip nog steeds veilig aan mijn eerste – verkondigt ze dat ze honger heeft, en we gaan naar binnen. Ze schenkt zichzelf nog een glas in en biedt mij ook aan, maar ik houd mijn nog volle glas op en schud mijn hoofd. Alice fronst. 'Vind je het niet lekker?'

'Jawel hoor.' Ik glimlach en neem nog een klein slokje, waarbij ik geen vies gezicht probeer te trekken. Ik zou haar kunnen uitleggen dat ik bang ben voor alcohol, dat als excuus gebruiken, maar dan zou ik alleen maar als een zeurende vader of moeder klinken, als een of andere maffe moraalridder.

Ze kijkt me even aan alsof ze probeert hoogte van me te krijgen, maar dan zet ze de fles weer neer en haalt haar schouders op. 'Nou, des te meer voor mij dus,' zegt ze.

We scheppen de curry op en nemen de overvolle borden mee naar de keukentafel. Alice' enthousiasme is heel bevredigend.

'Verrukkelijk!' zegt ze, ongelovig haar hoofd schuddend. 'Je bent een wonder. Je zou zo een Indiaas restaurant kunnen beginnen.'

Hoewel ik protesteer, voel ik me gevleid en ik ga vanzelf glimlachen. Mijn stemming is er stukken beter op geworden. Het doemgevoel dat ik had na het gesprekje met mijn moeder, is helemaal verdwenen.

'Zo.' Alice tikt met het heft van haar vork op haar bord. 'En wat gaan we nu doen?'

'We zouden een spelletje kunnen gaan doen. Ik heb scrabble. En Triviant.'

Alice schudt haar hoofd. 'Saai. Ik kan me nooit concentreren op scrabble. Net alsof je op school zit. Zullen we anders Pictionary of Hints doen? Iets leuks.'

'Maar daar heb je meer mensen voor nodig.'

Alice denkt even na, dan kijkt ze me lachend aan. 'Ik weet wel iemand die we kunnen vragen om ons een beetje te komen vermaken.'

'Echt?' Ik tover een lachje tevoorschijn, maar eigenlijk ben ik teleurgesteld. Ik vond het tot nu toe allemaal even leuk en had niet het idee dat we vermaakt moesten worden. Dat Alice iemand anders wil uitnodigen, geeft me het gevoel dat ik saai ben. 'Zo laat nog?'

'Het is zaterdagavond negen uur! De nachtclubs zijn nog niet eens open.'

Ik haal mijn schouders op. 'Wie dan?'

'Robbie.'

'En?'

'En wat?'

'Wie is Robbie?'

'Een vriend van me. Hij werkt als ober in een heel chic restaurant. Hij is echt een giller. Je vindt hem vast hartstikke leuk.'

Alice pakt haar mobieltje en begint te bellen voordat ik nog meer vragen kan stellen. Ik hoor dat ze hem vraagt of hij zin heeft om te komen – met een lage, flirterige stem vol zelfvertrouwen – en vraag me af of ze zich ooit wel eens verlegen of onzeker voelt. Ik kan het me nauwelijks voorstellen.

'Hij komt zo.' Ze staat op, rekt zich uit en wrijft tevreden over haar buik. 'Wat een goed idee was dit, zeg, Katie. Lekker eten, goed gezelschap en nog meer lol onderweg.'

'Katherine,' zeg ik. 'Niet Katie. Ik heet Katherine.'

Met een scheef hoofd kijkt ze me vragend aan. 'Maar je ziet eruit als een Katie. Echt waar. Ze hebben je toch niet altijd Katherine genoemd? Toen je klein was? Zo'n lange, volwassen naam voor een klein meisje. En Katie klinkt juist zo schattig. Grappig. Dat past bij je.'

'Nee,' zeg ik. 'Ik heet Katherine. Gewoon Katherine.' Hoewel ik luchtig en vriendelijk probeer te klinken, komt het er hard uit, een overdreven reactie. Ik voel me een stijve trut. Vroeger maakte het me niets uit hoe ik werd genoemd – Kat, Katie, Kathy, Kate, ik vond alles prima – maar nu kan ik niet meer tegen welke afkorting van mijn naam dan ook. Dat afgekorte, zorgeloze meisje bestaat niet meer. Ik ben nu door en door Katherine Patterson.

Er verschijnt een klein rimpeltje op Alice' voorhoofd, en ze staart me aan, koeltjes bijna, maar dan klaart haar gezicht alweer op. Ze haalt haar schouders op, glimlacht en knikt. 'Oké. Katherine klinkt sowieso deftiger. Net als die oude actrice, hoe heet ze, je weet wel, van die ene film... Katherine Hepburn. En een langere naam past ook beter bij dat mysterieuze van je.'

'Ik mysterieus?' Ik haal mijn neus op, blij dat ik een reden heb om het ongemakkelijke onderwerp weg te lachen. 'Dat lijkt me niet.'

'Echt wel.' Alice leunt naar voren. 'Iedereen op school vraagt zich af wie je eigenlijk bent. Zo mooi en intelligent. Zo rustig en privé en op jezelf, maar niet omdat je verlegen of bang of zoiets bent. Meer alsof je nergens mee te maken wilt hebben. Alsof je, nou ja, weet ik veel, een of ander duister geheim met je meedraagt en geen vrienden wilt maken om te voorkomen dat ze je geheim ontdekken. Iedereen is hartstikke geïntrigeerd en geïntimideerd door je. Sommigen vinden je zelfs een snob.'

'Een snob? Echt waar? Nou, dan vergissen ze zich. Dat ben ik niet.' Ik sta op en begin de tafel af te ruimen, Alice' blik ontwijkend. Het gesprek begint me een ongemakkelijk gevoel te geven – het komt te dicht bij de waarheid. Ik heb inderdaad een geheim. Een duister geheim, zoals Alice het noemde. En hoewel ik geen snob ben, klopt het dat ik me niet wil mengen en dat ik heb geprobeerd om geen vrienden te maken, precies om die reden. Blijkbaar ben ik niet zo onopvallend geweest als ik had gehoopt.

Alice moet echter lachen. 'Daar hoef je niet zo van te schrikken. Toe zeg. Ik plaag je alleen maar. Het is cool om zo mysterieus te zijn. Ik vind dat leuk. Je bent afstandelijk. En waarschijnlijk ben ik gewoon jaloers. Ik wou dat ik iets meer op jou leek.' Ze legt haar hand op haar borst en sluit haar ogen. 'Een mysterieuze vrouw met een tragisch verleden.'

Het verbaast me hoe dicht Alice de waarheid nadert. Ik voel me bloot en ongemakkelijk en moet me bedwingen om niet weg te rennen en me te verstoppen. Om mijn geheim te bewaken. Ik ben bang dat Alice dit gesprek zal voortzetten, dat ze me zal ondervragen tot ze alles weet, maar in plaats daarvan haalt ze haar schouders op, kijkt om zich heen en schudt haar hoofd.

'God, deze flat is echt te gek. We moeten hier absoluut een feest geven.' Ze staat op om de borden uit mijn handen te pakken. 'Jij hebt gekookt. Ik ruim af. Ga zitten. Neem nog een...' Ze kijkt hoofdschuddend naar mijn glas. 'Een minislokje van je whisky.'

Alice laat warm water in de gootsteen lopen, doet er afwasmiddel bij en begint af te wassen, maar komt dan algauw weer aanlopen om nog wat te kletsen, me nog een verhaal te vertellen.

Er wordt op de deur geklopt.

'Daar heb je Robbie!' Alice klapt blij in haar handen en haast zich de gang in.

Ik hoor haar iemand begroeten. Ze giechelt en gilt. Ik hoor het zware gebrom van zijn antwoord. En dan staat hij in de keuken.

Hij is lang en blond en heel aantrekkelijk op een sportieve, gezonde manier. Grinnikend kijkt hij me aan en geeft me een hand. 'Katherine. Hoi. Ik ben Robbie.'

'Hoi.' Zijn handdruk is stevig, warm en droog. Hij heeft een mooie, open lach en voor het eerst in wat wel honderd jaar lijkt, voel ik een lichte, maar onmiskenbare aantrekkingskracht. Ik merk dat ik bloos. Ik draai me om en houd me bezig met de vuile borden die nog steeds op een stapel naast de gootsteen staan.

'Ik maak eerst dit even af. Ik ben zo klaar.'

'O nee.' Alice trekt me aan mijn schouders weg. 'Dat doe ik straks wel. Echt waar. Laten we eerst iets leuks gaan doen.'

Omdat er nog veel curry over is, wil Alice per se dat Robbie er wat van neemt.

'Mag dat?' Hij kijkt me verontschuldigend aan, terwijl ze hem een enorm bord vol opschept.

'Geen probleem. Echt niet,' zeg ik, en dat meen ik ook. Ik heb veel te veel gekookt. Wel genoeg voor zes.

Alice vraagt of Robbie ook een alcoholische versnapering wil, maar hij schudt zijn hoofd, zegt iets over een voetbaltraining en schenkt zichzelf een glas water in. Hij kijkt naar Alice die nog wat whisky neemt. 'Whisky?' vraagt hij. 'Nogal heftig, hè?'

'Ja.' Ze geeft hem een veelbetekenend knipoogje. 'Heftig. Net als ik.'

We gaan met ons drieën op de veranda zitten waar Robbie enthousiast op zijn eten aanvalt. In het begin voel ik me een beetje verlegen bij hem, maar hij zegt zulke vriendelijke en aardige dingen over mijn curry en is zo'n gezellige prater dat het niet lang duurt voordat ik ontdooi. Robbie is twintig en hij werkt als ober in een of ander duur restaurant, en binnen de kortste keren durf ik vrijuit te lachen om zijn verhalen over alle lastige klanten waarmee hij te stellen heeft.

Wanneer het te koud wordt, gaan we binnen in de huiskamer op de grond zitten. Aan alles is langzamerhand te merken dat Alice veel gedronken heeft. Ze heeft rode wangen en bloeddoorlopen ogen. Ze praat hard en slissend en onderbreekt Robbie continu om zijn verhalen voor hem af te maken. Hij lijkt dat echter niet erg te vinden, hij glimlacht toegeeflijk wanneer ze hem onderbreekt en laat haar het woord doen.

Hij is verliefd op haar, is mijn conclusie. De manier waarop hij naar haar kijkt, het feit dat hij op een zaterdagavond meteen is komen opdraven. Hij is gewoon stapelverliefd op haar.

Alice staat op en loopt naar het dressoir om Viviens cd-verzameling te bekijken.

'Mijn god!' zegt ze. 'Ik had mijn iPod moeten meenemen. Dit is allemaal zo ouderwets. Zo jaren tachtig!' Maar uiteindelijk vindt ze een album van Prince, en ze stopt de cd in de cd-speler.

'Mijn moeder is gek op dit nummer,' vertelt ze. 'Ze danst er continu op. Je zou haar eens moeten zien dansen, Katherine. Ze is echt ongelooflijk. Dan lijkt ze net een of andere filmster. Ze is zo verschrikkelijk mooi als ze danst.' En dan zet ze het geluid harder en begint verleidelijk met haar heupen te draaien.

Ze glimlacht, met haar ogen dicht, en ik ben verbaasd over dit onverwachte vertoon van liefde en bewondering voor haar moeder. De paar keer dat ik Alice over haar ouders heb horen praten was dat altijd op een geringschattende, smalende toon, bijna alsof ze hen haatte.

Robbie en ik blijven allebei naar haar zitten kijken. Alice kan goed dansen, soepel en sexy, en Robbie staart glimlachend naar haar. Hij kijkt echt dolverliefd en bij mezelf denk ik dat het vast fijn is om te weten dat iemand zoveel van je houdt, en dat het heel opwindend zou zijn als iemand dat soort romantische gevoelens voor mij koesterde. En voor het eerst sinds Rachels dood, sinds Will, durf ik me voor te stellen dat ik ooit misschien een Robbie zal hebben om verliefd op te zijn. Iemand die aantrekkelijk is en aardig en intelligent. Iemand die ook verliefd op mij zal zijn – ondanks wie ik ben en wat ik heb gedaan.

# 6

Wanneer het eerste nummer is afgelopen, begint er een volgend, met een snellere beat, en Robbie springt op en trekt me overeind. En dan dansen we alle drie met elkaar, losjes en op ons gemak. We dansen dicht bij elkaar, gearmd, onze lichamen raken elkaar aan en onze heupen en dijen botsen tegen elkaar. Robbie slaat zijn armen om Alice heen. Hij kust haar en ik kijk naar hen, naar hun dicht tegen elkaar gedrukte lichamen. Ze zijn allebei zo mooi, ze passen zo goed bij elkaar. Alice merkt dat ik kijk en ze glimlacht, daarna fluistert ze Robbie iets in het oor. Robbie laat Alice los en slaat zijn armen om mij heen, hij houdt me even stevig vast, legt dan zijn handen op mijn wangen, buigt zich voorover en drukt zijn lippen op de mijne. Het is een kuise kus, bijna als van een broer, maar desondanks heel opwindend. Alice glimlacht, stoot me aan en giechelt. En dan omhelzen we elkaar alle drie, lachend, en ik ben zielsgelukkig. Ik voel me geliefd. Ik voel me aantrekkelijk. Ik voel me weer jong.

En wanneer ik het kleine stemmetje in mijn hoofd hoor – het stemmetje dat zegt dat ik het niet verdien om gelukkig te zijn, dat ik niet mag hebben wat Rachel nooit zal kunnen krijgen – weiger ik te luisteren. Ik besluit om, ten minste deze ene avond, de kant van mij die alles afkeurt wat ik wil, te negeren. Ik ben duizelig, zorgeloos. Ik ben Katie Boydell. Gewoon voor één avond. Jong en gelukkig en onstuimig. Grappig en avontuurlijk. Katie. Gewoon deze ene avond. Katherine is weg en ik kan weer ik zijn.

En zo giechelen we en dansen we en omhelzen we elkaar nummer na nummer tot onze gezichten glanzen van het zweet en we dorst krijgen en naar de keuken moeten om water te drinken. Wanneer we klaar zijn met dansen, pakken we de kussens van de bank en improviseren op de grond een bed van hoofdkussens en dekens en laten ons erop neervallen. We blijven tot na drieën liggen kletsen – en slapen daarna de slaap van de uitgeputten, zwaar, diep en roerloos, dicht bij elkaar, onze benen verstrengeld, met onze gezichten in de kussens.

Wanneer ik wakker word, ligt Alice opgekruld naast me. Ze ligt op haar zij, in foetushouding, met haar handen tot vuisten gebald voor haar gezicht. Ze is net een slapende engel die zich klaarmaakt voor het gevecht, een vreemd onschuldig uitziende bokser. Ze ademt snel en hijgerig en ik hoor een hoog piepje uit haar neus komen terwijl ze in- en uitademt. Ze knippert met haar wimpers en ik kan haar oogballen onder de oogleden zien bewegen. Remslaap. Dromen.

Ik maak mezelf langzaam en zo voorzichtig mogelijk los. Ik heb nog steeds mijn rok en T-shirt aan. Ik ga meteen naar de badkamer waar ik mijn kleren uittrek en onder de douche stap.

Wanneer ik klaar ben, kleed ik me aan en loop naar de keuken.

Robbie staat de afwas te doen en is al bijna klaar met de stapel borden van gisteren – de troep die Alice had beloofd te zullen opruimen.

'Hoi,' zeg ik. 'Dat had niet gehoeven, maar dank je.'

'Goedemorgen.' Hij kijkt me grinnikend aan en ondanks zijn verwarde haar en rode ogen is hij nog steeds ongelooflijk aantrekkelijk. 'Maak je niet druk. Ik vind afwassen niet erg. Ik vind het zelfs wel leuk. Ik herinner me dat ik als kind altijd naar mijn moeder keek als ze de afwas deed en dat het me dan heel leuk leek. Al dat schuim. Het water.' Hij schept een vlok schuim op zijn hand en blaast ertegen zodat het weer in de bak valt. 'Hoe voel je je? Moe? We hebben maar ongeveer vier uur geslapen.'

'Ja, ik weet het. Ik voel me behoorlijk gammel. En jij?'

'Prima. Helemaal klaar voor een dag trainen en een lange avond klootzakken bedienen in het restaurant.'

'Zielig hoor. Misschien kun je maar beter nog wat gaan liggen, nog even proberen te slapen.'

'Neuh.' Hij haalt zijn schouders op. 'Ik ben eraan gewend. Wil je thee? Dan zet ik water op.'

'Lekker. Maar ik zet het zelf wel. Ik ben nogal tuttig wat thee betreft.'

'Hoezo?'

'Ik drink alleen echte thee, je weet wel, theeblaadjes, theepot. Iedereen verklaart me voor gek. Ze ergeren zich dood aan mijn tuttigheid. Dus is het gewoon makkelijker als ik mijn eigen thee zet.'

'Mij best. Ik heb ook het liefst goede thee. Veel lekkerder. Mijn moeder had een bloedhekel aan theezakjes. Zij dronk ook alleen maar het echte spul.'

'Dronk?'

'Ze leeft niet meer.' Hij kijkt naar zijn handen die hij in het water heeft gedompeld. 'Iets meer dan een jaar geleden is ze gestorven.'

'O Robbie, sorry, dat wist ik niet.'

'Nee,' zegt hij. 'Natuurlijk niet.'

Ik had het daarbij kunnen laten, ik had van onderwerp kunnen veranderen en over iets vrolijkers, iets minder beladens, kunnen beginnen, maar ik weet nog dat iedereen dat na Rachels dood ook steeds deed. Ik weet nog hoe bizar en pijnlijk het was wanneer het onderwerp van haar dood van tafel werd geveegd alsof het niet meer voorstelde dan een praatje over het weer. Dus verander ik niet van onderwerp. 'Je zult haar wel heel erg missen.'

'Ja.' Hij kijkt op. De tranen staan hem in de ogen. Met een droevig lachje zegt hij: 'Ja, inderdaad.'

'En je vader? Hoe gaat het met hem?'

'Hij redt zich wel, geloof ik. Maar zoiets kun je nooit zeker weten, hè? Ik bedoel, ik wil het hem ook weer niet op de man af vragen.'

'Waarom niet?'

'Stel je voor dat het niet goed met hem gaat? Wat dan? Wat kan ik daar nou aan doen?'

Ik ben verstandig genoeg om niet met betekenisloze gemeenplaatsen te komen aanzetten, met de leugen dat woorden kunnen helen. Want ik weet dat het niet waar is, dat kunnen ze niet. Woorden zijn gewoon woorden, een verzameling geluiden die machteloos staat tegenover het geweld van echt verdriet, echt lijden.

'Niets,' zeg ik. 'Daar kun je niks aan doen. Niet echt.'

'Precies. En als je elkaar de waarheid vertelt, dat je allebei zo bedroefd bent, dan ga je je alleen maar beroerder voelen omdat je je dan ook nog zorgen moet maken om het verdriet van de ander en niet meer alleen om je eigen sores.'

'Tja.' Ik haal mijn schouders op. 'Het is waarschijnlijk beter dat gewoon ieder voor zich zijn eigen verdriet probeert te verwerken. En uiteindelijk, hopelijk, slijt het vanzelf. Beheerst het je leven wat minder.'

Robbie knikt instemmend. En dan doen we er even het zwijgen toe. Ik wacht, Robbie de kans gevend om óf het gesprek voort te zetten óf van onderwerp te veranderen. Zijn volgende woorden worden snel uitgesproken, in één adem. 'Ik wilde net het huis uit gaan toen ze heel erg ziek werd, en toen ben ik gebleven omdat ik wilde helpen en bij haar wilde zijn, snap je, zo veel mogelijk tijd met haar doorbrengen voordat ze zou doodgaan... want inmiddels wisten we dat ze zou doodgaan, het was alleen nog een kwestie van tijd. Maar dat is al meer dan twee jaar geleden, en nou woon ik daar nog steeds. Ik ben twintig en woon nog thuis omdat ik het mijn vader niet wil aandoen om weg te gaan. Maar het stomme is dat ik niet eens weet of hij het wel fijn vindt dat ik er ben. Waarschijnlijk kan hij niet wachten tot ik wegga, zodat hij eindelijk alleen kan zijn met zijn verdriet. Hij denkt waarschijnlijk dat ik om zijn gezelschap verlegen zit. Het is... nou ja... Het is kortom nogal een puinhoop.'

'Dus je vader heeft nog steeds veel verdriet?'

'Meestal gaat het wel goed met hem. Tenminste, die indruk maakt hij. Meestal houdt hij zich groot, dan doet hij alsof er niets aan de hand is, zorgt ervoor dat alles normaal doorgaat, dat het huis schoon is, dat er eten is, dat soort dingen. We hebben eeuwig vrienden over de vloer, pizza- en bieravondjes, alsof het leven één groot feest is, alsof het een stuk leuker is zonder vrouw in huis. Maar laatst, ongeveer een week geleden, liep ik 's avonds naar zijn kamer omdat ik hem iets wilde vertellen. En toen bleef ik even voor zijn kamerdeur staan, ik weet ook niet waarom, misschien... nou ja... ik bleef staan en toen hoorde ik hem huilen. Echt huilen, weet je wel, van dat hartverscheurende harde gesnik. Het was echt verschrikkelijk. Ik bedoel, ik weet best dat hij echt van mijn moeder hield, ik weet dat hij haar mist, maar hij klonk zo... zo hulpeloos. Net een kind. Alsof hij geen enkele zelfbeheersing had. Alsof al die gezelligheid en zo gewoon onzin was. Iets wat hij voor mij deed. En omdat ik niet wist wat ik moest doen, stond ik daar alleen maar te denken dat ik wou dat hij ophield, dat hij er verdomme eens mee stopte. Het was maf. Het ergste was nog dat ik helemaal geen medelijden had. Ik haatte hem alleen maar omdat hij huilde, omdat ik dat moest aanhoren, omdat hij de façade niet meer wist op te houden.'

'Ik snap precies wat je bedoelt. Als je je ouders zo meemaakt, dan word je heel snel volwassen, dan besef je dat de wereld gewoon één grote enge plek is waar zij ook geen controle over hebben. En als zij zoveel verdriet kunnen hebben, als zij geen controle over de dingen hebben, wat voor hoop kun jij dan nog hebben?' De woorden zijn eruit voordat ik er erg in heb, voordat ik besef wat ik onthul.

'Precies.' Robbie kijkt me ineens geschrokken aan. 'Shit. Is jouw moeder soms ook dood of zo?'

'Nee hoor.' Ik lach en schud mijn hoofd alsof het een belachelijk idee is dat ik vertrouwd zou zijn met de dood. 'Die is nog springlevend. Maar ik denk gewoon wel eens over dat soort dingen na. En ik heb ook boeken van mijn vader gelezen over rouwverwerking en zo. Ik ben gewoon een beetje morbide. Gestoord.'

'Nou, maar je hebt de spijker op de kop geslagen. De meeste mensen raken over hun toeren als ik zeg dat mijn moeder dood is. Ze raken van streek of voelen zich opgelaten en veranderen dan van onderwerp. En aan mijn therapeute heb ik ook niks. Die vraagt altijd hoe ik me voel en hoe ik me voel over wat ik voel. En dan zegt ze dat mijn gevoelens heel goed te begrijpen zijn, terwijl ze bij alles laat doorschemeren dat ik eigenlijk zou moeten proberen om iets heel anders te voelen. Ik zou net zo goed tegen een rol wc-papier kunnen praten, want ik steek echt niks van haar op.'

Ik wil net iets zeggen wanneer Alice ons vanuit de kamer roept.

'Goedemorgen?' zegt ze, met een zware, hese stem van het laat opblijven. 'Jongelui? Waar zijn jullie? Ik begin me hier heel eenzaam te voelen.'

Robbie en ik glimlachen naar elkaar en halen dan onze schouders op. Het gesprek is ten einde. We pakken de theepot, de melk, de suiker en de kopjes en voegen ons bij Alice in de huiskamer.

# 7

Vroeger dan anders haal ik Sarah op bij het kinderdagverblijf. Ik kijk even stiekem naar haar door het raam en zie tot mijn vreugde dat ze volmaakt gelukkig lijkt. Ze speelt met een hoopje felgroene Play-Doh, in haar eentje, en klopt en stompt het aandachtig in een logge, kleurige bonk. Ze is een eenzelvig kind, niet op haar gemak bij mensen – net als Rachel vroeger – en hoewel ik blij ben dat ze op haar hoede is, ben ik ook bang dat ze het daardoor niet gemakkelijk zal krijgen. Per slot van rekening zal ze met mensen moeten omgaan, of ze dat nu wil of niet.

Het is gek, want Rachels verlegenheid heb ik nooit als een nadeel beschouwd. Ik vond het juist wel een schattige eigenschap. Maar mijn dochter moet een volmaakt leven krijgen. Ik wil dat iedereen van haar houdt. Ik wil dat voor haar alles zo gemakkelijk, vrolijk en gladjes mogelijk verloopt.

Ze zeggen dat ik veel te beschermend ben, dat ik Sarah los moet laten, haar de ruimte moet geven om haar eigen weg te vinden, maar volgens mij bestaat er niet zoiets als té beschermend wanneer het om de mensen gaat van wie je houdt. Ik wil iedereen die dat roept het liefst bij de arm pakken en schreeuwen: 'Overal loert gevaar, stelletje stomkoppen! Denken jullie soms dat jullie veilig zijn, dat mensen te vertrouwen zijn? Aardig? Open je ogen en kijk om je heen!' Maar ze zouden alleen maar denken dat ik gek was. Ze zijn allemaal even naïef, blind voor het feit dat het stikt van de mensen die kwaad willen, en die blindheid verbaast me.

Moeder zijn is moeilijk, tegenstrijdig, onmogelijk. Ik wil dat Sarah gelukkig is, vrienden maakt, dat ze lacht en blij is. Ik wil niet dat ze wordt verlamd door zorgen en angst. Maar tegelijkertijd wil ik dat ze voorzichtig is. Dat ze haar ogen goed openhoudt wanneer ze zich in deze gevaarlijke wereld begeeft.

Ik doe de deur open en loop de speelruimte in waar ik even achter haar blijf staan wachten tot ze mijn aanwezigheid voelt en zich omdraait. Ik ben dol op dat moment waarop ze me terugziet, die blik van pure vreugde die over haar gezicht glijdt, hoe ze meteen vergeet wat ze aan het doen is en zich in mijn armen stort. Ze gaat maar twee middagen per week naar de kinderopvang, op woensdag en vrijdag – pijnlijk lange, saaie middagen voor mij – en ik ben altijd weer opgelucht wanneer ik haar op vrijdagmiddag ophaal, blij dat er weer een week voorbij is, dat we vier dagen op een rij samen zullen zijn voordat het weer tijd is om haar terug te brengen.

Vandaag ben ik vroeg vanwege ons jaarlijkse uitstapje. Ik ga met haar naar Jindabyne, naar de sneeuw, en ben opgewonden als een kind bij het vooruitzicht van Sarahs blijdschap wanneer ze de sneeuw ziet. We kunnen een sneeuwpop maken, sneeuwballen gooien, misschien sleetje rijden. We kunnen warme chocolademelk drinken bij de open haard en genieten van de kou, en ook genieten van de korte tijd samen, weg van mijn ouders.

'Mama!' roept ze wanneer ze me ziet. Ze staat op en rent naar me toe, waarbij ze in haar haast haar krukje omstoot, en slaat haar armen om mijn nek. 'Gaan we al?'

'Ik wel. En jij?'

'Heb je mijn spullen ingepakt?'

'Ja.'

'Mijn Sally-beer?'

'Natuurlijk.'

'Maar oma en opa dan?' Ze weet dat mijn ouders bijna niet zonder haar kunnen, en het stemt me droevig dat ze zich op haar leeftijd al zorgen om hen maakt.

'Ze krijgen het ook hartstikke leuk dit weekend. Er komen vrienden eten en zo.'

Haar gezicht klaart op. 'Zijn ze blij?'

'Heel erg blij. Bijna net zo blij als wij.'

Ik buk me om haar op te tillen, pak haar tassen, zet mijn handtekening op de presentielijst en loop naar de auto. De rit naar Sydney verloopt snel en probleemloos, want we zijn te vroeg voor de vrijdagavondspits. In de auto is Sarah stil. Ze staart naar buiten, met haar duim in de mond, onderuitgezakt en ontspannen, bijna alsof ze in trance is. Zo is ze altijd geweest in auto's, en toen ze baby was, was autorijden de beste manier om haar in slaap te krijgen of haar te laten stoppen met huilen.

Op de snelweg rijd ik voorzichtig en houd zo veel mogelijk afstand tot de andere auto's, met in mijn achterhoofd de lessen van mijn vader over defensief rijden. Mijn vader heeft geprobeerd om me dit uitstapje uit het hoofd te praten. De wegen zullen verschrikkelijk zijn, zei hij, alle slechte chauffeurs, al die stomme maniakken, gaan in het weekend allemaal die kant uit. En je bent er niet aan gewend om in die omstandigheden te rijden. Hij zei het kortaf. Doe niet zo stom. Maar ik zag dat hij tranen in zijn ogen had, en zijn handen trilden.

Ik begrijp zijn angst – iedere dag weer sterven er mensen in het verkeer. Eén foutje, één verkeerde inschatting, even de concentratie verliezen – er is weinig voor nodig om in botsing te komen met een van de vele opleggers die deze snelweg bevolken. Weer twee levens in een seconde weggevaagd. Een al verwoeste familie vernietigd. Mijn vader weet, beter dan wie dan ook, dat het ondenkbare kan gebeuren. Hij weet dat nachtmerries kunnen uitkomen.

Dus voor hem houd ik mijn ogen strak op de weg gericht,

mijn handen stevig op het stuur, mijn geest scherp. Het is de angst van mijn vader die me ervan weerhoudt om het gaspedaal zo ver mogelijk in te drukken.

# 8

'Nee nee nee. Niet naar Coffs Harbour. Echt niet.' Alice schudt haar hoofd. 'Daar is het vreselijk, alleen maar dikzakken. En geen goede restaurants.'

'Alleen maar dikzakken?' Robbie schudt zijn hoofd. 'Wat ben je soms toch ook een bitch, Alice.'

'Het is gewoon de waarheid. Het is een gat. En als je een strandvakantie wilt, dan is Coffs toch niet geschikt. Je kunt er nergens echt aan het strand logeren, weet je. Er loopt een spoorlijn tussen de huizen en de zee. Het is kut. Geloof me nou maar. In Coffs Harbour stikt het van de malloten, van het soort mensen dat margarine eet in plaats van roomboter, mensen die vouwen in hun spijkerbroek hebben. Mijn ouders vonden het er altijd fantastisch. En een slechtere reclame kun je niet bedenken.'

Alice heeft me nog niet echt iets over haar ouders verteld, en ik vraag me af hoe haar relatie met hen precies is. Af en toe spreekt ze met een bijna tastbare liefde en bewondering over haar moeder, maar andere keren doet ze weer spottend, op het wrede af. Wanneer ze de spot met hen drijft – met hun armoede, hun slechte smaak, hun stomheid, schrik ik van de ongevoeligheid waarmee ze het over haar eigen vlees en bloed heeft.

We proberen een weekendje weg met ons drieën te plannen. Ik ben opgewonden en stel me een heerlijk weekend voor van zwemmen, eten en praten. Maar we worden het maar niet eens over waar we naartoe gaan – en bovendien hebben we weinig geld, wat het nog moeilijker maakt, omdat Alice nogal kritisch is.

Ik voel me een beetje schuldig, want mijn ouders hebben een huis in de Blue Mountains waar ze af en toe een weekend naartoe gaan. Het is een prachtig huis, modern, helemaal van licht hout en roestvrij staal, met ruimtes die in elkaar doorlopen, en een spectaculair uitzicht op de bergen. Mijn vader heeft het zelf ontworpen en er alles in verwerkt wat hij mooi vindt aan huizen: comfort en stijl, strakke lijnen en, het allerbelangrijkst, veel licht en lucht. Er zitten ook een zwembad en een tennisbaan bij, dus je hoeft je er nooit te vervelen, en het ligt op twee hectare land, veilig verstopt achter een ondoordringbare rij coniferen.

Mijn ouders zouden het huis maar al te graag aan me afstaan; ze zeggen vaak dat ik er eens een weekendje met wat vrienden naartoe zou moeten, en ik weet dat ze het heel fijn zouden vinden als ik daar een leuke tijd had. Maar ik geloof niet dat ik ertegen zou kunnen. Ik ben er maar één keer geweest sinds Rachel is gestorven – een paar maanden na haar dood, toen mijn vader en moeder en ik nog in shock verkeerden, ons gedroegen al een stel verloren zielen zonder een enkel doel. En het was zo ongelooflijk pijnlijk om daar zonder Rachel te zijn – haar afwezigheid was een soort kwaadaardige leegte die alle vreugde en schoonheid van de plek leek op te zuigen – dat ik er daarna nooit meer naartoe ben gegaan.

In de schoolvakanties reden we er altijd naartoe vanuit Melbourne en bleven dan een week, soms ook twee weken. Het was een mooie, rustige plek waar Rachel kon oefenen. De vleugel was het middelpunt van de huiskamer, en toen Rachel nog leefde, zaten mijn vader, moeder en ik, onder het genot van een kop thee, op het terras naar haar pianospel te luisteren. Op Rachels muziek na waren het heel rustige vakanties – geen tv, geen radio, geen andere bronnen van vermaak – en we brachten onze dagen door met wandelen en zwemmen en 's avonds schaakten of scrabbelden we.

Ik vind het nu bijna onvoorstelbaar dat ik me vaak verveelde tijdens die vakanties. Het is een pijnlijke gedachte dat ik het vaak verfoeide om daar te zijn; ik miste mijn vrienden, mijn sociale leven, welke willekeurige jongen dan ook op wie ik op dat moment verliefd was en kon meestal bijna niet wachten tot we weer naar huis zouden gaan. Ik wou nu dat ik toen beter had opgelet, aanweziger was geweest. Ik wou nu dat ik had geweten hoe breekbaar alles was. Als ik had begrepen hoe gemakkelijk alles zou kunnen worden verwoest, had ik het niet zo vanzelfsprekend gevonden.

Achteraf snap ik pas hoe geprivilegieerd we eigenlijk waren. Achteraf schaam ik me ervoor dat ik daar toen geen flauw benul van had.

Dus hoewel het huis in de bergen duidelijk heel geschikt zou zijn, zeg ik er niets over. In plaats daarvan stel ik voor om naar het zuiden te gaan.

'Maar in het zuiden is het water kouder. Ik wil naar het noorden, daar is het warmer,' werpt Alice tegen.

'Ach man, dat verschil merk je niet eens. En in het zuiden is het rustiger. En goedkoper.' Robbie kijkt me glimlachend aan en trekt even geamuseerd zijn wenkbrauwen op vanwege Alice. 'Een heel goed idee, Katherine.'

'Hé.' Alice kijkt eerst naar mij en dan naar Robbie. 'Ik zag heus wel hoe jullie naar elkaar keken. Aardig hoor, zulke onderonsjes. En over mij ook nog.' Ze glimlacht, maar haar stem heeft een scherpe klank, en ze heeft een kille schittering in haar ogen. 'Vergeet niet dat dit allemaal om mij draait. Jullie hebben niet echt iets met elkaar. Zonder mij zouden jullie elkaar niet eens kennen.'

'Hou op, Alice.' Robbie rolt met zijn ogen en houdt zijn lege mok op. 'Ik moet nog wat koffie hebben. Wees eens een goede gastvrouw en ga nog wat voor ons halen.'

Alice brengt haar gezicht vlak bij dat van Robbie, en even begrijp ik niet goed wat ze van plan is. Ze kijkt boos en ik vraag me af of ze zal gaan schreeuwen of tegen hem zal zeggen dat hij kan oprotten; heel even denk ik zelfs dat ze hem zal bijten, maar in plaats daarvan drukt ze haar lippen hard tegen de zijne, doet haar mond open en duwt haar tong met geweld tussen zijn lippen. Net zo plotseling maakt ze zich weer van hem los, verzamelt onze lege mokken en staat op.

'Nog een koffie? Katherine, jij nog thee?' Ze kijkt ons vrolijk lachend aan.

'Ja, lekker.'

Robbie kijkt haar na terwijl ze de kamer uit loopt.

'Meende ze dat?' vraag ik.

Hij draait zich met een geschrokken blik naar me om, alsof hij helemaal was vergeten dat ik er ben. 'O ja. Je bedoelt toch dat van dat alles om haar draait? Dat meent ze echt. Ze is op en top een narcist. Ze maakt zich alleen maar druk om zichzelf.'

Op dat moment denk ik alleen maar dat Robbie overdrijft. Per slot van rekening houdt hij van haar, dus zo serieus zal hij het allemaal niet menen. Goed, Alice is een beetje egoïstisch, een beetje egocentrisch, dat heb ik heus wel gemerkt. Maar wat dan nog? Ze kan ook verrassend gul en aardig zijn. En ze kan opvallend goed luisteren en anderen het gevoel geven dat ze speciaal zijn.

'Maar toch hou je van haar?'

'Ze is verslavend. Ik kan gewoon geen genoeg van haar krijgen.' Hij ziet er ineens droevig uit. 'Ik weet dat ze slecht voor me is, ik weet dat ik nooit gelukkig met haar zal worden, maar ik kan er gewoon niets aan doen. Wat ze me ook flikt, ik kom altijd weer terug voor meer.' Schouderophalend wendt hij zijn blik af. 'Ik ben verslaafd. Verslaafd aan Alice.'

'Maar wat...' Ik sta op het punt hem te vragen wat ze precies heeft gedaan, waarom hij denkt dat ze slecht voor hem is, maar dan komt Alice alweer binnen met onze dampende mokken.

'Dank je.' Wanneer Robbie zijn mok wil aanpakken, bukt Alice zich om hem teder te kussen.

'Je bent een schatje, Robbie. Helemaal goed,' zegt ze.

Hoewel Robbie met zijn ogen rolt, is duidelijk aan zijn gezicht te zien dat hij blij is met haar vertoon van genegenheid.

Ze geeft me mijn mok. 'En u, miss Katherine, bent een ster.'

Glimlachend neem ik een slokje thee.

Alice gaat zitten en leunt met een opgewekt gezicht naar voren. 'Ik zat net te denken in de keuken. Ik zat te denken dat het zo cool was dat wij elkaar gevonden hebben. Ik bedoel, ik weet dat het waarschijnlijk een beetje flauw is om te zeggen, maar we kunnen het alle drie echt goed met elkaar vinden, hè? Ik bedoel, we lijken gewoon goed bij elkaar te passen, als... o, weet ik veel, als puzzelstukjes. We snappen elkaar gewoon helemaal.' Ze glimlacht en slaat haar ogen neer, ineens verlegen. 'Dat wilde ik gewoon even zeggen. Ik wilde gewoon even zeggen dat jullie echt heel belangrijk voor me zijn. Mijn allerbeste vrienden.'

Het is even stil, dan slaat Robbie op zijn knie en snuift luidruchtig. 'Puzzelstukjes? Heb ik dat goed gehoord? Zei je dat echt?' Hij kijkt me aan en zijn gezicht neemt een uitdrukking aan van opgetogen geluk, zijn eerdere bezorgdheid is totaal verdwenen. 'Zei ze dat echt?'

'Ja.' Ik knik. 'Volgens mij wel.'

'O mijn god.' Alice verbergt haar glimlach achter haar hand. 'Goed, dat heb ik gezegd. Maar ter verdediging kan ik aanvoeren dat ik ben grootgebracht door een vrouw die de godganse dag naar soaps kijkt. Dus ik kan het niet helpen als ik een wandelend cliché ben. Je bent bevooroordeeld en gemeen als je me uitlacht, Robbie, terwijl je mij daar juist altijd van beschuldigt. Vuile hypocriet!'

'Jammer dan!' Robbie schudt zijn hoofd. 'Het valt niet goed te praten dat je zo'n idioot bent. Dat valt gewoon niet goed te praten.'

'Oké,' zegt Alice lachend. 'Oké, je hebt mijn stoute geheimpje ontdekt. Ik ben gewoon een typisch Coffs-meisje. Niks aan te doen. Daarom wil ik er ook niet naartoe. Ik probeer me te onttrekken aan de macht die die plaats over me heeft.'

'Ik wist het. Jij bent stiekem van de margarine, hè?' zegt Robbie.

We lachen alle drie zo hard dat we onze buik moeten vasthouden waardoor we nog harder gaan lachen.

'Eerlijk gezegd,' schaamte voorwendend laat Alice haar hoofd voorovervallen, 'vind ik het ook leuk om vouwen in mijn spijkerbroeken te strijken. Ik moet mezelf gewoon dwingen om dat niet te doen. Het is moeilijk, maar er zit vooruitgang in. Ik groei er langzaam overheen.'

En we blijven elkaar plagen en we lachen terwijl we plannen maken voor ons weekendje weg. Ik vergeet om mijn gedachten te laten gaan over wat Robbie over Alice zei en denk er ook niet aan om hem er later nog eens naar te vragen. Dus Alice heeft een paar rare trekjes. Nou en? Wie heeft die niet? Ik ben gewoon te gelukkig om erover in te zitten. Ik vind het allemaal veel te leuk en heb geen zin om te moeten luisteren naar het waarschuwende stemmetje dat zijn kop op begint te steken.

# 9

'En wat gebeurde er toen?' Carly leunde vol belangstelling naar voren. 'Toe. Nou moet je het ook afmaken.'

Maar toen stond Rachel ineens in de deuropening. Haar pyjama was gekreukeld en haar gezicht rood en vlekkerig. Ik kon zien dat ze had gehuild.

'Rach?' Ik stak mijn arm naar haar uit. 'Wat is er?'

'Ik heb weer naar gedroomd.'

'Ach. Kom hier. Kom even bij ons zitten.' Ik glimlachte verontschuldigend naar Carly. Ik had haar net zitten vertellen over de avond ervoor die ik met mijn vriendje Will had doorgebracht. We hadden elkaar gekust en betast en het was bijna in seks geëindigd. Carly wilde per se alle details horen.

Carly was mijn beste vriendin. Ze was luidruchtig en direct en grappig. Toen ze bij ons op school kwam, had ik eerst meteen een hekel aan haar. Ik vond haar een uitslover en haar grapjes heel flauw. Zij mocht mij in het begin ook niet echt, en later vertelde ze me dat ze me, dat zijn haar woorden, een snobistische, verwaande rijke trut had gevonden.

Tijdens het schoolkamp van de eerste klas raakten we bevriend; zeven kwellende, koude, natte, hongerige dagen vol ongemakken die bedoeld waren om 'onszelf te vinden'. Carly en ik moesten samen koken en we smeedden een stevige band terwijl we iedere avond ons best deden om iets eetbaars te maken van de weinige ingrediënten, en ons het voortdurende geklaag van onze klasgenoten moesten laten welgevallen. Ik raakte onder de indruk van Carly's talent om overal een grap van te maken, en later vertelde ze me dat ze mij had bewonderd om mijn vastberadenheid om er het beste van te maken. Sindsdien waren we onafscheidelijk.

Rachel ging naast me op de grond zitten en ik sloeg mijn arm om haar schouders. 'Weer dezelfde droom?' vroeg ik.

'Ja.'

'Rachel heeft steeds dezelfde akelige droom,' legde ik Carly uit. 'Ze ziet een meisje dat haar heel bekend voorkomt, en dat meisje glimlacht, dus dan loopt ze naar haar toe.'

'En hoe dichter ik bij haar kom,' ging Rachel verder, 'hoe bekender het gezicht van dat meisje me voorkomt. En eerst ben ik heel blij en enthousiast dat ik haar zie, ik voel echt een soort sterke liefde, alsof ik haar ergens van ken. Maar als ik nog dichterbij kom, begin ik te denken dat dat meisje misschien toch niet zo aardig is als ze eruitziet, dat ze iets heel slechts uitstraalt. En dan, wanneer ik vlak voor haar sta, zie ik dat ze mij is, dat ze mijn gezicht heeft, en dan snap ik ineens wat dat betekent. Om mijn eigen gezicht zo te zien. Het betekent dat ik doodga, en dan ben ik ineens zo bang... en dan probeer ik me om te draaien, weg te komen van dat meisje... maar zij begint te lachen, echt een heel naar lachje. En ik probeer weg te rennen, maar zij blijft maar lachen, en het lukt me natuurlijk niet om weg te komen. En dan word ik wakker.' Rachel kijkt Carly aan. 'Het is echt heel eng, hoor, ik weet dat het niet zo erg klinkt, maar het is doodeng. Dat meisje, dat ik-meisje, is net een soort boodschapper van de dood.'

'Bah, dat klinkt heel griezelig.' Carly rilde. 'Logisch dat je bang wordt.'

'Waarom kom je niet even hier liggen,' zei ik tegen Rachel. 'Probeer hier nog wat te slapen. Morgen heb je dat belangrijke proefoptreden. Dan moet je uitgerust zijn.'

Rachel stapte in mijn bed. Ik trok de deken over haar heen en ging weer naast Carly op de vloer zitten.

'Nou?' Carly stootte me aan. 'Vertel!'

Ik schudde mijn hoofd. 'Nee,' fluisterde ik. 'Even wachten tot Rachel slaapt.'

'Ik weet best waar jullie het over hadden,' zei Rachel vanuit bed. 'Ik weet dat jullie het over jongens en zo hebben. Dat hoorde ik toen ik binnenkwam. Jullie hoeven voor mij niet op te houden, hoor. Het maakt mij niet uit. Echt niet. Ik luister niet eens.'

Carly trok haar wenkbrauwen op alsof ze wilde zeggen: zie je wel? Niks aan de hand.

'Echt?' vroeg ik. 'Beloof je dat je niet zult luisteren, Rach?'

'Ik kan mijn ogen haast niet meer openhouden,' zei ze. 'Nog voor je twee woorden hebt gezegd, slaap ik al. En ik wil niet eens weten wat jij en Will met elkaar uitspoken, echt niet. Dat is zo goor.'

Dus vertelde ik Carly wat er tussen mij en Will was gebeurd. Ik vertelde haar bijna alles, gehaast en fluisterend, zodat Rachel het niet kon horen. Dat wil zeggen, ik vertelde haar over de lichamelijke dingen, maar ik verzweeg wat we tegen elkaar hadden gezegd. Ik vertelde haar niet dat we hadden gelachen van verbazing en geluk, dat we elkaar lieve woordjes hadden ingefluisterd en elkaar trouw hadden beloofd. Onze kooswoordjes waren van ons en die hield ik voor mezelf.

De dag erna haalden Carly en ik Rachel af na haar proefoptreden. We dronken pas sinds kort koffie en vonden het heerlijk om in een café zo lang mogelijk van onze cappuccino te genieten – een beetje kijken naar de andere klanten, wat roddelen over onze vrienden. Het voelde allemaal heel volwassen, maar anders dan veel van de andere sociale activiteiten die we leuk begonnen te vinden – feestjes en alcohol en alles wat met jongens te maken had – was dit ook veilig en prettig. Het had niets clandestiens of geheims, we hoefden niemand te imponeren, we konden gewoon onszelf zijn.

We namen Rachel mee naar het café en ze vertelde hoe opgewonden ze was over het concert dat er zat aan te komen. De andere musici waren fantastisch, zei ze, en iedereen was het ook helemaal eens over de interpretatie van het stuk. Ik vond het leuk om over muziek te praten, en omdat ik de mensen kende over wie Rachel het had, interesseerde het me allemaal ook wel, maar na een tijdje merkte ik dat Carly zich begon te vervelen; haar blik dwaalde af en ze trommelde ongeduldig met haar vingers op tafel.

'Carly?' zei ik. 'Hallo? Vervelen we je soms?'

'Sorry.' Rachel legde haar handen op haar rode wangen. 'Ik ratel maar door, hè? Maar het is ook zo spannend. Sorry. Laten we het ergens anders over hebben.'

Carly wimpelde Rachels verontschuldigingen met een knikje af. 'Hoe laten moeten jullie thuis zijn?' vroeg ze.

'Ik hoef niet op een bepaalde tijd thuis te zijn.' Ik keek naar Rachel. 'Maar jij moet nog oefenen.'

Rachel keek op haar horloge. 'Ja, maar het is net vier uur geweest. Ik heb nog tijd zat.'

'Ken je Jack en Ross en zo?' Carly keek me aan, en aan haar lachje zag ik dat ze een plannetje had waarvan ze nu al wist dat ik Rachel daarbuiten wilde houden.

'Eh ja.' Ik kende hen vaag. Ze zaten op de jongensschool, een klas hoger dan Carly en ik. Ze speelden in een bandje en waren heel wild en heel populair.

'Ze oefenen vanmiddag. In die oude boerenschuur. Nou ja, ze zouden oefenen, maar het wordt nu meer een feestje. Er schijnen heel wat mensen te komen kijken. Iedereen uit de vijfde en zesde zo'n beetje. Je kent het wel, muziek, een paar biertjes, dat soort dingen. Het wordt vast leuk.'

'Klinkt goed,' zeg ik.

'Oefenen met hun bandje?' vroeg Rachel. 'Cool zeg. Dat wil ik ook wel eens horen. Mag ik mee?'

'Ze zijn een stuk ouder, Rach. Ze gaan vast drinken en zo. Je voelt je daar vast niet op je gemak.'

'Wel als er goede muziek is.'

'Nee. Geen sprake van. Doe nou niet zo stom. Ga jij nou maar naar huis om zelf te oefenen.'

'Ah toe, Katie, alsjeblieft. Mag ik niet even mee om ze te horen, dan ga ik daarna naar huis. Ik weet best dat je denkt dat ik nog een kind ben, maar dat is echt niet zo. En ik mag toch ook wel eens lol hebben? De komende paar weken moet ik continu oefenen. Hun muziek zal me vast inspireren. Alsjeblieft?'

'Je inspireren?' Ik rolde met mijn ogen. 'Ja, vast. Amateuristische grunge? Maak dat de kat wijs.'

'Ah toe, Katie, alsjeblieft! Een uurtje dan?'

'Nee.'

'Allemachtig, zeg.' Carly keek geïrriteerd. 'Laat haar toch meegaan. Wat maakt het nou uit? We hebben geen tijd om er hier ruzie over te gaan zitten maken.'

Ik had geen echte reden om nee te zeggen – we zouden een uurtje kunnen gaan en dan weer thuis kunnen zijn voor mijn ouders, en dan had Rachel nog steeds ruim de tijd om te oefenen – maar ik had gewoon geen zin om haar op sleeptouw te nemen. Maar dat kon ik niet zeggen, want dan zou Rachel gaan huilen, en als ze nu ging huilen, zou ze alles verpesten – dan zou ik haar naar huis moeten brengen, op haar passen, haar snotneus afvegen. Wat ze zelf ook beweerde, soms gedroeg ze zich echt nog als een kind.

'Vooruit dan maar.' Ik zei het expres koeltjes. 'Ga maar mee dan. Maar waag het niet om mij de schuld te geven als papa en mama over de rooie gaan.'

# 10

Hoewel Vivien probeert om het niet te laten merken, zie ik dat ze verbaasd is wanneer ik haar vertel dat ik het weekend wegga met Alice en Robbie. Voordat ze naar haar werk gaat, omhelst ze me stevig. 'Veel plezier, jongedame,' zegt ze.

We hebben besloten om naar het zuiden te gaan en nemen mijn auto, de nieuwe Peugeot, omdat die het snelst en comfortabelst is. We rijden op vrijdagochtend uit Sydney weg. Zowel Alice als ik zou eigenlijk op school moeten zijn, maar de docenten knijpen meestal een oogje dicht als het om zesdeklassers gaat en zullen waarschijnlijk niet eens iets zeggen over onze afwezigheid. In elk geval heb ik mijn *Hamlet* bij me, die ik wil herlezen wanneer ik lui in de zon op het strand lig. Robbie heeft een weekend vrij genomen, wat hij zelden doet, en hij rijdt omdat hij de enige is die zich niet aan de 80 kilometer per uur hoeft te houden. We zijn alle drie opgewonden en in een goed humeur en tijdens de vier uur durende rit naar Merimbula maken we grapjes en wordt er heel wat afgelachen. Na aankomst gaan we naar de plaatselijke supermarkt om eten en andere spullen in te slaan voor de komende dagen. Alice gooit allemaal chocola en lolly's in het winkelwagentje, terwijl Robbie en ik de wat praktischer spullen kopen: eieren en melk en brood en wc-papier. We zetten de boodschappen in de kofferbak, kijken op de kaart en rijden dan in oostelijke richting over het weggetje naar de kust.

We hebben een oud houten huisje met twee slaapkamers gehuurd. We hebben het via internet gevonden, en hoewel er een paar foto's van het interieur bij stonden – de keuken en huiskamer – weten we niet goed wat we zullen aantreffen. Dus wanneer we aankomen en een charmant witgeschilderd huisje zien met een veranda die op zee uitkijkt, zijn we zowel blij als opgelucht.

We haasten ons naar binnen en hollen door het huis, lachend en schreeuwend.

'Dit is volmaakt.'

'God, moet je dat enorme oude bad eens zien.'

'En het uitzicht. Je kunt de oceaan in iedere kamer horen. Wauw. Fantastisch gewoon.'

'Hé, moet je de slaapkamers eens zien. Die bedden. Ongelooflijk.'

We trekken onze badkleding aan en rennen naar het strand. We rennen meteen het water in, zonder te voelen hoe koud of warm het is en duiken de golven in. Het water is ijskoud, maar ik ben veel te gelukkig, veel te zeer in de wolken met het leven en de vriendschap en de wetenschap dat we drie dagen van lol voor ons hebben, om me druk te maken om een beetje kou. Alice en Robbie spetteren water naar elkaar en ze omhelzen elkaar lachend. Dan rent Alice bij hem weg, schaterend en struikelend. Hij krijgt haar wel te pakken, maar ze rukt zich los, waardoor er een bandje van haar bikini over haar schouder glijdt en haar borst te zien is. Ze moet nog harder lachen en ze draait rondjes en gilt het uit als een opgewonden kind terwijl ze haar andere bandje ook naar beneden trekt zodat allebei haar borsten bloot zijn. Ze neemt ze in haar handen, tilt ze op en knijpt erin zodat haar tepels op Robbie gericht zijn.

'Pief paf poef, je bent dood,' zegt ze.

'O. Aaaaah.' Robbie grijpt naar zijn borstkas en laat zich achterover in het water vallen.

Alice draait zich om naar mij, met haar tepels op me gericht.

‘Nee, nee,’ roep ik lachend. ‘Alsjeblieft. Genade.’

Vanuit mijn ooghoeken zie ik iets bewegen en wanneer ik me omdraai, blijkt het een echtpaar van middelbare leeftijd te zijn. Terwijl ze langslopen, kijken ze ons aan, met een verstarde blik van afkeer en afkeuring op hun gezicht.

Alice volgt mijn blik. Ik zie dat haar vrolijkheid meteen omslaat in woede. Ineens draait ze zich om zodat ze het echtpaar recht aankijkt. Dan brengt ze haar hand naar haar rug en trekt met één beweging het koordje van haar bovenstukje los en houdt het losjes tussen haar vingers; daarna schuift ze haar broekje naar beneden, stapt eruit en gaat weer rechtop staan. Ze kijkt hen aan, naakt en opstandig, en werpt hun een kil, uitdagend lachje toe.

De man en vrouw gaan er als een haas vandoor, met rode koppen, mompelend en hoofdschuddend.

Alice kijkt hen na, gooit dan haar hoofd in haar nek en lacht.

We doen ons die avond te goed aan *fish and chips* van de plaatselijke patatzaak. De patat is knapperig, de vis vers en lekker, en we proppen ons helemaal vol. Wanneer we klaar zijn met eten, gaan we languit op de banken in de huiskamer liggen en kletsen loom over van alles en nog wat.

‘God, wat haat ik dat soort mensen,’ zegt Alice opeens.

‘Wat voor mensen?’

‘Van die bekrompen, conservatieve burgertrutten die we vandaag op het strand zagen.’

‘Bekrompen? O? Je weet dus al precies hoe ze in elkaar steken?’ Robbie kijkt haar nieuwsgierig aan. ‘Na ze wel vijf seconden te hebben gezien?’

‘Ja, dat denk ik echt. Onbeduidende leventjes, slechte kapsels en walgelijke kleren. En dan ook nog dik en lelijk. Het soort mensen dat op de conservatieven stemt en homo’s haat. Het soort mensen dat dingen zegt als...’ Alice neemt een vet Australisch accent aan. ‘Ze is best een aardig meisje, al is ze dan zwart. Maar ik zou haar nooit te eten vragen. Dat nu ook weer niet.’

Ik moet lachen om Alice' hatelijke humor, ervan uitgaand dat ze gewoon een grapje maakt.

Robbie lacht echter niet. Hij kijkt haar aan en schudt zijn hoofd. 'Soms ben je echt een bitch.'

'Dat kan zijn, maar ik heb wel gelijk wat die lui betreft.' Ze wijst naar hem. 'Jij bent gewoon veel te aardig.'

'Ik ben niet aardig, maar jij bent onrechtvaardig. Jij bent...'

Alice onderbreekt hem door luidruchtig te gapen en rekt zich eens flink uit. 'Nou en, dan ben ik maar onrechtvaardig. Wat maakt dat nou uit? Het hele leven is onrechtvaardig, Robbie. En geloof me, ik ken dat soort lui. Net mijn ouders. Treurig. Verbitterd. Lelijk. En ze maken zich altijd zo druk over wat anderen doen omdat hun eigen treurige leventje zo saai is. Ik zie het in hun ogen. Ik kan hun stank van honderd kilometer afstand ruiken.' Ze staat op en rekt zich nog eens uit, waarbij haar gebruinde middenrif en buik tevoorschijn komen wanneer haar T-shirt omhoogschuift. 'Hoe dan ook, dit wordt een saai gesprek. We hebben het er al heel vaak over gehad en moeten ons er gewoon bij neerleggen dat we het hierover nooit eens zullen worden. Ik ben ineens heel erg moe.' Ze blaast ons allebei een kusje toe en loopt de kamer uit.

Robbie en ik glimlachen naar elkaar en luisteren naar Alice die in zichzelf mompelt terwijl ze zich uitkleedt. Daarna horen we het bed kraken.

'En niks stouts doen zonder mij, hè?' roept ze vanuit de slaapkamer. 'Slaap lekker, kindertjes. En braaf zijn, hè.'

'Welterusten, Alice.'

'Zullen we buiten gaan zitten? Op de veranda?' vraagt Robbie na een tijdje.

'Mij best.'

Terwijl hij de stoelen aanschuift en wacht tot ik ga zitten, zie ik aan zijn gezicht dat hem iets van het hart moet. 'Ik wilde je iets vragen,' zegt hij.

'Ga je gang.'

Hij zucht. 'Ik vind het vreselijk om dit soort dingen te moeten vragen. En ik snap het best als je geen antwoord wilt geven. Zeg dan maar gewoon dat ik kan opzouten.'

'Oké,' zeg ik lachend. 'Zout maar op dan.'

'Goed, maar nadat ik mijn vraag heb gesteld.'

'Sorry. Vraag maar.'

Hij kijkt even naar het huis voordat hij zijn mond opendoet. 'Neemt Alice je wel eens in vertrouwen? Over mij? Je weet wel, vertelt ze je wel eens wat ze voor me voelt?'

'Nee, niet echt.'

'Niet echt?' Robbie kijkt me vol verwachting aan alsof hij denkt dat ik nog meer te melden heb.

In werkelijkheid heeft Alice het echter vrijwel nooit over hem wanneer we alleen zijn. Als we plannen maken om samen iets te gaan doen, heeft ze het natuurlijk wel op een praktische manier over hem, maar ze heeft het nooit echt gehad over haar gevoelens voor hem. Ik heb haar een keer gevraagd of ze verliefd op hem was, of ze hem als haar vaste vriend beschouwde, maar toen lachte ze alleen maar smalend, schudde haar hoofd en zei dat ze er niet voor in de wieg was gelegd om iemands vriendin te zijn. En hoewel het duidelijk is dat Robbies gevoelens voor Alice dieper gaan – hij is onmiskenbaar smoorverliefd – ben ik er altijd van uitgegaan dat ze op de een of andere manier tot een overeenstemming waren gekomen.

Maar Robbie zou me dit allemaal niet vragen als hij precies wist waar hij aan toe was. Het is duidelijk dat hij hoopt meer uit zijn relatie met Alice te halen dan zij hem wil geven. Ik voel een plotselinge aanvechting om hem te zeggen dat hij zichzelf moet beschermen, zijn hart moet pantseren, een andere vriendin moet zoeken als hij iets serieus wil. Maar dat doe ik niet, dat kan ik niet. Ik weet echt niet hoe Alice over haar relatie met Robbie denkt – misschien is ze wel verliefd op hem, maar wil ze dat niet toegeven, misschien is ze bang om gekwetst te worden – en ik voel me niet gerechtigd om raad te geven of hem te waarschuwen terwijl ik net als hij in het duister tast.

'Ik ken haar pas drie maanden, Robbie,' zeg ik.

'Ja, maar jullie hebben wel een nauwe band gekregen. Jullie zijn heel vaak samen,' zegt hij. 'Je moet toch wel enig idee hebben van wat ze vindt? Zelfs al heeft ze nooit echt iets gezegd.'

'Ze heeft helemaal niets gezegd. Echt niet. En dus weet ik niet meer dan jij.' Ik kijk hem verbaasd aan. 'Maar ik dacht dat jij had gezegd dat Alice slecht voor je was? Je vergeleek haar met een of andere ongezonde verslaving. Ik dacht dat je...' Ik aarzel, zoekend naar de juiste woorden. 'Eh, weet ik veel, er met je volle verstand bij was?'

'Meer met een vol hart, volgens mij.' Hij glimlacht bedroefd. 'Soms kan ik er heel rationeel over doen en ben ik blij met elk beetje dat ze me te bieden heeft. Maar andere keren denk ik alleen maar aan wat er slecht is aan onze relatie en weet ik mezelf ervan te overtuigen dat het me alleen maar ongelukkig zal maken als ik iets serieus met haar begin. Tenminste, ik ben er erg goed in om mezelf dat wijs te maken. Maar in werkelijkheid wil ik meer.'

Hij zucht. 'Sorry. Ik had je niet zo moeten uithoren. Het is echt heel saai wanneer mensen je aan de kop zeuren over hun relatie, hè? Ik haat het tenminste als ze dat bij mij doen.'

'Maak je niet druk. Ik vind het helemaal niet saai. Maar ik heb alleen geen antwoorden voor je.'

'Misschien moet ik naar zo iemand gaan die de toekomst kan voorspellen. Hoe heten die ook alweer?'

'Helderziende?'

'Ja, dat bedoel ik. Een helderziende.'

'Waarom vraag je het niet gewoon aan Alice? Ga serieus met haar praten en vraag haar wat ze wil.'

'Dat heb ik al geprobeerd. Ik vraag haar de hele tijd wat ze voelt, wat ze wil. Maar ze is echt heel bedreven in het ontwijken van vragen, dat heb je zelf inmiddels toch ook wel gemerkt? Als ik tegen haar zeg dat ik van haar houd, begint ze te lachen en verandert ze van onderwerp. Als ik te serieus word, raakt ze geïrriteerd en dan zegt ze dat ik mijn mond moet houden.'

'Misschien moet je wat directer zijn.' Glimlachend leg ik mijn hand op zijn knie en knijp er zacht in. 'Vraag haar gewoon of ze met je wil trouwen en je kinderen wil dragen en daarna nog lang en gelukkig met je wil leven,' zeg ik voor de grap.

'Ik zou zo met haar trouwen, dat is er juist zo treurig aan. Ik zou met haar trouwen en haar zwanger maken en zes mooie kindertjes met haar krijgen en een huis kopen en een saaie baan nemen om ze allemaal voor de rest van hun leven te onderhouden. Alles erop en eraan. Ik zou het zo doen. Graag zelfs.' Hij zucht weer. 'Ik houd van haar. Alice is gewoon uniek, vind je niet? Ze is mooi, grappig, intelligent... en ze heeft zoveel levenslust. Zoveel enthousiasme. Ze is in staat om van het allersaaiste nog iets leuks te maken. Ze kan van een gewone dag een feest maken. Andere mensen lijken zo, nou ja, zo doods en leeg vergeleken bij haar.'

'Nou, dank je wel.'

'Shit. Sorry. Daar bedoelde ik jou niet mee.'

'Maakt niet uit. Ik maakte maar een grapje.' Ik lach. 'Maar zo te horen ben je inderdaad behoorlijk verliefd.'

'Ja. Belachelijk, idioot verliefd. Op een meisje met bindingsangst.'

Ik vraag me af of hij gelijk heeft. Ik heb altijd gedacht dat wanneer mensen zeggen dat ze bindingsangst hebben, ze dat alleen maar doen om onder een ongewenste relatie uit te komen. Een manier om iemand vriendelijk te dumpen, zonder het ego te beschadigen van de stakker die gedumpt wordt. Het ligt aan mij, niet aan jou, ik heb gewoon bindingsangst, is gemakkelijker te verhapstukken dan: ik vind je gewoon niet leuk genoeg om mee door te gaan, we bellen nog. Maar misschien heeft hij wat Alice betreft wel gelijk – ze heeft inderdaad iets geheimzinnigs, iets geslotens, en ondanks al haar ogenschijnlijke warmte en openheid is er een deel van haar dat verborgen, onaanraakbaar, blijft.

'Zei zij dat?' vraag ik.

Robbie zit naar het strand te staren, diep in gedachten verzonken.

'Robbie?'

'Sorry?' vraagt hij. 'Of ze wat zei?'

'Heeft Alice je echt gezegd dat ze bindingsangst heeft? Of denk je dat alleen maar?'

'Ze zei het niet met zoveel woorden. God.' Hij lacht. 'Alice zou zoiets nooit zeggen, toch? Nee, ze heeft het niet gezegd, maar het lijkt me wel duidelijk, en het is ook wel logisch, vind je niet?'

'Ik weet het niet. Ik snap niet hoe je dat soort dingen allemaal kunt weten.'

'Ik bedoel vanwege haar moeder en zo,' zegt hij. 'Haar echte moeder. Dat gevoel van afwijzing. Logisch dat ze een beetje op haar hoede is voor de liefde.'

'Haar echte moeder? Hoe bedoel je?'

'O shit.' Hij kijkt me aan. 'Heeft ze je dat niet verteld?'

'Nee, ze heeft me helemaal niets verteld. Wat dan? Is ze geadopteerd of zo?'

'Ja. Verdomme. Ik kan maar beter mijn mond houden. Het is beter om te wachten tot ze je het zelf vertelt.'

'Je hebt het me nou al zo'n beetje verteld,' zeg ik. 'Ze is afgewezen door haar echte moeder en is geadopteerd. En ik weet ook al dat ze de mensen die haar hebben geadopteerd niet mag. Tenminste, ik neem aan dat ze die bedoelt als ze het over haar ouders heeft?'

'Ja, ze haat ze.'

'Nu snap ik het allemaal wel wat beter. Eerst begreep ik het niet goed. Ik vroeg me af hoe ze zulke vreselijke dingen over haar ouders kon zeggen, dat ze ze dik en stom noemde en zo, om dan weer in één moeite door ineens iets aardigs over haar moeder te zeggen. Dat is omdat het twee verschillende mensen zijn. Ze heeft twee moeders.'

'Ja. Haar echte moeder, haar biologische moeder, heet Jo-Jo.'

'Jo-Jo?'

'Ja, de hippie-uitvoering van Joanne. Ze is gewoon een hopeloze ouwe junk. De meest egoïstische, egocentrische vrouw die je je maar kunt voorstellen.'

'Maar Alice...'

'Is helemaal dol op haar,' onderbreekt hij me. 'Ze aanbidt haar. En Joanne is stinkend rijk. Ze heeft een enorme hoop geld van haar ouders geërfd. Waar ze Alice nu mee overlaadt. Alice kan alles krijgen wat haar hartje begeert. En dan dat maffe snobistische gedoe. Hoewel Jo-Jo een junk is, voelt ze zich ver verheven boven de mensen die Alice hebben geadopteerd. En Alice gaat daar helemaal in mee.'

'Dus vandaar al die dure kleren, en dat ze niet hoeft te werken,' zeg ik. 'Ze krijgt geld van Jo-Jo.'

'Ja, zal wel uit schuldgevoel zijn, denk ik. Ze was zo doorgedraaid dat ze niet voor Alice en haar broertje kon zorgen toen die klein waren, dus nu smijt ze met geld om dat goed te maken.'

'Broertje? Heeft Alice een broertje?'

'Ja.'

'Een broertje.' Ik schud verbaasd mijn hoofd. 'Wauw. Dat wist ik helemaal niet. Ze heeft het nooit over hem gehad. Hoe heet hij?'

Robbie fronst. 'Dat weet ik eigenlijk niet. Alice doet altijd heel raar als ze het over hem heeft. Dan raakt ze helemaal van streek en zo. Ze noemt hem altijd haar kleine broertje. Ik weet dat hij met de politie in aanraking is geweest, iets groots, maar ik weet niet precies wat. Waarschijnlijk drugs, net als zijn moeder.'

Ik ben stomverbaasd dat Alice een broer heeft, dat ze is geadopteerd, dat ze geheimen heeft die bijna net zo vreselijk zijn als de mijne. Alice en ik hebben meer gemeen dan ik dacht en ik ben er ineens van overtuigd dat dit zo'n groot toeval is dat het alleen maar kan worden uitgelegd als een soort teken; een teken dat het lot wilde dat we elkaar zouden ontmoeten, dat we bevriend zouden raken.

'Wat een puinzooi,' zeg ik.

'Ja.'

'Het leven is soms echt klote,' zeg ik. 'Die arme Alice.' Maar wat ik eigenlijk bedoel, is: arme wij. Wij hebben alle drie onze portie ellende gehad – moord, kanker, verlating – en voor het eerst krijg ik bijna zin om Robbie over Rachel te vertellen. Niet omdat ik medelijden wil, maar vanwege de geloofwaardigheid die je krijgt wanneer je iets tragisch hebt meegemaakt en overleefd. Ik kan nu wel zeggen dat ik het begrijp en dat is ook zo, maar voor Robbie en Alice, die niets van mijn verleden weten, zijn dat lege woorden. De troostende maar niet-begrijpende woorden van de gelukkigen.

Maar ik ben bang dat ik morgen spijt zal hebben van mijn indiscretie. Dus zeg ik niets.

De volgende ochtend word ik vroeg wakker, en hoewel het gisteren laat is geworden, voel ik me fris en blij. De zon stroomt door het raam naar binnen op mijn bed en ik blijf een poosje liggen met alleen het laken over me heen, om te genieten van de warmte van de zon op mijn huid. Ik hoor het zware geruis van de oceaan en Robbie en Alice die in hun slaapkamer zachtjes aan het praten en lachen zijn.

Ik sta op, trek mijn ochtendjas aan en loop naar de keuken. Ik zet een kop thee die ik meeneem naar de veranda. Ik leun tegen de balustrade en kijk naar het strand. De oceaan heeft een mooie, heldere turkooizen blauwe kleur en de golven slaan zacht stuk op de kust. Met mijn mok tussen mijn handen stap ik de veranda af en loop naar het water. Ik drink mijn thee op, zet de lege mok in het zand, werp een blik op het huis en op het strand om te kijken of niemand me ziet, laat dan mijn ochtendjas op de grond vallen en ren het water in. Zodra het diep genoeg is, neem ik een duik.

Het water is zo rustig dat ik heerlijk op mijn rug kan drijven en soepeltjes kan borstcrawlen. Nadat ik een tijdje heb gezwommen en me zowel moe als opgefrist voel, ga ik het water uit, trek ik mijn ochtendjas weer aan en loop terug naar het huis.

'Katherine?' roept Alice, wanneer ik binnenkom. 'Wat doe je?'

Ik ga naar hun kamer en blijf in de deuropening staan. Robbie en Alice zitten rechtop in bed, met hun benen verstrengeld. Wanneer Robbie me ziet, trekt hij het laken wat op en grijnst schaapachtig. Ik lach ze vrolijk toe. 'Het is een prachtige ochtend,' zeg ik. 'Echt prachtig. Ik heb net gezwommen en het water is heerlijk. Dat moeten jullie ook doen. Dan maak ik het ontbijt klaar. Gepocheerde eieren met bacon, als jullie dat lekker vinden.'

'Ik word nog moddervet van al dat lekkere eten van jou.' Alice gaapt en rekt zich uit. 'Net zo vet als die monsterlijke adoptiefouders van me.' Ze kijkt me met opgetrokken wenkbrauwen aan. 'En nu we het daar toch over hebben...'

'Ja,' zeg ik, en op de een of andere manier schaam ik me, alsof ze me op iets stouts heeft betrapt. Het komt denk ik door de manier waarop ze naar me kijkt – als een boze moeder die wil dat haar kind een misdaad bekent waarvan ze allang op de hoogte is. 'Robbie heeft me verteld dat je... dat je geadopteerd bent. Dat je een broer hebt. Hopelijk vind je dat niet erg.'

De kille blik is echter alweer uit haar ogen verdwenen en ik weet niet zeker of ik me het alleen maar heb verbeeld. Ze haalt onverschillig haar schouders op en gaapt nog een keer. 'Zo'n groot geheim is het nou ook weer niet. Ik ben er gewoon nooit aan toe gekomen om het je te vertellen. Maar het stelt niks voor. Niet de moeite waard om het erover te hebben.'

Ik zie dat Robbie fronst en bijna onmerkbaar zijn lippen tuit.

Hij zucht en rolt met zijn ogen. 'Natuurlijk. Het stelt niks voor. Dat geldt voor alles wat jou betreft, hè Alice? Niks, niks, niks. Je lievelingswoord.'

'Hé Robbie.' Alice' stem is hard en koud, haar gezichtsuitdrukking boos. 'Als het je niet bevalt hoe ik mijn leven leef, als je afkeurt hoe ik over de dingen denk, wat doe je hier dan? Nou? Robbie? Wat heb je hier dan precies te zoeken?'

'Ik keur niet af hoe je denkt. Dat zei ik niet. Ik vind het alleen shit dat je alles wat met emoties te maken heeft gewoon aan de kant schuift alsof het niets te betekenen heeft. Dat is gewoon stoerdoenerij. Een soort verdedigingsmechanisme – en ik vind dat ongezond.'

'Wat?' Ze kijkt hem ongelovig aan, terwijl ze uit bed stapt en ernaast gaat staan, met haar handen op haar heupen. Ze draagt een wit nachthemd, een mooi, zedig hemd, als van een kind bijna, en op haar wangen zijn blosjes verschenen. Haar ogen glanzen van woede. Ze ziet er tegelijkertijd onschuldig en mooi en gevaarlijk uit en het is moeilijk om niet naar haar te kijken. Ze schudt haar hoofd en lacht verbitterd. 'Waar heb je het over, Robbie? Waar doel je precies op?'

'Ik heb het over jou, Alice. Over jouw familie. Over je moeder en je broertje. Ik weet niet eens hoe je broertje heet. Katherine wist niet eens dat je een broertje had. Vind je dat zelf ook niet een beetje raar? Je hebt het nooit over hem. Je hebt het nooit over je ouders of over je jeugd. Je praat helemaal nergens over.'

'En waarom zou ik dat moeten doen, Robbie? Alleen maar omdat jij vindt dat dat zo hoort? Bovendien, wat wil je nou zo wanhopig graag van me weten? Welk smerig detail precies? Nou? Je weet al dat Jo-Jo een junkie is. Je weet al dat ik ben geadopteerd. En ik heb het niet over mijn broertje omdat ik hem bijna nooit zie. Omdat hij nou eenmaal niet beschikbaar is, snap je. Ik heb het niet over hem, omdat we niet samen zijn opgegroeid, omdat hij is geadopteerd door een stelletje stomme klootzakken en een kutleven heeft gehad en nu in de gevangenis zit, oké? Ik heb het niet over hem omdat mensen zoals jij toch niet snappen wat hij allemaal heeft meegemaakt.'

Ik sta naar hen te kijken. Het is moeilijk om mezelf los te rukken, moeilijk om niet te luisteren. Alice heeft geheimen. Die heb ik ook. Wie zegt dat dat verboden is? Ik wil tegen Robbie zeggen dat hij haar met rust moet laten, het onderwerp moet laten rusten, maar dit is niet mijn ruzie. Ik draai me om en wil naar de keuken lopen, maar Alice roept me.

'Niet weglopen,' zegt ze.

Haar stem is kil en bevelend, en dat irriteert me. Op net zo kille toon zeg ik: 'Ik loop niet weg. Ik ga het ontbijt klaarmaken. Ik heb honger.'

'Ik wil alleen maar je mening horen,' vervolgt ze, alsof ik niets heb gezegd. 'Vind jij ook niet dat ik zelf mag beslissen wat ik wel of niet vertel? Of is het verkeerd van me dat ik sommige dingen voor mezelf wil houden?' Ze werpt Robbie een boze blik toe en wendt zich dan met opgetrokken wenkbrauwen tot mij. 'Of moeten vrienden elkaar soms alles vertellen? Alles wat er ooit is gebeurd?'

'Nee,' zeg ik op kalme toon. 'Natuurlijk niet.' Natuurlijk mag je geheimen hebben, denk ik bij mezelf, die heb ik ook. Laten we ze vooral diep begraven en ons best doen om ze te vergeten en het er nooit meer over hebben. Nooit.

Maar ik kan er niets meer aan toevoegen, want Robbie onderbreekt me. 'Laat Katherine er nou maar buiten. Het is niet haar ruzie.'

'Ja, nou, maar ze staat daar naar ons te luisteren alsof het wel zo is.'

'Dat doe ik niet,' verdedig ik mezelf, ineens gegeneerd. 'Ik wilde net weglopen. Maar toen vroeg jij me wat ik ervan vond.' Ik weet mezelf ervan te weerhouden om nog meer te zeggen voordat ik als een lastig kind begin te klinken. 'Hoe dan ook,' vervolg ik schouderophalend. 'Ik heb hartstikke honger. Ik ga ontbijt maken.'

Ik draai me om en loop naar de keuken. De deur valt met een klap achter me dicht. Ik hoor Robbie iets roepen en daarna Alice' boze reactie. Ik voel me gekwetst omdat Alice zo onaardig deed, en ook een beetje vernederd omdat ze vindt dat ik een soort luistervink ben. Ik pak de spullen uit de koelkast – eieren, bacon, citroen, bieslook, boter – leg alles op het aanrecht en gooi de koelkastdeur hard dicht.

Eerst maak ik de hollandaisesaus. Ik breek de eieren en scheidt voorzichtig de dooiers van het wit. Uit de slaapkamer hoor ik nog steeds het geroezemoes van hun stemmen. Ze zijn een stuk rustiger inmiddels en klinken wat kalmer, alsof ze het misschien aan het goedmaken zijn. En terwijl ik de dooiers klop, met mijn ene arm de schaal strak tegen mijn buik houdend en met mijn andere fanatiek kloppend, merk ik dat ik glimlach. We hebben ruziegemaakt, denk ik bij mezelf, echt ruzie. Onze eerste.

Precies zoals het hoort tussen vrienden.

# 11

Sarah en ik zijn al voor vijf uur in Jindabyne. Ik ben dol op Jindabyne, het kalme, ontspannen levensritme, de koele, knisperende lucht en het mooie door mensenhanden aangelegde meer. Hoewel het veel mondainer is dan toen ik er als kind kwam, met cafés en modern uitziende restaurants in de hoofdstraat, heeft het nog steeds het slaperige van een dorp. Ik denk dat het door de brede straten komt, het langzaam rijdende verkeer, het lichtelijk verlaten gevoel in het stadje na de midwinterdrukte.

Ik heb een huisje aan het meer gehuurd, in een bungalowpark dat heel fantasieloos Lake Cabins heet, maar wanneer we aankomen en ik het huisje bekijk, ben ik er heel tevreden mee. Het is er al warm, want de eigenaar is zo aardig geweest om de verwarming vast aan te zetten voor onze komst; en er is ook een kleine houten veranda met uitzicht op het meer.

'Maar waar is de sneeuw?' Sarah rent naar het raam om naar buiten te kijken.

'Er ligt hier geen sneeuw, liefje. Maar morgen nemen we de speciale trein de bergen in en daar ligt heel veel sneeuw.'

'Is het een tovertrein?'

'Volgens mij wel,' zeg ik.

'Een toversneeuwtrein?'

Ik knik. 'Precies.'

'Mag ik buiten spelen?'

'Heel even dan,' zeg ik. 'Het wordt al donker.'

Ik help Sarah in haar fleece jack en rubberlaarzen, en ze gaat naar buiten, opgewonden gillend omdat alles nieuw voor haar is.

'Je mag niet naar het water als mama er niet bij is,' breng ik haar in herinnering.

Ik pak de kartonnen doos met boodschappen – melk, thee, suiker, Bambix – uit de kofferbak en ga ermee naar binnen. Vanuit de keuken kan ik Sarah zien terwijl ik uitpak en aan het avondeten begin. Ze peutert met een stok in de grond en praat met een vrolijk, zangerig stemmetje in zichzelf. Ik heb basilicum, knoflook en pijnboompitten meegenomen, plus alle andere ingrediënten die ik nodig heb om spaghetti met pesto te maken voor het eten. Ik heb ook sla en een avocado meegenomen voor een groene salade, en balsamico voor de dressing.

Wanneer ik de pesto in de keukenmachine heb fijngemalen, de salade heb gemaakt en een grote pan water op het fornuis heb gezet, trek ik mijn jack aan en ga naar buiten. Ik ga op de veranda naar Sarah zitten kijken.

'Mama?' vraagt ze na een poosje, zonder op te kijken van haar spel.

'Ja?'

'Mama, ben je gelukkig?'

'Natuurlijk ben ik gelukkig.' Ik schrik een beetje van de ernst waarmee ze het heeft gevraagd. 'Ik heb jou toch? Dus dan ben ik heel erg gelukkig. Ik ben de gelukkigste mama van de hele wereld. Dat weet je toch?'

'Ja.' Ze knikt ernstig. 'Ik weet dat je daar gelukkig mee bent. Maar ben je niet bedroefd omdat je geen papa hebt?'

'Maar ik heb toch een papa? Opa is mijn papa.'

Ze denkt even na. Dan kijkt ze me aan, met een denkrimpel tussen haar wenkbrauwen. 'Ik bedoel een papa voor mij, dat bedoelde ik. Ben je bedroefd omdat je geen papa voor mij hebt?'

‘Een heel klein beetje wel.’ Intuïtief wil ik naar Sarah toe lopen, haar optillen en knuffelen en kietelen en overladen met kussen. Dit soort droevige gesprekken wil ik het liefst vermijden; te zwaar, te pijnlijk, vind ik, voor zo’n klein meisje. Maar uit ervaring weet ik dat ze een antwoord op deze vragen verwacht en dat ze pas ophoudt met vragen wanneer ze tevreden is. ‘Ik mis je papa en ik wou dat hij niet dood was, maar jij maakt me zo gelukkig dat ik meer gelukkig dan bedroefd ben.’

Ze glimlacht, een voorzichtig lachje van opluchting.

En ik vraag me af of het waar is. Geluk valt zo moeilijk te meten. Er zijn momenten waarop ik gelukkig ben, zeker, momenten met Sarah wanneer ik vergeet wie ik ben en wat er is gebeurd, momenten waarop ik het verleden totaal kan vergeten en van het heden kan genieten. Maar desondanks drukt er een gewicht op me, een diepe droefheid, een gevoel van teleurstelling over de grilligheid van het leven, een gewicht dat ik moeilijk van me af kan schudden, moeilijk kan negeren. Het komt voor dat ik ineens besef dat er dagen, weken zijn verstreken zonder dat ik er last van had, alsof ik een tijdje afwezig ben geweest, of op de automatische piloot heb geleefd. Soms heb ik het gevoel dat ik een robot ben, voorgeprogrammeerd om voor Sarah te zorgen, er verantwoordelijk voor dat haar leven gladjes verloopt, zonder het vermogen om iets voor mezelf te wensen. Mijn voornaamste hoop op geluk tegenwoordig betreft Sarah. Als het met haar goed gaat, als zij een leven kan leiden zonder tragedies of verdriet, dan mag ik mezelf als een tevreden mens beschouwen. Maar op meer dan Sarahs tevredenheid durf ik op dit moment voor mezelf niet te hopen; de enige emotionele investering die ik bereid ben te doen in het leven, is van haar houden.

# 12

'Dus dan zien we je vrijdagavond?' vraagt mijn moeder.

'Ja.'

Ik wil net gedag zeggen en ophangen, wanneer ze vraagt: 'Waarom neem je die nieuwe vriendin van je niet eens mee? Alice? We zouden het leuk vinden om haar te leren kennen.'

Ik vraag me af of mijn vader en moeder echt willen dat ik Alice meeneem; ze lijken niet meer te genieten van welke sociale bezigheid dan ook. Het is heel inspannend om te moeten lachen en glimlachen en een gesprek gaande houden wanneer je eigenlijk alleen maar aan de dood van je kind kunt denken; een onderwerp dat je onmogelijk ter sprake kunt brengen zonder mensen af te schrikken. Maar ik snap dat ze het voor mij doet, dat ze wil dat ik een zo normaal mogelijk leven leid.

Ik heb er al eerder over gedacht om Alice eens aan mijn ouders voor te stellen, maar kwam dan steeds tot de conclusie dat ik dat beter niet kon doen. Mijn vader en moeder zijn zo bedroefd, zo stil, dat mensen zich soms moeilijk een houding weten te geven. En ik heb het Alice ook nog niet verteld van Rachel. Dus ze zou hun diepe ernst, hun onvermogen om vrijuit te lachen, ongetwijfeld erg verontrustend vinden.

'Ik weet het niet, mama,' zeg ik. 'Ze heeft vast al wat anders.'

'Alsjeblieft, lieverd. Je kunt het haar toch op zijn minst vragen. Ik weet best dat we saai zijn, dat het waarschijnlijk stomvervelend is, maar het zou echt fijn zijn om eens een nieuw gezicht te zien. En het zou je vader ook goeddoen om te kunnen zien dat je gelukkig bent en het leuk hebt met iemand van je eigen leeftijd.'

Mijn moeder vraagt zelden iets van me, en aan haar stem te horen wil ze echt graag dat ik Alice meeneem, dus zeg ik dat ik het haar zal vragen. Ik beloof dat ik haar de volgende dag zal laten weten of Alice wel of niet meekomt. Ze wil het op tijd weten in verband met de boodschappen.

Alice zegt ja, ze wil heel graag mee, en ze lacht en zegt dat ze er al op had zitten wachten tot ik het zou vragen.

Het is onvermijdelijk dat Rachels naam de eerste avond al wordt genoemd. Ik slaag er echter in om snel van onderwerp te veranderen en weet zo te voorkomen dat ik Alice onder de nieuwsgierige blikken van mijn ouders moet vertellen wat er is gebeurd. Ze zouden zich beslist afvragen waarom ik het Alice niet eerder heb verteld.

Maar ik weet dat ik het haar zal moeten vertellen. Geen sprake van dat we het hele weekend door kunnen komen zonder dat Rachels naam nog een keer valt. Dus wanneer Alice en ik mijn ouders welterusten hebben gewenst en naar boven gaan, vraag ik haar of ze even mee wil komen naar mijn kamer.

'Waarom?' fluistert ze giechelend. 'Heb je daar stiekem een voorraadje drugs verstopt?'

'Ik wil je alleen iets vertellen.'

Alice kijkt me met grote ogen aan, duidelijk verbaasd over mijn serieuze toon. 'Oké,' zegt ze. 'Maar ik moet eerst even plassen. Ik kom zo.'

Wanneer ze terug is, gaan we op mijn bed zitten, tegenover elkaar, in kleermakerszit.

'Ik heb een zusje gehad,' zeg ik zakelijk. 'Rachel. Ze is vermoord.'

Fronsend leunt ze naar voren. 'Wat zei je?'

Ik wacht. Ik weet dat ze me best heeft verstaan, maar dat ze gewoon tijd nodig heeft om deze informatie te verwerken. Zo gaat het steeds wanneer je het iemand voor het eerst vertelt. Het is in het begin moeilijk te geloven.

'Vertel,' zegt ze na een tijdje.

Ik begin te praten, en onder het praten snik ik zacht. Ik vertel haar alles. Het hele verhaal, te beginnen bij het moment waarop Carly, Rachel en ik al die jaren geleden samen koffiedronken, het moment waarop ik besloot dat we naar het feest zouden gaan. En ik huil om de verschrikkingen die ik me weer voor de geest haal, maar ook van opluchting omdat ik het eindelijk aan iemand vertel, en ik blijf maar praten en huilen. En Alice luistert voor deze ene keer alleen maar. Ze zegt niets, stelt geen vragen, maar houdt wel de hele tijd haar hand op mijn knie.

'O mijn god,' zegt ze, wanneer ik eindelijk klaar ben. 'Wat erg voor je. Wat erg voor je ouders. Waarom heb je me het niet eerder verteld? O mijn god. Die arme Rachel.'

'Ja.' Ik knik. 'Arme Rachel. En ook mijn arme vader en moeder. Het is gewoon klote. Het heeft alles verpest.'

Alice slaat haar armen om me heen en houdt me vast terwijl ik huil. En dan, wanneer ik totaal uitgeput ben en hoofdpijn heb en het op de wekker twee uur 's nachts is, helpt ze me in bed en gaat naast me liggen. Ze streelt mijn haar totdat ik in slaap val.

Wanneer ik de volgende ochtend wakker word, staat Alice naast mijn bed, met een dampende kop thee in haar hand. 'Hier, voor jou.' Ze zet het kopje op het nachtkastje en gaat op bed zitten. 'Heb je wel genoeg slaap gehad?'

Ze is al aangekleed. De uiteinden van haar haren zijn vochtig en ik ruik de citroengeur van haar shampoo. Ik ga rechtop zitten; ik voel me verfomfaaid, moe en muf. Ik pak het kopje en neem een slokje. De thee is warm, sterk en zoet en voelt heerlijk aan in mijn droge mond.

'Hoe voel jij je?' vraag ik nadat ik de thee half op heb en me helder genoeg voel om wat te zeggen. 'Hoe laat ben jij opgestaan? Je zult ook wel moe zijn.'

'Nee, ik voel me fantastisch. Ik ben vroeg opgestaan en heb samen met Helen op de veranda ontbeten.'

Ik vraag me af waarom Alice mijn moeder ineens bij haar voornaam noemt. Mijn ouders zijn meestal van het meneer en mevrouw-soort.

'We hebben het over Rachel gehad,' zegt Alice.

'O.' Ik ben geschokt. Ik kan me niet voorstellen wat ze tegen elkaar gezegd kunnen hebben. Mijn moeder voelt er meestal weinig voor om het met onbekenden over Rachel te hebben, bang als ze is om haar leven en dood te reduceren tot een verhaal. 'Was dat... Ik bedoel, hoe was mijn moeder daaronder? Heeft ze... heeft ze er echt uit zichzelf over gepraat?'

'Of ze gepraat heeft? Mijn god, Katherine, ze nam nauwelijks de tijd om adem te halen. Volgens mij had ze daar echt behoefte aan. Het was... hoe noemen ze dat... louterend voor haar volgens mij. Helen is een schat van een vrouw, moedig en sterk, maar... hoe zeg je dat... ze heeft een soort uitlaatklep nodig. Het is wel duidelijk dat ze alles heel lang heeft opgekropt, al haar woede en verdriet. Ik bedoel, begrijp me niet verkeerd, dat van vanochtend was voor ons allebei heel uitputtend, heel emotioneel. We hebben gelachen en gehuild en elkaar omhelsd. We hebben zelfs een scheut rum in onze koffie gedaan, want we raakten zo geëmotioneerd. Ik bedoel, ze was vanochtend compleet open, heeft me van alles verteld... dingen die ze volgens mij nog nooit aan iemand anders heeft verteld.' Alice houdt haar hoofd scheef en glimlacht dromerig. 'En door mij kon ze het ook eens van een andere kant bekijken, met een nieuwe blik; een wat tolerantere, positievere blik. Volgens mij heb ik haar echt geholpen. Ik heb haar echt geholpen om wat van al die opgekropte shit los te laten.'

'Al die shit?' vraag ik. Ik ben geïrriteerd, maar weet niet precies waarom. 'Wat voor shit precies?'

'O.' Alice knippert met haar ogen en kijkt me dan een beetje op haar hoede aan. 'Gaat het wel? Je vindt het toch niet erg of zo? Het gebeurde gewoon. Ik weet niet eens zeker wie er over Rachel is begonnen. Ik bedoel, ik denk dat ik het was... maar ik kon daar toch moeilijk een beetje bij haar zitten zonder het over Rachel te hebben? Dat voelde oneerlijk, alsof ik zat te liegen of zo. Maar wauw, ik had Rachels naam nog niet genoemd of ze ging helemaal los. Helen was niet meer te stoppen.'

Ik word woedend van de manier waarop Alice het steeds over mijn moeder heeft als 'Helen', en iedere keer dat ze haar naam noemt, moet ik me beheersen om niet te zeggen dat ze haar kop moet houden.

'Ik ga even kijken hoe het met haar gaat,' verzucht ik. Ik gooi de deken van mijn benen en sta op. Terwijl ik mijn ochtendjas aantrek, mijd ik Alice' blik. 'Ze is er erg goed in geworden om haar gevoelens te verbergen sinds Rachel dood is. Je kunt echt niet zeggen wat ze denkt, tenzij je haar erg goed kent. En ze kan soms ook belachelijk beleefd zijn. Tot op het zelfdestructieve af eigenlijk.'

Ik ga de kamer uit zonder Alice de kans te geven om nog wat te zeggen. Ik weet dat ik onbeleefd ben en waarschijnlijk ook veel te dramatisch doe, maar ik ben ervan overtuigd dat Alice het helemaal verkeerd ziet – ik weet zeker dat mijn moeder, als ze het over Rachel hebben gehad, zich nu verdrietig en geschokt zal voelen. En Alice lijkt op de een of andere manier erg ingenomen met zichzelf. Op het irritante af.

Ik tref mijn moeder aan in de keuken. Ze staat bij het kookeiland deeg te kneden. Op het keukenblad ligt meel en ook op haar wang zit een veeg. Ze is aan het neuriën.

'O lieverd.' Ze glimlacht en legt een hand op haar borst. 'Je maakt me aan het schrikken.'

'Hoe gaat het met je?' Ik neem haar voorzichtig op.

'O! Ik voel me behoorlijk...' Ze raakt afwezig haar mond aan waarbij ze een veeg meel achterlaat. Ze krijgt tranen in haar ogen, en even denk ik dat ze zal gaan huilen, maar dan glimlacht ze ineens. 'Ik voel me eigenlijk heel goed. Alice en ik hebben vanochtend zo'n fijn gesprek gehad. Een echt goed, eerlijk gesprek over Rachel. Het was, nou ja, het was heel bevrijdend om alles eens hardop te kunnen zeggen.' Ze schudt lachend haar hoofd. 'Ik zat te vloeken als een bootwerker, lieverd. Ik heb zelfs rum gedronken als een bootwerker.'

'Rum? Zo vroeg?' Ik kijk op de keukenklok. 'Het is net tien uur geweest!'

'Ik weet het. Stout van ons, hè? Die vriendin van je, Alice.' Mijn moeder schudt haar hoofd, met om haar mond een lief lachje. 'Dat is me er eentje, hè? Echt heel leuk.'

'Ja hoor.' Ik trek de deur van de koelkast open en doe alsof ik iets zoek. 'Hoewel ik me nauwelijks kan voorstellen dat jij hebt gevloekt.' Ik kan er niets aan doen, maar het komt er abrupt en afkeurend uit.

'Toch was dat zo.' Mocht mijn moeder al iets van mijn stemming hebben gemerkt, dan houdt ze dat voor zich; ze blijft opgewekt en vrolijk. 'Die arme mannen. Als ze eens wisten waarvoor ik ze allemaal heb uitgemaakt!'

'Arme mannen? Welke arme mannen?' Ik sluit de deur van de koelkast en kijk haar aan.

'Nou ja, jongens eigenlijk, geen mannen. De jongens die Rachel hebben vermoord.'

'En dat noem je arme mannen? Dat lijkt me toch niet. Zij leven tenminste nog.'

'Dat is waar. Ze leven nog. En ze zullen eeuwig moeten leven met wat ze hebben gedaan.'

'Net goed,' zeg ik kwaadaardig. 'Dat is hun verdiende loon, verdomme.'

'Inderdaad.' Mijn moeder kijkt me glimlachend aan. 'Het geeft niet. Gooi het er maar uit. Vloek er maar eens lekker op los.'

'Jezus mam, dat heb ik allemaal al gedaan.'

'Mooi zo. Dat is goed. Daar ben ik blij om.' Ze lacht. 'Het voelt lekker om kwaad te worden, hè? Het voelt lekker om je af en toe eens niet netjes te gedragen.'

'Zo zou ik het niet noemen. Je als een normaal mens gedragen, zo zou ik het noemen.'

'Natuurlijk. Je hebt helemaal gelijk. Alice heeft me daar ook op gewezen.'

'En daar zit je niet mee?' Ik weet niet waarom ik me niet opgelucht voel. Maar een raar en beschamend deel van me is teleurgesteld dat ze zo vrolijk lijkt. Ik neem aan dat ik een beetje jaloers ben omdat ze zich zo voelt na met Alice te hebben gepraat in plaats van met mij. 'Ben je niet verdrietig?'

'Verdrietig? Ja, natuurlijk ben ik verdrietig, liefje. Mijn dochter is vermoord. Maar het voelt gewoon zo goed om... om te hebben toegegeven dat ik eigenlijk ontzettend woedend ben. Om een beetje van die woede te kunnen spuien.' Ze haalt haar schouders op en gaat verder met deeg kneden, wat met woeste gebaren gepaard gaat. 'Het voelt zo fantastisch om het hardop te zeggen. Ik heb die mannen, die jongens, die klootzakken, zo finaal de grond in geboord dat ik bijna medelijden met ze kreeg.'

'O. Nou. Dat is...' Ik maak mijn zin niet af. Ik draai me om, pak de ketel en houd me verder bezig met thee zetten, de suiker pakken, een kopje zoeken, theeblaadjes in de theepot scheppen. Ik heb mijn moeder nog nooit horen vloeken. Echt nooit. In bijna achttien jaar niet. En in plaats van dat ik blij ben dat ze wat van haar woede spuit, blij ben dat ze zichzelf eindelijk durft te laten gaan, moet ik bijna huilen. Ik voel me gekwetst. Ik heb zo vaak geprobeerd om het met haar over Rachel te hebben, zodat ze wat van haar woede kon uiten, kon schreeuwen en huilen en tekeergaan over de oneerlijkheid van alles, maar ze reageerde altijd even ijzig en stoïcijns, met haar lippen stijf op elkaar, weigerend zich door haar gevoelens te laten leiden.

Waar ik altijd in heb gefaald, daarin is Alice geslaagd – en zo gemakkelijk en snel!

In stilte zet ik mijn thee en net wanneer ik mijn kop mee naar boven wil nemen om mijn thee in gekrenkte eenzaamheid op te drinken, komt mijn moeder naar me toe lopen. Ze gaat vlak voor me staan, legt een hand op mijn schouder en knijpt er even in. 'Die Alice van jou is echt een schat. Ik ben zo blij dat je haar dit weekend hebt meegenomen.'

Ik knik en tover een glimlach tevoorschijn.

'En ze vindt jou echt fantastisch,' zegt mijn moeder. 'Ze heeft je echt de hemel in geprezen. Ik ben zo blij dat jullie vriendinnen zijn.' Dan buigt ze zich naar voren en geeft me een kus op de wang. Ze lacht, en sinds Rachels dood heb ik niet meer zo'n vrolijke, oprechte lach op haar gezicht gezien. Mijn moeder spreidt haar armen en ik zet mijn kopje neer en sla mijn armen om haar heen. We omhelzen elkaar stevig, heel lang, en tegen de tijd dat we elkaar weer loslaten, is al mijn woede jegens Alice verdwenen. Ze heeft mijn moeder blij gemaakt en in plaats van zo kinderachtig jaloers te zijn zou ik dankbaar moeten zijn. Ik heb me onredelijk en egocentrisch en kleingeestig gedragen. En terwijl ik weer naar boven ga, neem ik me voor om in de toekomst wat aardiger en begripvoller tegenover Alice te zijn. Per slot van rekening doet ze alles met de beste bedoelingen. Ze is een goede vriendin, een aardige, toegewijde vriendin, met haar hart op de juiste plaats.

# 13

Op weg naar het feest gingen Rachel, Carly en ik nog even bij Carly's huis langs. Carly deed haar schooluniform uit en trok een spijkerbroek, een strak roze topje en gouden sandaaltjes aan. Wij mochten ook iets van haar lenen, en ik koos een spijkerbroek en een gestreept T-shirt uit, maar Carly's kleren waren voor Rachel veel te groot.

'Dan moet je je uniform maar aanhouden,' zei ik.

'Maar dan zie ik er niet uit,' jammerde Rachel met een blik op zichzelf. En hoewel ze haar schooldas al had afgedaan en haar blouse uit haar rok had getrokken zodat haar uniform er wat minder stijf uitzag, viel er niets te doen aan de lengte van de rok – een lange, donkergroene kilt die tot over haar knieën kwam, onmiskenbaar de uitdossing van een privéschool. 'Dan val ik hartstikke op.'

'Wat maakt dat nou uit?' vroeg ik. 'Je valt sowieso wel op. Je bent daar de jongste, de enige veertienjarige in de wijde omtrek.'

'Maar ik...'

'Rach,' onderbrak ik haar. 'Hou op met dat gezeur. Je zou eigenlijk niet eens mee mogen. Het zijn mijn vrienden, niet die van jou.'

Rachel en ik maakten allebei ons haar los – Rachel had lang, steil goudblond haar, ik een wilde bos bruine krullen. We deden wat lipgloss van Carly op en maakten onze ogen donker met haar mascara en eyeliner.

Carly pakte haar mobieltje uit haar schooltas en zette het uit. Ze legde het op bed. 'Als jullie niet door je ouders gebeld willen worden, laat die van jullie dan ook hier. Ik geef ze morgen op school wel weer terug.'

Rachel keek me aan, onzeker. De beslissing was aan mij. Ik haalde mijn schouders op, pakte mijn mobieltje uit mijn schooltas, zette het uit en gooide het op Carly's bed. Rachel volgde snel mijn voorbeeld.

Nadat we ons hadden ondergespoten met duur uitziende parfum van Carly's moeder – haar hele kaptafel stond er vol mee – gingen we weg. Omdat we niet genoeg geld voor een taxi hadden, besloten we te gaan lopen. Nadat we zo'n vijf minuten hadden gelopen, onderweg voor de lol commentaar leverend op de huizen waar we langskwamen, pakte Carly een plastic drinkfles uit haar schoudertas.

'Wacht even,' zei ze. Ze bleef staan, draaide de dop los en nam een grote slok. Haar ogen begonnen meteen te tranen en ze hapte naar adem toen ze de fles weer uit haar mond nam, dus het was wel duidelijk dat er geen water in zat.

'Wodka.' Ze reikte me de fles aan. 'Met bitter lemon. Wil je ook wat?'

Hoewel ik ongelovig en geamuseerd mijn hoofd schudde, pakte ik de fles toch aan. Ik had kunnen weten dat Carly niet zonder alcohol naar het feest zou gaan. Ze was het eerste meisje van school dat al dronk; ze regelde het altijd zo dat iemand die ouder was drank voor ons kocht wanneer het nodig was.

Ik bracht de fles naar mijn mond en nam voorzichtig een slok. Veel meer wodka dan bitter lemon. 'God, Carly, wil je me dood hebben of zo?' vroeg ik, terwijl ik haar de fles teruggaf.

'Rach?' Met opgetrokken wenkbrauwen hield Carly de fles op voor Rachel.

Rachel keek mij aan alsof ze om toestemming vroeg.

'Ach, waarom ook niet?' zei ik schouderophalend. 'Maar je vindt het vast vies. De eerste keer smaakt het altijd naar benzine.'

Rachel nam een klein slokje, en precies zoals ik al had verwacht, kneep ze haar lippen op elkaar en vertrok ze haar gezicht van afschuw. 'Gatver,' zei ze. 'Dat is smerig, zeg.'

'Ach, het is voor een goed doel.' Carly schudde haar hoofd toen Rachel de fles terug probeerde te geven en duwde hem weer in Rachels handen. 'Neem nog wat. Na een paar slokken wordt het minder vies. Je wordt er lekker relaxed van, en dan is het veel leuker allemaal.'

Rachel volgde Carly's raad op, zette de fles aan haar mond en nam nog een slok. 'Al een stuk minder vies,' zei ze, terwijl ze een gezicht trok. 'Maar ik vind alleen bitter lemon nog steeds lekkerder.'

Carly lachte. 'Maar met bitter lemon heb je een hoop minder lol. Geloof mij nou maar.'

Ik weet niet goed waarom het me niet kon schelen dat Rachel alcohol dronk. Ik weet niet waarom ik niet beter op haar paste, waarom ik niet in de gaten hield wat ze dronk, waarom ik er niet voor zorgde dat ze niet al te dronken werd. Ik neem aan dat de wodka zijn uitwerking niet miste – op geen van ons. Onder het lopen gaven we de fles aan elkaar door en namen we om de beurt een slokje, en naarmate we meer gewend raakten aan de alcohol, begon het ook beter te smaken en namen we steeds grotere slokken.

Toen de fles leeg was, bleef Carly staan. 'Wacht even.' Ze zette haar tas op de grond en pakte er een grote glazen fles uit. Ze draaide hem om zodat we het label konden zien: Stolichnaya Vodka. 'Jullie dachten toch niet dat ik ons zonder zou laten zitten?' Ze keek grijnzend op. 'Maar we moeten het nu wel puur drinken. De bitter lemon is op.' Ze vulde de plastic fles, ging rechtop staan en hield het Rachel voor. 'Jij mag eerst. Het zal eerst weer branden, maar je went er vanzelf aan.'

Rachel pakte de fles aan en nam een grote slok. We moesten lachen om het gezicht dat ze trok toen ze de wodka doorslikte.

We moesten bijna veertig minuten lopen en tegen de tijd dat we aankwamen, waren we alle drie behoorlijk aangeschoten. Rachel had op elke wang een keurig rond rood blosje en een enorme grijns om haar mond. Ze zag er mooi en onschuldig en heel erg jong uit.

'Hoe voel je je?' Ik pakte haar hand beet en glimlachte. De wodka had al mijn eerdere irritatie opgelost, alle harde randjes gladgestreken. Ik was niet meer boos op haar omdat ze met ons mee was gekomen. Het maakte gewoon niets uit. 'Gaat het?'

Hoewel we nog buiten stonden, konden we de muziek in de schuur al horen, het boem boem boem van de bas, het geluid van stemmen en gelach, jonge mensen die lol hadden. Jonge mensen zonder volwassenen in de buurt.

Rachel staarde me alleen maar aan, nog steeds grijnzend, en knikte toen. Ze begon op de maat van de muziek te bewegen. Ze trok haar wenkbrauwen op en hield haar hoofd scheef, alsof ze de noten wat beter wilde horen.

'Kom.' Carly stond achter ons en gaf ons een zacht duwtje. 'We blijven hier niet de hele middag staan. Hoe leuk ik jullie ook vind, ik heb niet dat hele eind gelopen om hier een beetje buiten met jullie rond te hangen.'

Terwijl we naar de deur liepen, kwam het ineens bij me op dat ik er eigenlijk niet echt goed over had nagedacht. We waren van plan geweest om maar een uur weg te blijven. We waren van plan geweest om ervoor te zorgen dat Rachel om vijf uur weer thuis zou zijn, zodat ze nog genoeg tijd had om piano te spelen. Maar we waren ruim tien minuten bij Carly thuis geweest en de wandeling had ons ook nog eens veertig minuten gekost. En terwijl ik naar Rachel keek die zich in het feestgedruis stortte, haar passen afstemmend op de maat van de muziek, drong het tot me door dat we onvermijdelijk te laat thuis zouden komen. Als Rachel gewoon naar huis was gegaan, was er niets aan de hand geweest. Dan had ik mijn ouders straks kunnen bellen met een of andere smoes, ik had kunnen zeggen dat ik bij Carly huiswerk aan het maken was. Ze zouden dan wel een beetje boos zijn geworden, maar lang niet zo kwaad als nu, met Rachel erbij. Ze zouden het heel erg vinden dat Rachel te laat thuiskwam, ze was pas veertien en zou niet kunnen oefenen op de piano – en dat was altijd een zwaar misdrijf. En ik had ook geen flauw idee hoe we die wodkageur konden verdoezelen. Eén ding was zeker, we zouden er last mee krijgen, en flink wat last ook.

Dan kan ik maar beter zorgen dat ik het nu leuk heb, dacht ik, terwijl ik Rachel naar binnen volgde.

# 14

Alice loopt voor ons uit. Hoewel het maar een paar passen is, maakt ze het ons daarmee lastig om haar bij het gesprek te betrekken en weet ze ons tegelijkertijd duidelijk te maken dat ze niet in de stemming is om te praten. Ik geloof niet dat ze chagrijnig is of boos of van streek – integendeel zelfs, ze is in een erg goede bui, stralend van schoonheid en bruisend van energie; ze geniet er duidelijk van om op zo'n mooie avond uit te gaan en van het laatste warme weer te genieten.

Soms doet ze zo; dan lijkt ze met haar gedachten ergens anders en is ze weinig mededeelzaam. Robbie en ik kennen haar zo goed dat we ons niet hoeven af te vragen of ze misschien boos is of zich beledigd voelt, we weten dat ze het soms gewoon fijner vindt om niet mee te doen. Robbie heeft daar ook wel eens de draak mee gestoken. Robbie en ik zaten een keer geanimeerd te praten over onze gedeelde liefde voor muziek – van rock en pop tot opera – toen we ontdekten dat Alice op de bank in slaap was gevallen. We hadden geen flauw idee hoe lang ze al lag te slapen. Zonder oog voor onze omgeving hadden we urenlang zitten praten. 'Volgens mij is ze moe geworden van ons geklets, Katherine,' had Robbie lachend gezegd toen we het ontdekten. 'Volgens mij praten we te veel. Ze verveelt zich dood bij ons.' Waarschijnlijk heeft hij gelijk. Robbie en ik hebben altijd wat om over te praten – onze gesprekken kunnen urenlang doorgaan. Enzovoort.

Robbie en ik praten eigenlijk zoveel met elkaar en kunnen het ook zo goed met elkaar vinden dat ik me zorgen begon te maken of Alice dat niet erg zou vinden. Ik vroeg me af of ze misschien jaloers zou zijn. Maar toen ik haar vroeg of ze het erg vond dat ik zo vaak met Robbie praatte, of ze niet liever wilde dat ik een stapje terugdeed, schudde ze haar hoofd en keek ze me niet-begrijpend aan.

'Hoezo? Ik vind het fijn dat jullie zo goed met elkaar kunnen opschieten. Mijn twee favoriete mensen ter wereld. Ik vind het juist leuk dat jullie zoveel hebben om over te praten,' zei ze.

'O, mooi. Ik was bang dat je... Nou ja, dat je vond dat ik je voor de voeten liep, dat je misschien jaloers zou zijn.'

'Jaloers?' Alice schudde bedachtzaam haar hoofd. 'Ik ben nog nooit jaloers geweest. Op niemand. Nergens op. Ik kan naar waarheid zeggen dat dat een gevoel is wat ik niet ken.' Ze haalde haar schouders op. 'Als je het mij vraagt, lijkt het me een stomme eigenschap van niks.'

Het is vrijdagavond en de tentamens beginnen over een paar weken en eigenlijk had ik thuis moeten zitten studeren. Maar ik heb deze week al hard geleerd en Robbie en Alice hebben me allebei gesmeekt om mee uit te gaan. Ik weet dat het eindexamen belangrijk is, maar op dit moment is mijn vriendschap met Alice en Robbie nog belangrijker. Op dit moment lijkt lol hebben, het leven leiden dat ik mezelf zo lang heb ontzegd, meer dan belangrijk. Het is cruciaal.

Robbie en ik hebben het over skiën. Robbie is er gek op en stelt voor om de komende winter met z'n drieën de sneeuw op te zoeken.

'Maar ik kan het niet zo goed,' zeg ik. 'Ik ben waarschijnlijk een blok aan je been en dan verpest ik je hele vakantie.'

'Ik leer het je wel,' zegt hij. 'Tegen de tijd dat we weggaan, kun je het.'

'Wat een vertrouwen in je eigen kunnen,' zeg ik lachend. 'Je weet niet eens hoe slecht ik ben. Het zou echt een wonder zijn als het je zou lukken om mij goed te leren skiën.'

'Hij heeft het mij ook geleerd.' Alice draait zich om en vertraagt haar pas zodat ze naast ons kan lopen. Ze schuift tussen ons in waarbij ze Robbie en mij dwingt om uit elkaar te gaan, zodat zij in het midden kan lopen. 'Toen we vorig jaar de sneeuw opzochten, kon ik niet eens op ski's staan, maar een week later skiede ik als een ware kampioen.' Ze steekt haar arm door die van Robbie en kijkt hem lachend aan. 'En jij bent zo verschrikkelijk sexy als je skiet.' Ze kijkt me aan. 'Als hij skiet, weet hij precies wat hij doet, hij straalt dan zoveel zelfvertrouwen uit. Om te zoenen gewoon.'

Robbie blijft ineens staan en kijkt Alice aan. Hij fronst ineens. 'Om te zoenen? Goh, niks van gemerkt. Ik kreeg toen een heel andere indruk.'

Alice drukt zich lachend wat dichter tegen hem aan. 'Stomkop,' zegt ze. 'Je begrijpt dus duidelijk weinig van me.'

Robbie reageert anders dan anders op Alice' liefkozerij, hij schudt geïrriteerd zijn hoofd. 'We zijn er,' zegt hij, terwijl hij zijn arm losmaakt uit die van Alice en verder loopt. Hij knikt naar de deur van een bar waarop OUT OF AFRICA staat. 'Hier is het.'

Hij trekt de deur open en doet een stap opzij om Alice en mij langs te laten. Ik glimlach in het voorbijgaan naar hem en hoewel zijn mondhoeken omhooggaan, lachen zijn ogen niet mee. En uit zijn stijve houding kan ik opmaken dat hij van streek is of kwaad of allebei.

Binnen is het donker; de zaak wordt alleen verlicht door kleine lampjes aan de muur en kaarsen op de tafels. Mijn ogen moeten even wennen, maar dan zie ik dat de muren donkerrood zijn en dat er op de stoelen felgekleurde Marokkaans uitziende kussens liggen.

'Ik ga wat te drinken halen aan de bar,' zegt Robbie.

'Wat een prima idee,' zegt Alice. 'Ik wil een fles champagne.'

'Een hele fles?' Hij staart haar aan. 'Vind je dat niet een beetje...'

'Nee,' onderbreekt Alice hem. 'Ik vind het perfect. Een fles. Graag.'

Robbie schudt zijn hoofd en kijkt naar mij. 'Katherine?'

'Bitter lemon graag.'

Alice rolt met haar ogen. 'Bitter lemon graag.' Spottend aapt ze me met een hoog stemmetje na. 'Ons brave juffertje blieft geen alcohol.'

'Dat mag ik niet, Alice. Ik ben nog geen achttien. Ik heb geen identiteitsbewijs.'

'Je bent haar geen verklaring schuldig, Katherine,' zegt Robbie. 'Ik neem ook fris. Ik moet morgen voetballen. Alice zal in haar eentje moeten drinken.'

'Wauw.' Alice slaakt een zucht. 'Wat een lolbroeken zijn jullie. Daar bof ik weer echt mee.'

Robbie kijkt haar fronsend aan, met strakke mond en een kille blik, dan draait hij zich om en loopt naar de bar.

Alice kijkt hem na. 'Volgens mij is hij kwaad op me,' zegt ze schouderophalend. Ze kijkt om zich heen waarbij ze de andere klanten openlijk aanstaart.

Ik kijk naar Robbie die aan de bar op zijn drankjes staat te wachten. Hij kijkt recht voor zich uit, met een wezenloze blik. Hij ziet er ongelukkig uit.

'Wat was dat net?' vraag ik. 'Waarom is hij ineens zo kwaad?'

'O, ik denk dat hij weer ergens aan moest denken toen ik het over onze skivakantie had. Hij was toen ook een beetje kwaad, omdat ik het met een skileraar had aangelegd. Eén nachtje maar. Robbie vond dat maar niks.'

'Aangelegd? Eén nachtje? Wat bedoel je precies?'

Ze kijkt me niet aan. Ze staart naar een stelletje dat naast ons aan een tafeltje zit. 'Precies wat ik zei.' Ze zucht en zegt overdreven duidelijk, alsof ik moeite heb haar te verstaan of te begrijpen: 'Gewoon één nachtje. Met een andere man. In zijn kamer. Ik neem aan dat je niet alle details wilt weten? Robbie was er niet blij mee. Hij blijkt nogal bezitterig, wat helemaal nergens op slaat.'

Ik ben zo geschokt door Alice' woorden dat ik niet weet wat ik moet zeggen en even zit ik stom voor me uit te staren, met mijn hand voor mijn mond. Ik wist wel dat Alice behoorlijk nonchalant over haar relatie met Robbie dacht en dat ze die veel minder serieus nam dan hij. Maar dat ze daadwerkelijk tijdens een vakantie met Robbie de nacht met een andere man heeft doorgebracht, vind ik verbazingwekkend. Dat was óf ongelooflijk wreed van haar, óf, en dat is minstens zo schokkend, het bewijs dat Alice op de een of andere bizarre manier niet in staat is om zich in een ander in te leven.

Voordat ik de kans krijg om mijn gedachten op een rijtje te zetten en een of ander intelligent antwoord te geven, springt Alice op uit haar stoel en begint met beide armen te zwaaien.

'Ben!' roept ze terwijl ze bij ons tafeltje wegloopt en naar het stelletje toe gaat dat ze al een paar minuten heeft zitten bekijken. 'Ben Dewberry! Je bent het echt. Ik dacht al dat ik je herkende. Ik zat de hele tijd al te kijken, maar toen hoorde ik ineens je accent. En toen wist ik zeker dat jij het was.'

Alice is zo luidruchtig dat de andere gasten in het restaurant stoppen met praten en er even een stilte valt. Ben en het meisje tegenover hem – een rijzig meisje, met lang, woest rood haar en een bleke huid – nemen haar in stilte op wanneer ze bij hen komt staan. Ben kijkt geschrokken, bang bijna.

'Alice.' Hij staat op en steekt zijn hand uit alsof hij haar een hand wil geven, maar ze negeert het gebaar, doet een stapje naar voren en omhelst hem. Ze kust hem, lang en hard, op zijn lippen. Wanneer ze weer bij hem weg stapt, heeft Ben een kleur en kijkt hij onzeker en gegeneerd. 'Wauw. Wat doe jij hier?' Hij heeft een Amerikaans accent.

'Eten natuurlijk, dombo. Net als jij.' Alice pakt Ben bij de hand en draait zich om naar ons tafeltje, net op het moment dat Robbie komt aan lopen met de drankjes. 'Robbie, Katherine, dit is Ben. Ben Dewberry. Mijn eerste echte grote liefde.'

Ben kijkt over Alice' schouder naar zijn tafelgenote, haalt zijn schouders op en wil iets zeggen, maar Alice, die met haar rug naar Bens vriendin toe staat, trekt aan zijn arm.

'Waarom komen jullie niet bij ons zitten?' stelt ze voor. 'Toe. Dat is gezellig.'

'O nee, ik denk niet...' Ben kijkt naar zijn vriendin. 'Philippa en ik...'

Alice draait zich razendsnel om naar Philippa. 'Hoi, ik ben Alice.' Ze laat Ben los en steekt haar arm naar haar uit. Ze geven elkaar een hand. Alice glimlacht en Philippa knikt met een stijf lachje.

'Jullie komen toch wel bij ons zitten?' vraagt Alice. 'Gewoon even voor de gezelligheid. Ben en ik hebben elkaar in geen jaren gezien. We hebben heel wat bij te praten.'

Philippa en Ben stemmen ermee in en terwijl ze hun spullen pakken, kijkt Robbie me aan, ongelovig en geïrriteerd, en hij rolt met zijn ogen. De serveerster helpt mee met een tafeltje aanschuiven om ruimte te maken voor vijf.

Op Alice na, die niets van het ongemak van alle anderen lijkt te merken en er lustig op los babbelt, zijn we allemaal heel stil en ingetogen terwijl we van onze drankjes nippen. Alice heeft het over de zomer waarin ze wat met Ben had. Ben lijkt zich te generen en zich niet erg op zijn gemak te voelen en glimlacht verontschuldigend naar Philippa wanneer Alice zegt dat ze het zo leuk vond om een Amerikaans vriendje te hebben en dat ze zijn accent ook zo fantastisch vond.

'Laten we wat te eten bestellen,' zegt ze ineens. 'Ik ga dood van de honger. Jij bestelt wel voor ons, hè, Robbs? Jij bent hier vaker geweest, dus je weet wat lekker is.'

'O.' Philippa schudt haar hoofd en kijkt paniekerig naar Ben. 'Nee. We kunnen beter teruggaan naar ons eigen tafeltje.'

'Doe niet zo raar.' Alice leunt over de tafel heen om haar hand op die van Philippa te leggen. 'We vinden het hartstikke gezellig met jullie. Eet alsjeblieft met ons mee. Voordat jullie erbij kwamen, zaten we ons dood te ergeren van verveling. Eigenlijk hebben we gewoon schoon genoeg van elkaar.' Alice gooit haar hoofd in haar nek en begint te lachen. 'We zijn de laatste tijd zo vaak bij elkaar dat we elkaar bijna niet meer kunnen luchten of zien.'

Alice blijft lachen, maar verder zijn we allemaal stil. Ik staar naar het servet op mijn schoot en probeer niet te laten merken dat ik bloos. Ik voel me vernederd en kwaad. Ik heb zo genoten van het gezelschap van Alice en Robbie, was zo blij dat ik weer dat soort vriendschappen had gesloten, dat ik me door Alice' opmerking – haar overduidelijke minachting voor iets wat mij zo dierbaar is – belachelijk en gekwetst voel.

Ik weet zeker dat Robbie net zo kwaad is, en daarom kan ik hem ook niet aankijken. Het zou onverdraaglijk zijn om mijn gevoel van vernedering weerspiegeld te zien in zijn ogen.

Ben zegt: 'Oké, dan eten we met jullie mee. Wij vinden het ook hartstikke gezellig.' Hij praat hard, overdreven enthousiast. 'Hè, Philippa?'

'Fantastisch. Godzijdank.' Alice slaat triomfantelijk op tafel. Haar champagnefles is leeg en ze ziet er een beetje aangeschoten uit – rode wangen, glinsterende ogen – en de spanning tussen ons allemaal lijkt haar volledig te ontgaan. 'Laten we nog wat drank aanrukken voor het feest,' zegt ze. 'We sterven van de dorst, Robbie. Wat denk je, wat zal ik nu eens nemen?'

Robbie schraapt zijn keel. 'Ik neem nog een cola.' Hij lacht op een geforceerde, onnatuurlijke manier naar Philippa en Ben. 'Wat willen jullie?'

'Nog wat water graag.' Philippa houdt een lege karaf op. 'Als dat mag.'

'Ben wil een biertje,' zegt Alice, terwijl ze hem grijnzend aanstoot. 'Toch, Ben? Jij bent geen spelbreker, hè?'

'Oké.' Hij knikt. 'Waarom ook niet? Doe mij maar een biertje.'

'En nog wat champagne,' zegt Alice, terwijl ze een briefje van honderd dollar naar Robbie gooit. 'Nog een fles.'

'Help je me even dragen, Katherine?' vraagt Robbie terwijl hij het geld oppakt. Zijn stem klinkt stijf en geforceerd. Hij kijkt woedend.

'Tuurlijk.' Ik kijk Alice aan wanneer ik opsta. Ze doet sinds we hier zijn de hele tijd al zo ruzieachtig dat ik bang ben dat het feit dat ik met Robbie mee naar de bar ga, ons op een kattige opmerking zal komen te staan. Maar ze buigt zich al naar Philippa toe, met opgetrokken wenkbrauwen, en kijkt niet eens onze kant uit wanneer we weglopen.

Robbie en ik lopen in stilte weg. Bij de bar aangekomen draait Robbie zich om en kijkt naar onze tafel. 'Die klote Alice,' zegt hij. 'Ze is iets van plan vanavond. Dit eindigt in tranen.'

'Hoe bedoel je?' Ik krijg een knoop van angst in mijn buik. Ik wil niet dat er iets naars gebeurt. Ik wil niet dat Alice zich rot gedraagt, dat ze wreed is. Ik wil niet dat Robbie en Alice het uitmaken, of dat Alice iets verschrikkelijks doet zodat ik gedwongen zal worden om vraagtekens bij onze vriendschap te zetten. Het idee dat dit allemaal zomaar voorbij kan zijn is te akelig voor woorden, en ik moet een opkomend gevoel van paniek wegdrukken bij de gedachte aan een toekomst zonder mijn vriendschap met Robbie en Alice, een toekomst die onverdraaglijk eenzaam en naargeestig zal zijn. 'Laten we gewoon wat gaan eten en haar dan mee naar huis nemen. Zorgen dat ze naar bed gaat.'

Robbie neemt me op. 'Zo heb je haar nog niet meegemaakt, hè?'

'Zoals nu? Weet ik veel. Ik heb haar nog nooit zo opzettelijk onaardig meegemaakt, nee, als je dat bedoelt.'

Hij schudt zijn hoofd. 'Dit is anders. Ik heb haar nu al een paar keer zo meegemaakt. Het is echt maf. En eng. Doelbewust zelfdestructief. Geen sprake van dat we vanavond nog tot haar zullen kunnen doordringen. Ze luistert toch niet. Niet naar jou, niet naar mij en niet naar Ben of Philippa. Ik durf er een miljoen om te verwedden dat ze er een knalavond van wil maken.

En ze zal Philippa en Ben mee op sleeptouw nemen, wacht maar af.' Hij lacht verbitterd. 'Ze kan heel veeleisend zijn wanneer ze zo is.'

Ik begrijp niet goed waar Robbie zich zorgen over maakt, wat hij zegt slaat helemaal nergens op, maar toch ben ik bang. 'Nou, dan gaan we er toch gewoon een leuke avond van maken? Misschien kunnen we ergens gaan dansen of zo? Wij kunnen toch wel op haar passen? We zullen ervoor zorgen dat er niks ergs gebeurt.'

'Als ik jou was, zou ik me maar drukken nu het nog kan. Ik zou zelf ook het liefst naar huis gaan, maar iemand moet er toch voor zorgen dat ze veilig thuiskomt. Ze is dronken of high of zo.' Hij kijkt weer naar de tafel. 'Of psychotisch.'

Alice zit geanimeerd tegen Philippa te praten. Philippa heeft haar armen beschermend over elkaar geslagen en leunt achterover, weg van Alice. Ze glimlacht niet.

We pakken onze drankjes en terwijl we teruglopen naar de tafel, springt Philippa ineens op. Ze loopt snel, met gebogen hoofd, naar de wc.

'Wat had Philippa?' vraag ik aan Ben, terwijl we de drankjes neerzetten.

'Ik...' Hij kijkt naar Alice. 'Ik denk dat ze...'

'Ze is kwaad omdat ik haar iets over Ben en mij vertelde.' Alice lacht. 'Jezus, Ben, je hebt deze keer wel een stijve trut uitgekozen, zeg. Als je het totaal tegenovergestelde van mij zocht, dan ben je wel geslaagd.'

Ben lacht onzeker. Ik vind het ongelooflijk dat hij gewoon blijft zitten en ik wil net aan hem vragen of ik even bij Philippa zal gaan kijken, wanneer Robbie opstaat.

'Ik ben het water vergeten,' zegt hij, en hij gaat terug naar de bar.

En dan zie ik waarom Ben geen haast heeft om achter Philippa aan te gaan. Zodra Robbie zich weer heeft omgedraaid, stopt Alice haar hand onder tafel. Ze legt hem op Bens bovenbeen, hoog op zijn bovenbeen, en schuift dan naar zijn kruis.

Ik sta meteen op. Alice lacht naar me; een lach die compleet verstoken is van warmte; ik ben ervan overtuigd dat ze weet dat ik het heb gezien en dat dat haar bedoeling was.

'Ik ga even naar de wc.' Ik beweeg me zo onhandig tussen de tafel en mijn stoel door dat de stoel achterovervalt. 'Shit,' zeg ik. Ik kan de stoel nog net op tijd beetpakken. 'Shit.'

'Wind je niet zo op, Katherine,' zegt Alice. 'Wat bezielt je? Je kijkt alsof je net een spook hebt gezien.'

Ik ga rechtop staan, werp haar een woedende blik toe en kijk dan naar Ben, die tenminste nog het fatsoen heeft om gegeneerd te kijken. 'Ik ga naar de wc,' zeg ik zo koel en kalm mogelijk. 'Even kijken hoe het met Philippa gaat.'

Alice trekt laatdunkend haar schouders op en ik draai me om en loop naar de wc-ruimte. Terwijl ik wegloop vraag ik me af of Robbie, wanneer hij terugkomt bij de tafel, zal zien wat ik net heb gezien, of misschien zal hij het niet zien, maar hij zal zeker merken dat er iets raars aan de hand is. Ik wil liever niet dat Robbie Alice' hand tussen Bens benen ziet; ik vind het pijnlijk om aan zijn gevoel van gekwetstheid en vernedering te moeten denken, en ik wil ook niet dat de avond in een drama eindigt, vol tranen en pijnlijke beschuldigingen. Maar Alice vernedert Robbie hier wel mee en hij verdient beter, en een deel van mij wil inderdaad dat Alice hiervoor gestraft wordt, een deel van me wil zien dat Robbie haar een klap in haar gezicht geeft en haar voorgoed dumpt. En toch koester ik nog steeds de kleine en belachelijke (maar volhardende) hoop dat alles op wonderbaarlijke wijze weer goed zal komen – dat Alice weer bij haar positieven komt, niet meer zo raar doet en haar verontschuldigingen aanbiedt zodat we met ons drieën vrolijk en blij naar huis kunnen; alles weer normaal.

Maar zelfs al ziet Robbie dat Alice Ben betast, dan hoeft dat nog niet per se het einde van hun relatie te zijn. Per slot van rekening heb ik net te horen gekregen dat Alice naar bed is geweest met een andere man toen ze op vakantie waren en toch wil Robbie bij haar blijven. Ik heb echt geen flauw idee hoeveel Robbie van Alice zal pikken, maar de gedachte dat mijn vriendschap met Alice misschien onherroepelijk is veranderd, stemt me droevig en baart me ook zorgen. Ze was vanavond zo onaardig, zo opzettelijk wreed tegen zowel mij als Robbie – en tegen Philippa – dat ik niet geloof dat ik haar ooit nog zal kunnen vertrouwen. In elk geval niet meer zo blindelings, zo oprecht. Op dit moment weet ik niet eens zeker of ik haar nog wel aardig vind.

In de wc-ruimte is één deur dicht en ik ga ervan uit dat Philippa zich daarachter heeft verschanst.

'Philippa?' Ik klop zacht op de deur.

Er komt geen reactie, maar ik voel dat ze verstijft, geen geluid probeert te maken.

'Philippa, ik ben het, Katherine. Ik kwam even kijken hoe het met je gaat.'

'Katherine?' Ik zie haar schaduw onder de deur bewegen en dan draait ze hem van het slot en doet open. 'O gelukkig, jij bent het,' zegt ze. 'Ik dacht dat het Alice misschien was.'

Haar ogen zijn bloeddoorlopen en haar wangen knalrood. Zo te zien heeft ze gehuild.

'Gaat het?' vraag ik.

'Ja hoor.' Ze doet een hand voor haar mond en slaat haar ogen neer. Wanneer ze zichzelf weer onder controle heeft, kijkt ze me aan en glimlacht. 'Prima. Dank je.' Ze loopt naar de wastafel waar ze haar handen wast. Dan vangt ze mijn blik op in de spiegel. 'Wat zijn ze daar nu aan het doen?' vraagt ze.

'O.' Ik wend mijn blik af. 'Praten, op het eten wachten, gewoon.' Ik weet niet wat ze precies heeft gezien, hoe kwaad ze is.

'Dus Alice en Ben liggen nog niet op tafel te neuken?'

'Wat?' zeg ik.

Ze lacht kort, bekijkt haar gezicht in de spiegel en fatsoeneert haar haren. 'Het maakt mij niet uit, hoor. Het kan me geen moer schelen. Ben is een engerd. Ik ken hem nauwelijks. Dit is pas de tweede keer dat we samen uit zijn.'

'Echt waar?' Ik staar haar aan. 'Dus hij is niet je vriend?'

'O nee.' Ze schudt haar hoofd. 'God, nee. Waar zie je me voor aan?'

Ik moet lachen, opgelucht en geamuseerd.

Ze grijnst terug, gooit haar hoofd in haar nek en lacht verrukt naar het plafond. Ze lacht luidkeels en blij, en ook opgelucht, alsof ze haar lachen heeft proberen in te houden, en het dringt tot me door dat ze helemaal niet heeft zitten huilen op de wc. 'Alice had haar hand op Bens bovenbeen gelegd. Hij dacht dat ik het niet zag. Zij wist van wel. Het was echt heel gênant om erbij te moeten zitten terwijl zij haar maffe, geschifte spelletje speelde. Echt heel absurd... Ik wou dat ik iets had gezegd, maar daar ben ik niet snel genoeg voor; in zo'n soort situatie kan ik nooit iets grappigs of intelligents bedenken om te zeggen. Daar moet je een bepaalde persoonlijkheid voor hebben, een bepaalde scherpte die ik gewoon mis.' Ze zwijgt even en kijkt me dan wat ernstiger aan. 'Wat is dat met haar? Met Alice? Sorry, ik weet dat ze je vriendin is, maar waarom legt ze haar hand op het been van een of andere enge kerel die met een ander meisje uit eten is? En waarom zou ze zoiets in vredesnaam doen terwijl ze zelf zo'n leuke vriend als Robbie heeft? Die gaan toch met elkaar? Hoewel je dat nauwelijks zou zeggen. Vooral omdat ze zo druk aan het flirten is met Ben. Maar hij lijkt me echt heel aardig. Robbie, bedoel ik, niet Ben. Ben is ongeveer zo aardig als een bad vol slijmerige padden.'

'Robbie is ook heel aardig. Echt een schat,' zeg ik snel. 'En ik weet het niet. Ik weet niet wat Alice vanavond bezielt. Maar echt, normaal gesproken doet ze niet zo. Normaal gesproken doet ze niet zo afschuwelijk.' Maar nog terwijl ik het zeg, besef ik dat mijn woorden leeg en onwaar klinken. Ik heb Alice inderdaad nog niet zo erg meegemaakt, maar in zekere zin lijkt haar gedrag er steeds vervelender op te worden sinds ik haar ken. Hoe vaker ik haar zie, hoe meer ik zie wat me niet bevalt. Ik haal mijn schouders op. 'Sorry. Ze was echt heel vervelend. Daar is geen enkel excuus voor.'

'Vervelend?' Philippa staart me ongelovig aan. 'Vervelend? Sorry, maar dat heet niet vervelend. Een warme westenwind is vervelend, of iemand die een slechte bui heeft. Ik zou dat woord niet echt gebruiken om jouw vriendin mee te beschrijven. Wreed is een beter woord. Of kwaadaardig. Of hatelijk. Of alle drie.'

En hoewel ik begin te denken dat Philippa wel eens gelijk kan hebben, voel ik ook iets van verontwaardiging. Per slot van rekening is Alice mijn vriendin, en het is niet eerlijk van Philippa om zo hard, en zo snel, over haar te oordelen.

'Zo erg is ze nou ook weer niet,' zeg ik. 'Ze heeft ook heel goeie kanten. Ze kan ongelooflijk aardig en charmant zijn als ze dat wil. Ze kan heel leuk zijn.'

'Ja, Adolf Hitler kon dat ook,' zegt ze. 'Luister, ik wil je echt niet beledigen, hoor. En ik weet dat ik dit soort dingen niet zou moeten zeggen, want ik raak altijd in de problemen als ik mijn grote mond weer eens opendoe. Maar ik kan er niks aan doen. Hoe dan ook. Je vriendin is echt een complete bitch. En volgens mij is het ongeneeslijk.'

'Wat?' Ik klink een stuk verbaasder en beledigder dan ik me voel.

'Zo zit het. En ik weet heel goed waar ik het over heb. Ik studeer psychologie.' Ze haalt haar schouders op. 'Ik ben bijna afgestudeerd, dus ik ben heel goed in staat om een diagnose te stellen – Alice is een bitch. Eerlijk gezegd denk ik dat ze psychische problemen heeft. Maar daar ben jij blijkbaar nog niet achter.'

Ik kan haar alleen maar zwijgend en stomverbaasd aankijken.

Philippa ziet mijn gezicht en barst in lachen uit. 'Oké, sorry. Dat was flauw om te zeggen. Ik bedoel, Alice is beslist een bitch en ik studeer ook psychologie, maar dat ik al een diagnose zou kunnen stellen, is onzin. Ik bedoel, iedereen ziet zo dat ze een slecht mens is. Ik wilde dat alleen op een grappige manier duidelijk maken. Om je op te vrolijken. Want je kijkt zo ernstig en je lijkt helemaal van slag.'

Ik draai me om en doe alsof ik in de spiegel kijk om mijn haar te fatsoeneren. Ik ben inderdaad van slag, daar heeft Philippa gelijk in, maar ik wil niet dat ze merkt hoe rot ik me voel en ik wil al helemaal niet gaan huilen waar ze bij is. Ik zou boos moeten zijn, me beledigd voelen namens Alice, maar Alice gedraagt zich vanavond zo afschuwelijk dat ik het Philippa nauwelijks kwalijk kan nemen hoe ze over haar denkt.

'Ik betwijfel of je al na een halfuur kunt weten hoe iemand in elkaar steekt,' zeg ik zonder al te veel overtuiging. 'Ze heeft gewoon een slechte dag.'

'Om precies te zijn heb ik haar nu al anderhalf uur meegemaakt.' Ze buigt zich voorover naar de spiegel naast de mijne en dwingt me om haar aan te kijken. 'En ik weet niet hoe het met jou zit, maar ik heb heel vaak een slechte dag, maar dan doe ik nog niet zo. En ik durf te wedden dat jij dat ook niet doet.'

Ik wil tegen Philippa zeggen dat ze belachelijk doet, dat Alice weliswaar excentriek en een beetje egocentrisch is, maar dat ze geen slecht mens is, dat ze niet gestoord is. En dat Robbie en ik ook geen onnozele idioten zijn. Maar dan horen we de deur van de wc-ruimte krakend opengaan, en ineens staat Alice voor ons.

'Wat zijn jullie aan het doen?' vraagt ze, terwijl ze een wc-hokje in loopt. Met de deur nog open trekt ze haar rok op, schuift haar onderbroek naar beneden, gaat op de wc gaat zitten en begint met veel kabaal te plassen. 'Het eten staat op tafel. En het is zo verrukkelijk dat er niks meer over zal zijn voor jullie als jullie niet gauw aan tafel komen.' Ze staat op, trekt door, loopt naar de wastafel om haar handen te wassen en kijkt dan in de spiegel eerst naar Philippa en vervolgens naar mij. 'We gaan straks allemaal naar mijn huis. Margarita's maken. En we nemen er allemaal eentje. Jij ook, Katherine. Dat is al besloten.'

We keren terug naar onze tafel voor ons eten, dat, zoals Alice al zei, inderdaad heerlijk is. Alice richt al haar aandacht op Philippa en vraagt Philippa ineens belangstellend naar haarzelf. Philippa is beleefd, ze beantwoordt Alice' vragen zo beknopt mogelijk zonder uit te weiden of een gesprek aan te moedigen, maar af en toe kijkt ze me stiekem even aan, met een verbijsterde blik in haar ogen.

Op de overduidelijke kilte waarmee Philippa Ben behandelt na, verloopt het etentje soepel en zonder verdere incidenten, en wanneer we het restaurant verlaten en op weg gaan naar Alice' huis, merk ik tot mijn verbazing dat mijn ongerustheid is verdwenen. Ik voel me zelfs behoorlijk relaxed; je zou bijna kunnen zeggen dat ik geniet. Er zijn veel mensen op straat, die onder het lopen praten en lachen, en de sfeer van opwinding is besmettelijk. Het is vrijdagavond en iedereen heeft er zin in, overal blije mensen, funky kleren, lawaai en gelach. Oké, dan is Alice een beetje aangeschoten en heeft ze zich als een bitch gedragen. Wat dan nog? Er zijn wel ergere dingen gebeurd. Het is het einde van de wereld niet.

Onderweg gaan we even een slijterij binnen voor een fles tequila voor de margarita's. Bij de kleine kruidenier bij Alice op de hoek kopen we wat limoenen. En eenmaal binnen gaan we allemaal vrolijk aan de slag, er moeten genoeg cocktailglazen worden gevonden, limoenen geperst, het bitterzoete mengsel geschud. Alice zet muziek op en we zingen luidkeels mee terwijl we in haar warme, overvolle keuken aan het werk zijn. Ineens vinden we het allemaal leuk, genieten we van elkaars gezelschap, en een tijdje denk ik niet meer aan Alice' gedrag van eerder die avond, vergeet ik mijn eerdere angst dat de avond op een ramp zou uitlopen.

'Laten we een spelletje doen,' stelt Alice voor wanneer we allemaal een enorme, ijskoude cocktail in onze hand hebben.

Ik ben niet van plan die van mij op te drinken, maar ik zal ervan nippen om Alice tevreden te stellen en het glas leeggieten wanneer ze even niet kijkt. Ik ben van plan broodnuchter te blijven. Waakzaam.

'Ja,' zeg ik. Ik kijk naar Robbie en glimlach, een glimlach die zegt: zie je nou wel, het komt allemaal goed. We vermaken ons prima.

En Robbie glimlacht aarzelend, nog steeds onzeker, terug.

'Doen, durven of de waarheid.' Alice wrijft opgewonden in haar handen en loopt de huiskamer in. 'Kom. Ik ben gek op dat spel. Het is de beste manier om mensen te leren kennen.'

We volgen haar en gaan in kleermakerszit op de grond zitten, om de salontafel heen. De muziek wordt wat zachter gezet.

'Ik eerst?' Alice steekt haar tong uit naar Robbie. 'En jij mag de vraag stellen. Aangezien je denkt dat je me zo goed kent. Misschien kom je nog wel voor een verrassing te staan.'

'Durven of de waarheid?' vraagt Robbie.

'De waarheid.'

'Oké dan.' Robbie neemt een slok van zijn margarita en denkt even na. Dan kijkt hij Alice ernstig aan. 'Heb je ooit spijt van dingen? Van dingen die je hebt gezegd of gedaan?'

Alice staart hem even aan. Dan rolt ze met haar ogen. 'God, Robbie, we doen dit voor de lol, hoor.' Ze zucht. 'Spijt... eh, laat me even nadenken.' Ze schudt resoluut haar hoofd. 'Nee, nooit. Ik heb nergens spijt van. Alleen incompetente mensen zonder zelfvertrouwen hebben spijt. En dat ben ik niet. Oké, dank je wel voor je bijdrage, Robbie.' Ze kijkt ons lachend aan. 'Wie zal ik eens nemen?' Meteen kijkt ze nadrukkelijk naar Ben. 'Onze kleine Ben. Misschien dat jij me kunt helpen om het spel op de rails te houden. Houd het een beetje ondeugend en grappig, zoals het is bedoeld. Durven of de waarheid? En een beetje snel graag, voordat ik in slaap val.'

'De waarheid.'

'Mooi zo. Ik hoopte al dat je dat zou zeggen. En ik had ook al een vraag voor je bedacht.' Alice trekt haar wenkbrauwen op en buigt zich naar voren. 'Vertel eens, kleine Ben, wat was de meest opwindende plek waar je seks hebt gehad? En je moet antwoorden, anders mag ik je een opdracht geven en die zal niet leuk zijn.'

Ben lacht nerveus en staart naar zijn drankje. 'Eh nou, dat was een keer... Nou ja, een paar jaar geleden. Toen ik net in Australië was. Toen leerde ik een heel wilde meid kennen. Die wilde altijd haar zin krijgen. Echt altijd. En god, ze had echt een fantastisch lichaam, dus ik was ook niet van plan om haar iets te weigeren. Hoe dan ook, op een avond waren we in het huis van een vriend en toen trok ze me de slaapkamer van de ouders in. En nou, toen lagen we op bed te vrijen en toen kwamen de ouders ineens thuis en toen verstopten we ons in de kast, zo'n enorme inloopkast, en nou ja, het is daar lekker donker en knus en dus we gaan gewoon door met wat we aan het doen waren.' Hij stopt even met praten, kijkt Alice aan en grijnst.

Alice kijkt hem ook aan, glimlachend, bemoedigend, en ineens is het zonneklaar dat Alice het meisje is over wie hij het heeft. En Robbie zit naar Ben te staren, met een uitdrukkingsloos gezicht, maar ik zie dat zijn vuist gebald in zijn schoot ligt. En weer komt er een paniekgevoel over me heen, wil ik alleen nog maar heel erg graag dat alles ophoudt. Terugspoelen. Opnieuw beginnen. Deze avond zal dus toch nog verschrikkelijk aflopen. Robbie had gelijk.

Ben merkt er echter niets van en ik vraag me af of het überhaupt wel tot hem is doorgedrongen dat Alice en Robbie iets met elkaar hebben. Alice heeft in elk geval heel goed weten te spelen dat Robbie helemaal niets voor haar betekent.

'Maar daar gaat het niet om,' vervolgt Ben. 'Het echt kinky gedeelte was toen...'

'Dank je wel, Ben,' onderbreekt Robbie hem, met een luide en kille stem waar het sarcasme van afdruipt. 'Dank je wel. Maar ik denk dat we wel genoeg hebben gehoord. En jij ook bedankt, Alice, bedankt dat je zo'n intelligente vraag hebt gesteld. Want het was ontzettend boeiend, echt fantastisch om te horen. Ik besef nu pas dat een spelletje eigenlijk alleen maar leuk is als er ranzige seksverhalen worden verteld. Fantastisch. Bedankt, Ben. Als het mijn beurt is, zal ik proberen om net zo... zo onbeschoft te zijn als jij.'

Ben krijgt een hoofd als een boei en slurpt verwoed van zijn cocktail, terwijl Philippa een geschrokken en gegeneerd lachje probeert te verbergen door een hand voor haar mond te slaan.

'Nu ben ik aan de beurt,' zeg ik gespeeld opgewekt. Ik wend me vol verwachting tot Philippa, in de hoop dat ze me zal helpen om alles weer glad te strijken. 'Philippa? Durven of de waarheid?'

'De waarheid,' antwoordt Philippa gehoorzaam. 'Ik ben gek op de waarheid. Jullie niet? Echt te gek. Je ontdekt soms de raarste geheimen van mensen. En ik vind het ook altijd leuk om de vragen te horen die mensen stellen. Die verraden vaak veel meer over degene die de vraag stelt dan over degene die moet antwoorden, vinden jullie ook niet?'

Ik glimlach naar haar, blij dat ze het gesprek gaande houdt. Maar het is lastig om een vraag voor haar te bedenken, dus blijf ik even stil zitten nadenken.

'Katherine,' zegt Alice lachend. 'Je hebt nog niet eens een vraag, hè? Laat mij dan maar. Toe. Nog eentje. Dan stel ik die aan jou.'

'Maar jij bent al aan de beurt geweest,' zegt Robbie. 'Laat Katherine nou.'

'We houden ons toch niet aan de spelregels. Want eigenlijk is Ben aan de beurt. Dus dan maakt het niks meer uit, toch?' zegt Alice. Het is inmiddels wel duidelijk dat ze dronken is. Ze spreekt langzaam, behoedzaam, en probeert ieder woord duidelijk uit te spreken, maar het is goed te horen dat ze slist. 'En sinds wanneer houd jij je ineens aan de regels, Robbie? Sinds wanneer ben jij zo'n saaie spelbreker geworden?'

Robbie lacht. 'Volgens mij is dit allang geen spel meer, Alice.'

Alice negeert hem en kijkt me aan. 'Durven of de waarheid?' vraagt ze.

Ik aarzel, terwijl ik een beslissing probeer te nemen. Ik heb zoveel geheimen, er zijn zoveel dingen die ik niet wil zeggen, maar dit is gewoon een spelletje, gewoon voor de lol. En ik weet dat Alice' opdracht niet iets gemakkelijks of ongecompliceerds zal zijn. 'De waarheid,' zeg ik na een poosje. 'Want ik kan me zo voorstellen wat jouw opdracht zal zijn, en ik heb geen zin om vanavond in mijn nakie door Oxford Street te moeten rennen.'

'De waarheid,' zegt Alice langzaam, waarbij ze de a uitrekt alsof ze de letter op haar tong proeft. 'Zeker weten? Weet je zeker dat je helemaal eerlijk kunt zijn?'

'Ik denk van wel. Probeer het maar.'

'Goed dan.' Ze neemt me nieuwsgierig op. 'Dus. Was je blij, diep vanbinnen? Was je blij dat je van haar af was? Van je volmaakte zusje? Was je stiekem niet blij dat ze was vermoord?'

Ineens is het alsof alles in slow motion op me af komt, als door een wazige mist. Ik hoor Robbie een geïrriteerde zucht slaken en tegen Alice zeggen dat ze niet zo stom moet doen. Ik voel dat Philippa naar me kijkt, zich afvragend wat er aan de hand is, of Alice het werkelijk meent. Ik voel Philippa's hand op mijn arm, de bezorgdheid in haar aanraking.

Maar ik kan alleen maar naar Alice' ogen kijken. Die zijn kil, taxerend, en haar pupillen zijn zo groot dat ik alleen maar het zwart zie. Hard en onverzettelijk. Intens. Meedogenloos. Zwart.

# 15

Ik word vroeg wakker, als het nog donker is. Sarah is terwijl ik sliep uit haar eigen bed gestapt om bij mij te gaan liggen, en haar warme lijfje drukt tegen me aan. Haar hoofd ligt op mijn kussen en ik lig vlak bij de rand, zodat de hele andere kant, meer dan de helft van het bed, leeg is.

Ik laat me langzaam en soepel van bed glijden om haar niet wakker te maken en pak mijn wollen trui van de stoel waar ik hem gisteravond heb neergegooid. Het is koud en ik loop meteen door naar het woongedeelte om de gaskachel aan te steken. De kachel vult de kleine ruimte met een knusse gouden gloed en het wordt meteen warm. Ik zet een pot thee en ga op de bank zitten, met mijn benen onder me getrokken.

Dat ik zo vroeg wakker word, is begonnen toen Sarah klein was, en het is me daarna nooit meer gelukt om uit te slapen. Soms gebruik ik deze tijd om schoon te maken of me voor te bereiden op de dag terwijl Sarah nog slaapt – haar lunch bereiden, haar kleren klaarleggen – maar meestal zit ik gewoon wat te zitten en drink ik thee en geniet ik van de tijd voor mezelf. Ik denk aan niets in het bijzonder, ik ben erg goed geworden in niet denken. Ik vermijd het om nutteloze plannen voor een onzekere toekomst te maken, en wat nog belangrijker is, ik wil het vermijden om aan vroeger te denken. Dus bereik ik een bijna meditatieve staat, mijn hersens leeg, mijn gedachten alleen gericht op de smaak van mijn thee of op mijn regelmatige ademhaling. En als Sarah dan rond zevenen wakker wordt en uit bed komt, verkreukeld en warm en geurend naar slaap, ben ik vaak verbaasd dat er zo snel al meer dan twee uur zijn verstreken.

Maar vanochtend doe ik er minder dan een uur over om mijn thee te drinken. Ik verheug me op de dag die voor ons ligt en kan bijna niet wachten tot Sarah de sneeuw ziet, kan bijna niet wachten tot ik haar opgewonden gegil hoor wanneer ze sleetje rijdt en een sneeuwpop maakt. Ik wil dat ze wakker wordt om zich er samen met mij op te verheugen, dus sta ik om zes uur op van de bank om Sarahs lievelingsontbijt klaar te maken, wentelteefjes met plakjes banaan en ahornstroop en een grote mok chocolademelk. Ik zet onze borden en mokken op tafel en loop naar de slaapkamer om haar wakker te maken.

'Gaan we nu naar de sneeuw, mama?' vraagt Sarah zodra ze haar ogen opent. Ze gaat rechtop zitten, meteen klaarwakker. 'Is het al tijd om te gaan?'

'Nog niet.' Ik ga op bed zitten en knuffel haar even. 'Maar ik heb wentelteefjes gemaakt, een heleboel, en warme chocolademelk. Ik hoop maar dat je flink honger hebt.'

'Lekker lekker.' Ze schuift de deken van haar benen, staat op en rent de kamer uit, mij achterlatend op het bed. Ik glimlach.

Dan volg ik haar de huiskamer in en zie dat ze al met smaak zit te eten, geknield op een stoel.

'Moet jij ook, mama?' vraagt ze met volle mond. 'Er is nog genoeg over.'

'Dat lijkt me ook.' Ik ga tegenover haar zitten en pak een wentelteefje uit de schaal die in het midden staat en leg het op mijn bord. 'Volgens mij is er wel genoeg voor tien.'

'Nee hoor.' Met een serieus gezichtje schudt Sarah haar hoofd. 'Want ik heb heel erg honger. Ik moet er vandaag wel tien eten. Wentelteefjes zijn mijn lievelingste eten.'

Ze slaagt er inderdaad in om een verbazingwekkende hoeveelheid naar binnen te werken – en tussendoor ook nog grote slokken warme chocolademelk te nemen. En ze is nog niet klaar, of ze klautert al van haar stoel.

'Ik ga me aankleden,' zegt ze. 'Volgens mij wordt dit een grote dag voor ons.'

Ik moet lachen om de manier waarop ze zich een van mijn zinnetjes eigen heeft gemaakt, om haar poging om zich volwassen te gedragen. 'Dat is zo. Een erg grote dag. Maar we hebben nog tijd zat. De zon komt nu pas op.'

'Ik wil eerst klaar zijn,' zegt ze. 'Ik wil eerder klaar zijn dan de zon.'

# 16

Weer hoor ik het. Kloppen, zacht, maar aanhoudend. Wie het ook is, het kloppen gaat al meer dan tien minuten door en ik heb er genoeg van om het te negeren, ik ben het beu om te blijven doen alsof ik er niet ben.

Ik ga naar de deur, maar doe niet open.

‘Ga weg,’ zeg ik. ‘Het is midden in de nacht. Ga weg.’

‘Katherine, ik ben het, Robbie.’ Zijn stem klinkt zo vertrouwd en troostend, zo aardig, dat ik bijna weer begin te huilen. ‘En Philippa is er ook. Laat ons alsjeblieft binnen.’

‘Is Alice er ook?’

‘Nee.’

Ik zucht en schuif de grendel opzij. Dan draai ik me om en loop de gang in, zonder hen te begroeten. Ze mogen de deur zelf opendoen. Ik weet dat ze het goed bedoelen, dat ze bezorgd zijn, maar ik ben kapot na alles wat er vanavond is gebeurd, na al het gehuil, en ik wil gewoon met rust gelaten worden. Niet om te slapen – slapen zal niet lukken – maar om in mijn eentje ongelukkig te zijn.

Ik loop de huiskamer in en ga op de bank zitten waar ik me het afgelopen uur op had genesteld.

Philippa en Robbie volgen me en gaan op de bank ertegenover zitten.

‘Alice heeft het ons verteld, van je zus,’ zegt Robbie zacht.

Ik knik. Als ik praat, ga ik weer huilen, dus zeg ik niks.

'Hebben jullie soms liever dat ik wegga?' Philippa kijkt even naar Robbie en dan naar mij. 'Ik wilde alleen even weten of het goed met je ging. Ik wilde er alleen maar zeker van zijn dat Robbie je zou vinden. Maar ik wil me niet opdringen.'

Ik kijk naar Philippa en haal mijn schouders op – ze ziet er vreselijk uit. Ze is lijkbleek en heeft donkere wallen onder haar ogen, alsof ze compleet in shock is door wat er vanavond allemaal is gebeurd.

'Nou, als je het niet erg vindt, dan blijf ik maar.' Ze zucht. 'Ik ben eigenlijk te moe om nog ergens naartoe te gaan.'

Mij maakt het niet uit of ze er is of niet, maar ik ben ineens heel blij dat Vivien dit weekend weg is, dat ze hier geen getuige van hoeft te zijn.

'Zal ik thee zetten?' vraagt Philippa ineens. Ze lijkt tevreden dat ze iets heeft bedacht om zich nuttig mee te kunnen maken.

'Ja lekker.' Robbie glimlacht dankbaar naar Philippa. 'Jij, Katherine?'

'Mij best,' zeg ik. 'Maar ik...'

'Ze wil graag echte thee,' legt Robbie uit aan Philippa. 'De theepot en de losse thee kun je op de plank boven de waterkoker vinden.'

'Gaat het?' Robbie legt zijn hand op mijn knie nadat Philippa de kamer heeft verlaten.

Ik knik en probeer er een glimlachje uit te persen. 'Wat een klote avond was dat. Ik had naar jou moeten luisteren. Ik had gewoon vroeg naar huis moeten gaan, precies zoals je zei.' Ik buig me naar hem toe en fluister: 'Philippa vindt Alice een complete bitch. Volgens haar heeft ze psychische problemen. Heeft ze jou dat verteld?'

'Ik kan het haar niet kwalijk nemen.' Robbie haalt zijn schouders op. 'Ze heeft zich vanavond als een complete bitch gedragen. En misschien mankeert haar ook wel iets. Wie zal het zeggen? Maar wat maakt dat nou eigenlijk uit? Dat soort dingen kan toch niet echt genezen worden. Misschien is Alice gewoon verrot.'

Hij leunt zuchtend achterover, kijkt naar zijn knieën en pulkt aan een los draadje van zijn spijkerbroek. Hij ziet er moe, verslagen en heel erg bedroefd uit.

'En jij, Robbie? Hoe gaat het met jou?' vraag ik hem. 'Je ziet er niet al te best uit.'

'Nee, dat voel ik me ook niet.' In zijn ogen, die al rood zijn, verschijnen ineens tranen, en hij schudt geïrriteerd zijn hoofd alsof hij ze weg wil hebben. 'Het was echt een shitavond, hè?' Hij lacht verbitterd.

'Ja.' En verder valt er niets meer te zeggen. Philippa komt terug en we nippen van onze thee, stilletjes, zonder iets te zeggen, alle drie in gedachten verzonken, alle drie opgaand in onze eigen vermoeidheid en ellende.

Tegen de tijd dat we de thee hebben opgedronken, is het vier uur 's ochtends en ik weet Robbie en Philippa over te halen om bij mij te blijven slapen. Ik haal een deken en kussen voor Robbie zodat hij op de bank kan slapen en vraag aan Philippa of ze het erg vindt om mijn bed met mij te delen. Het is emotioneel gezien zo'n slopende avond geweest en Philippa en ik zijn allebei zo uitgeput dat het ons lukt om naast elkaar te liggen, onder dezelfde deken, zonder ons ook maar een beetje opgelaten te voelen. Haar aanwezigheid is zelfs wel troostend. En voordat ik mijn ogen dichtdoe om te gaan slapen, glimlacht Philippa naar me en knijpt me even in mijn hand.

'Slaap lekker,' zegt ze.

'Dank je,' zeg ik, terwijl ik mijn ogen sluit. 'Dat gaat vast wel lukken.'

Wanneer ik wakker word, schijnt de zon fel mijn kamer in en ligt Philippa niet meer naast me. Maar ik kan het zachte geroezemoes van stemmen uit een andere kamer horen komen, die van haar en Robbie, en ik ben blij dat ze er allebei nog zijn, dat ik de dag niet alleen hoef te beginnen. Ik doe mijn ogen weer dicht.

Wanneer ik weer wakker word, schijnt de zon niet langer door mijn raam naar binnen en aan het licht kan ik zien dat het middag is. Ik hoor Robbie en Philippa niet meer, maar wel het ingeblikte gelach en het schelle geluid van de tv. Ik sta op en loop de huiskamer in.

Philippa zit op de bank naar een of andere oude zwart-wit-film te kijken en wanneer ik dichterbij kom, kijkt ze op. 'Goedemorgen! Nee, goedemiddag eigenlijk. Ik heb zitten wachten tot je wakker zou worden. Ik heb naar deze oude film gekeken, *All About Eve*. Hij is prachtig! Ik denk dat jij hem ook wel mooi zou vinden, je moet hem eens op dvd zien te krijgen. Robbie en ik wisten niet goed of je alleen wilde zijn of niet. En hij moest werken. Maar hij zei dat hij straks weer langskomt.' Ze stopt even met praten om op adem te komen en schenkt me een warme lach. 'Hoe voel je je?'

'Goed hoor.' Ik ga naast haar op de bank zitten. 'Fijn dat je bent gebleven.'

'Ach, stelt niks voor.' Ze pakt de afstandsbediening en zet het geluid van de tv uit. 'Heb je honger?'

'Ja.' Ik knik. 'Gek genoeg wel.'

'Mooi zo. Ik heb spullen voor een salade gekocht. Een soort hartige salade, eigenlijk een maaltijd op zich, tomaten en prosciutto en asperges en gekookte eieren en zo, en ik heb ook vers brood gekocht. Echt ontzettend lekker. Mijn lievelingssalade. Heb je er zin in? Zal ik die nu klaarmaken?'

'O. Wauw. Ja, graag. Maar alleen als je het echt wilt. Je hoeft het echt niet voor mij te doen. Ik voel me prima. Echt waar. Maar als je het wilt doen, dan zou het wel te gek zijn.'

'Fantastisch.' Ze springt op. 'Want ik ga echt dood van de honger.'

Ik bied aan om te helpen, maar dat wijst ze af, ze zegt dat ze de zenuwen krijgt van samen met anderen koken. Dus ga ik op een kruk in de keuken zitten kijken en wanneer het eten klaar is, nemen we het mee naar de veranda. We eten snel, want we zijn allebei uitgehongerd. We hebben het gelukkig niet over Alice, of over Rachel, of over de gebeurtenissen van gisteravond, maar Philippa is van nature zo spraakzaam dat er bijna geen enkele keer een stilte valt. Philippa is drieëntwintig en doctoraalstudent psychologie. Ze vertelt dat ze het fascinerend vindt om te leren hoe mensen denken, en dat er eigenlijk nog heel veel is wat we niet weten over de menselijke geest.

'Niet te geloven dat je pas zeventien bent,' zegt ze. 'Je lijkt veel ouder, veel serieuzer dan de meeste mensen van zeventien.'

'Dat zegt iedereen.' Ik glimlach. 'Ik weet nooit of ik dat als een compliment moet beschouwen of als een belediging.'

Ze vertelt me over haar jongere broer, Mick, die in een bandje drumt dat in de muziekscene van Sydney enige naam begint te krijgen.

'Ze spelen vrijdagavond in de Basement. Ze zijn echt fantastisch. Heel getalenteerd. Heb je zin om mee te gaan? Dat zou ik hartstikke leuk vinden. Ik wil heel graag met ze pronken. Ze zijn echt te gek.'

Maar voordat ik antwoord kan geven, voordat ik zelfs maar kan bedenken of ik zin heb om later in de week naar een bandje te gaan kijken, wordt er op de deur geklopt.

'Robbie.' Philippa legt haar vork neer en kijkt naar binnen. 'Hij zei dat hij na zijn werk langs zou komen.'

Ik ga naar de deur. Net als ik open wil doen, net als ik mijn hand op de grendel wil leggen, wordt er weer geklopt, harder en dwingender. En ineens weet ik dat het Robbie niet is. Hij zou nooit zo ongeduldig zijn.

Het is echter al te laat om me te verstoppen, om te doen alsof ik niet thuis ben; ik heb de grendel opzijgeschoven en de deur wordt opengeduwd. Het is Alice.

Ze heeft een enorme bos rode rozen bij zich en draagt een schoon wit T-shirt en een spijkerbroek. Ze heeft geen make-up op en haar haren zitten in een staart. Haar ogen zijn roodomrand, alsof ze heeft gehuild, maar verder ziet ze er zo jong en fris en onschuldig uit dat het bijna niet te bevatten is dat ze dezelfde Alice is met wie ik gisteravond uit was. Nu ik haar zo zie, kan ik nauwelijks geloven dat ze kwaadaardig kan zijn, dat ze de oorzaak van zoveel ellende zou kunnen zijn.

'Het spijt me, Katherine.' Haar lippen beginnen te trillen en ze krijgt tranen in haar ogen. 'Het spijt me zo. Ik weet gewoon niet wat me ineens bezielde.'

Ze geeft me de rozen, en ik pak ze zonder iets te zeggen aan.

'Ik... soms doe ik... ik weet het niet.' Ze snikt het inmiddels uit, met haar handen voor haar gezicht en met schokkende schouders, en haar stem klinkt schor en gebarsten. 'Net alsof iets het van me overneemt en dan verlies ik... dan word ik zo... zo boos. Alsof iedereen, weet ik veel, me veroordeelt of zo. Maar ik weet dat het belachelijk is, want ik denk dat ze me veroordelen voor wat ik nog ga doen – voor wat ik zelf al weet dat ik ga doen – nog voordat ik het heb gedaan... en dan heb ik het gevoel dat ik het ook echt moet doen, om ze te testen, om te zien of ze echt om me geven. En ik weet best dat het oneerlijk is, ik weet dat ik dat niet echt van mensen kan verwachten, je weet wel, dat ze dat pikken, maar ik kan gewoon niet... Ik bedoel, ik weet dat ik iets echt ergs ga doen, of zeggen, maar ik kan gewoon niet stoppen, en dan wil ik het ook doen. Net alsof ik een soort zelfdestructieve neiging heb om uit te halen naar mensen – naar de mensen die van me houden.'

Ik voel de harde kern van mijn boosheid smelten. 'Kom.' Ik pak haar bij de arm en trek haar zachtjes naar binnen.

Ik haal een bord voor Alice en ze komt bij Philippa en mij op de veranda zitten en eet met ons mee. Eerst is Philippa op haar hoede en kil en neemt ze Alice achterdochtig op. Maar Alice is weer helemaal de oude, ze is openhartig en aardig en charmant en verontschuldigt zich uitputtend voor gisteravond. Ze lacht om zichzelf en drijft zo openlijk en met zoveel vrolijke zelfverachting de spot met haar eigen gedrag – ze is tegelijkertijd berouwvol en beschaamd en grappig – dat het onmogelijk is om het haar niet te vergeven. En ik merk dat Philippa na een tijdje ontdooit, dat ze, ondanks haar wantrouwen, voor Alice' charme valt. Ook nadat het eten op is blijven we nog een hele tijd buiten zitten kletsen en lachen, en we gaan pas weer naar binnen wanneer de zon is verdwenen en de namiddaglucht onaangenaam kil aan begint te voelen.

'Laten we een paar films huren. En pizza bestellen,' zegt Alice.

'O. Ik weet niet,' zeg ik. 'Morgen is het maandag. School. Ik heb slaap nodig.'

'We gaan op tijd weg,' zegt Alice. 'Ik wil gewoon nog niet dat er al een einde aan deze dag komt. We hebben veel te veel lol. Ik wil niet naar huis, ik wil vanavond niet alleen zijn.' Ze loopt naar Philippa en pakt haar arm met beide handen beet. 'Alsjeblieft, Philippa? Laat me bewijzen dat ik niet echt die nare bitch ben die je gisteravond hebt leren kennen. Ik ga de films wel huren. En de pizza's halen. Jullie hoeven helemaal niks te doen. En het kost jullie ook niks. Ik trakteer. Alsjeblieft?' Ze kijkt smekend van de een naar de ander. 'Voor mij? Alsjeblieft?'

Philippa kijkt mij aan. 'Katherine mag het zeggen. Het is haar huis. Waarschijnlijk heeft ze schoon genoeg van ons.'

'Het klinkt wel goed.' Ik haal mijn schouders op. 'En eerlijk gezegd heb ik alweer honger, hoe raar dat ook klinkt. En een beetje voor de tv hangen klinkt ook wel goed.'

We vinden een menu van een pizzeria in de buurt en maken onze keuze. Philippa en ik bieden Alice allebei aan om mee te gaan, om te helpen met dragen, om wat geld bij te passen, maar ze wil er niets van weten en zegt nog een keer dat zij trakteert en gaat dan in haar eentje weg.

Wanneer ze weg is, gaan Philippa en ik naar de keuken om de borden van de lunch af te wassen.

'Ze is minder gek dan je dacht, hè?' vraag ik.

Philippa heeft haar handen in het sop en ze kijkt niet op terwijl ze antwoord geeft. 'Ze kan heel aardig zijn. Heel charmant.'

'Ja.' Ik geef haar speels een duwtje met mijn elleboog. 'Maar dat is geen antwoord op mijn vraag. Ik gebruikte het woord gek.'

Ik voel me een beetje ontrouw door zo met iemand die ik pas ken over Alice te praten, want ik beschouw haar als een goede vriendin. Maar Philippa is zo nuchter en eerlijk dat ik gewoon benieuwd ben naar haar mening. Ik mag haar wel. Ze is duidelijk erg intelligent, maar ook warm en aardig en op een boeiende manier eigenzinnig, en ik hoop echt dat we vriendinnen zullen worden. Ik vertrouw nu al op haar oordeel en stel haar mening op prijs.

Philippa zucht, haalt haar handen uit het water en droogt ze af aan haar spijkerbroek. Ze kijkt me aan en haalt haar schouders op. 'Ik vind nog steeds dat ze een beetje gek is. Je weet wel, een van die superextreme types. Het soort dat mijn vader lastig in het onderhoud zou noemen.'

'Maar dat is de mening van een vader.' Ik lach vriendelijk om te verzachten wat ik wil gaan zeggen. 'Maar het is ook een beetje kil, hè? Een beetje... Nou ja, ze is een mens. En ze doet niet de hele tijd zo. Ik heb haar nog nooit eerder zo meegemaakt. En ze is mijn vriendin. En op heel veel manieren is ze een fantastische vriendin. Echt, je weet niet hoe gul en aardig ze kan zijn. Vind je echt dat ik haar gewoon zou moeten dumpen? Haar dumpen en hard weglopen omdat het lastig is om zo'n vriendin te hebben? Ik vind het een beetje... nou ja, een beetje ongepast om mensen zo te behandelen.'

'O.' Philippa staart me aan en glimlacht. Ze lijkt tegelijkertijd verbaasd en bedroefd. 'Waarschijnlijk heb je wel gelijk. Maar dat is de aardige manier van ertegen aankijken. Blijkbaar ben ik niet zo aardig als jij, want ik zou haar waarschijnlijk wel dumpen. Ik zou haar dumpen en zo hard mogelijk wegrennen.'

Haar doordringende blik maakt me een beetje verlegen en ik begin druk de borden en kopjes op te ruimen. 'Het komt misschien omdat ik weet hoe het voelt... hoe het voelt als mensen niet met je willen omgaan omdat dat te moeilijk is. Nadat Rachel was vermoord, kreeg ik heel vaak dat gevoel. Ook bij mijn beste vrienden. Ze waren allemaal bezorgd en lief en deden heel erg hun best... maar het was voor hen verder juist zo'n leuke tijd. Het vierde jaar zat er bijna op en er waren dansavonden en feesten en dat soort dingen. Alle andere kinderen hadden gewoon de tijd van hun leven. Niemand had zin om bij mij op mijn kamer te moeten zitten huilen. Niemand wilde me op zijn feest hebben, omdat ze zich dan om me zouden moeten bekommeren, je weet wel, ervoor zorgen dat ik het ook leuk had. Dat was gewoon te lastig. En ik kon het ze niet echt kwalijk nemen. Ik wist dat ik de feestvreugde verpestte. Ik wist dat niemand zin had om aan dood en moord en ellende te moeten denken... maar ik moest dat wel. Het was mijn leven.' Ik haal mijn schouders op, verbaasd over mijn eigen woorden. Ik heb hier tot nu toe eigenlijk nog niet echt over nagedacht, de ideeën vormen zich min of meer tijdens het praten. Maar ze voelen wel echt. Het klopt wat ik zeg. 'Volgens mij moet je, als je jezelf als een goede vriendin beschouwt, de ander nemen zoals hij of zij is. Op de leuke momenten en op de minder leuke momenten. In voorspoed en in tegenspoed.'

'Ik snap wat je bedoelt. Dat snap ik helemaal.' Philippa trekt de stop eruit en begint de gootsteen droog te vegen. 'Maar ik vind nog steeds dat je eigenlijk niet bevriend zou moeten zijn met mensen die heel veel negatieve rotzooi in je leven brengen. Dat zou ik niet willen. Echt niet. Maar dat wil nog niet zeggen dat jij moet doen wat ik zou doen, toch? Ik bedoel, iedereen is anders. We moeten allemaal onze eigen weg vinden in deze maffe wereld.' Ik merk dat ze haar best doet om vriendelijk te klinken, om niet ruzieachtig over te komen. Ze wil net zo graag vriendinnen worden als ik.

Na een tijdje komt Alice terug en we gaan aan de keukentafel zitten eten. Robbie komt om een uur of acht, wanneer we net aan het afruimen zijn, alle drie lacherig en vrolijk. Eerst doet hij een beetje koel, afstandelijk tegen Alice en een beetje afkeurend tegen Philippa en mij. Maar we geven hem wat er over is van de pizza en praten gewoon door, zodat hij uiteindelijk ontdooit en zich bij het gesprek laat betrekken en zelfs glimlacht. En Alice doet zo liefdevol tegen hem, zo attent en voorzichtig dat ik zie dat het hem gewoon niet lukt om boos te blijven.

We eindigen in de huiskamer, met de lampen gedimd, alle vier stil en relaxed van het eten en van vermoeidheid. Alice kiest een dvd uit en loopt naar het apparaat om hem erin te stoppen. Voordat ze op Play drukt, draait ze zich naar ons om.

'Ik wil eerst nog iets zeggen. Voordat we allemaal in slaap vallen.' Ze lacht schaapachtig. 'Ten eerste wil ik dat jullie weten...' Ze kijkt nadrukkelijk naar Philippa en daarna naar Robbie. 'Dat er gisteren niks is gebeurd tussen Ben en mij. Hij is niet lang na jullie weggegaan. En dat is de waarheid.'

Robbie kijkt naar zijn schoot en probeert een glimlach te onderdrukken, maar het is zonneklaar dat hij heel blij is met Alice' verklaring.

Alice gaat verder. 'Maar het belangrijkste is dat ik me officieel voor mijn afschuwelijke gedrag van gisteravond wil verontschuldigen. Tegenover jullie alle drie. Philippa, Robbie, maar vooral tegenover jou, Katherine.' Ze kijkt me met grote ogen smekend aan. 'Ik had dat niet mogen zeggen. Gewoon niet. En ik geloof ook geen seconde dat het zo is. Dat ik zulke afschuwelijke, slechte gedachten zou hebben als ik in jouw schoenen zou staan, wil nog niet zeggen dat jij die hebt gehad. Ik, hoe noemen ze dat, ik projecteerde mijn gevoelens op jou. Ja, ik projecteerde mezelf op jou. En dat was oneerlijk en belachelijk en het spijt me echt verschrikkelijk en je moest eens weten hoe ik mezelf erom haat dat ik je zo heb gekwetst. Je bent altijd zo aardig voor me, en ik weet dat ik jouw vergiffenis niet verdien, maar als je me toch wilt vergeven, dan zal ik het in dank en grote blijdschap aanvaarden.'

'Allemachtig zeg,' zeg ik, in de hoop dat in de schemer niet te zien is dat ik bloos. 'Ga zitten en houd je mond.'

'Oké,' zegt ze, met neergeslagen blik. Ik hoor een trilling in haar stem en vraag me af of ze soms huilt. 'Maar eerst wil ik nog zeggen dat onze vriendschap me heel erg dierbaar is. Je hebt geen idee hoe belangrijk die voor me is. Hoe speciaal jij bent. Je hebt geen idee.'

# 17

Het was binnen een stuk donkerder dan buiten. Er was geen echte verlichting, alleen wat kerstverlichting aan het plafond, en dat had nauwelijks enig effect op de ondoordringbare duisternis. Je kon bijna geen hand voor ogen zien en tussen de metalen wanden van de enorme loods ging al het geluid echoën en trillen – het was zo'n enorme kakofonie van muziek en gelach en geschreeuw van mensen dat het desoriënterend was om rond te lopen, zelfs een beetje eng.

Carly beende voor ons uit, compleet zelfverzekerd, helemaal in haar element. We liepen achter haar aan naar een groot, oud, vrijstaand bad dat was gevuld met ijs en blikjes bier en cola. Carly pakte er drie blikjes bier uit en gaf Rachel en mij er elk eentje.

'Van wie is dat?' vroeg ik.

Carly schudde haar hoofd, om aan te geven dat ze me niet kon verstaan.

'Mogen we gewoon pakken?' schreeuwde ik.

Carly haalde haar schouders op en keek om zich heen. 'Ik zie niemand die ons tegenhoudt.' Ze schreeuwde ook, grijnzend. 'Kom...'

Ze begaf zich zonder omhaal tussen de mensen die voor het podium aan het dansen waren en begon met haar voet te stampen en met haar hoofd te schudden, op de maat van de muziek.

Ze hield haar blikje bier naar ons op, knipoogde, nam een grote slok, stak toen haar andere arm op en gebaarde ons bij haar te komen.

Rachel keek me vragend aan, maar ik schudde mijn hoofd. Ik had nog geen zin om te dansen. Het kon best zijn dat mijn vriendje Will er ook was en ik wilde hem gaan zoeken. Maar ik pakte het blikje bier van Rachel over zodat ze haar handen vrij had en gaf met een knikje te kennen dat ze moest gaan.

Net als met pianospelen kon Rachel helemaal opgaan in dansen. Al haar verlegenheid verdween dan en ze danste soepel en ritmisch en volmaakt één met de muziek. Ze keek me aan met een enorme vrolijke grijns op haar gezicht en ik lachte. Ik was aangenaam aangeschoten van de alcohol, duizelig van de drukte en de muziek, en werd aangestoken door het gevoel van opwinding om me heen. Ik was bovendien opgewonden omdat de mogelijkheid bestond dat ik Will zou zien. En ik wist dat hij net zo blij zou zijn om mij te zien als ik om hem te zien.

Ik leunde met mijn rug tegen de muur en nipte langzaam van mijn biertje – dat ik niet echt lekker vond – en keek naar Rachel en Carly. Net toen ik op het punt stond om wat door de schuur te gaan lopen om te kijken of ik Will kon vinden, dook hij ineens voor me op.

Hij lachte zijn prachtige lach, met die vooruitgestoken tanden van hem, en schudde toen zijn hoofd, zogenaamd afkeurend over mijn aanwezigheid daar. Ik lachte terug, maar we zeiden geen van beiden iets, we bewogen ons alleen maar naar elkaar toe tot we tegen elkaar aan stonden en ik zijn geur kon ruiken – kruiden en iets van chocola en een zweempje zweet – en toen lagen zijn lippen al op de mijne en gingen onze monden hongerig open.

We kusten en omhelsden elkaar en leunden toen iets naar achteren zodat we elkaar konden aankijken, toen lachten we en duwden onze lichamen weer tegen elkaar. We waren allebei zo blij om elkaar te zien, zo opgewonden door de sfeer en door onze begeerte, dat we maar bleven lachen. Zelfs onder het kussen voelde ik Wills mond omhoogkrullen in een glimlach.

En toen hij zich tegen me aandrukte, voelde ik dat hij een erectie had – en de wetenschap dat ik dat met hem kon doen, dat hij me alleen maar hoefde te zien en aan te raken om zijn lichaam zo te laten reageren, maakte me dolblij. Ik voelde iets in mijn buik fladderen en wist dat ik meer met hem wilde dan alleen maar vrijen. De liefde bedrijven. Niet vanavond, maar gauw. Heel gauw. En ten antwoord duwde ik me ook tegen hem aan. Een belofte.

En omdat ik nu met Will was, begon het bier me ook beter te smaken en was ik ineens heel blij dat het donker was – dat voelde fijn en romantisch. Het gaf me een knus gevoel, alsof we, ondanks de drukte, alleen waren.

# 18

De avond nadat Alice zich heeft verontschuldigd, zit ik tv te kijken. Ik heb me in mijn pyjama op de bank genesteld en zap langs de zenders, wanneer er wordt aangeklopt.

Ik denk meteen dat het Alice wel eens kan zijn en vraag me af of ik me moet verstoppen, de tv uitzetten, onder de dekens kruipen en doen alsof ik niet thuis ben. Niet omdat ik nog steeds boos op haar ben, maar ik ben gewoon moe en alleen al de gedachte aan haar eeuwige energie is uitputtend. Maar ik verstop me niet. Ik zucht, zet de tv uit en loop naar de deur.

Het is Alice niet, het is Robbie. Grijnzend houdt hij een bak chocolade-ijs op, een pak chocolademelk en een pakje chocoladekoekjes.

'Ik kom niet met lege handen,' zegt hij. 'Chocola, chocola en nog eens chocola.'

Lachend houd ik de deur open en doe een stap opzij om hem langs te laten.

'Ik wilde met je praten.' Robbie blijft aarzelend in de deuropening staan en kijkt me verontschuldigend aan. 'Ik hoop dat je het niet erg vindt. Maar gisteren hadden we niet de gelegenheid om even alleen te zijn, en we hebben zoveel te bespreken. Ik bedoel, ik wilde het echt even met je hebben over je zus en zo. En over Alice natuurlijk.' Hij schudt zijn hoofd en zegt gehaast: 'Maar je bent waarschijnlijk hartstikke moe en je wilt vast gaan slapen, dus als je te moe zou zijn om te praten, leek het me leuk om warme chocolademelk voor je te maken en je in te stoppen. En dan laat ik je daarna verder met rust en kom ik wel een ander keertje terug.' Hij kijkt naar mijn pyjama. 'Zie je wel, je wilde net naar bed gaan. Sorry. Ik ben al...'

'Robbie,' onderbreek ik hem. 'Hou je mond. Kom binnen. Zo moe ben ik nou ook weer niet. Ik ben niet ineens in een zwak oud vrouwtje veranderd. Bovendien wilde ik ook met jou praten.' Ik pak de bak ijs uit zijn handen en loop de gang in. 'En ik wil dit. Nu meteen.'

We gaan naar de keuken, waar we twee royale bolletjes ijs in schaaltjes scheppen die we meenemen naar de kamer.

Het ijs is heerlijk – een volle chocoladesmaak met een nog vollere chocoladesaus erdoorheen. Ik smeer expres wat om mijn lippen en trek een komisch gezicht. 'Jammie,' zeg ik.

Robbie lacht. 'Heel grappig.' Maar de lach verdwijnt veel te snel weer van zijn gezicht en hij staart naar zijn schaaltje en draait de lepel in het rond zonder iets te eten.

Ik lik mijn mond schoon en droog hem af met de rug van mijn hand. 'Gaat het?'

'Jawel hoor.' Hij haalt zijn schouders op. 'Ik ben hier niet gekomen om over mezelf te praten. Echt niet.' Hij kijkt me fronsend aan. 'En jij? Hoe gaat het met jou?'

'Goed.' Ik knik. 'Prima.'

'Je hebt me nooit verteld van je zusje. Je was altijd zo stoer. En ik zit je altijd maar met mijn problemen lastig te vallen. Je zult wel... ik bedoel...' Hij kijkt me aan, ineens gekwetst en boos tegelijk, en hij slaat op zijn been. 'Waarom heb je het me niet verteld?'

Ik zet mijn schaaltje op de salontafel, kniel voor hem neer en leg mijn handen op zijn knieën. 'Het spijt me. Ik weet dat het je kwetst dat ik het je niet heb verteld. Je hebt vast het gevoel dat ik je niet genoeg vertrouwde of zo, maar dat is het niet. Echt niet.'

Robbie kijkt me aan, zwijgend, afwachtend.

'Toen Rachel doodging, kregen we heel veel, nee, idioot veel aandacht van de media. Ik werd zo'n beetje gestalkt door journalisten. En mijn ouders ook. Het was afschuwelijk. En er werden echt ontzettend vreselijke dingen beweerd over mij en onze familie, dingen die ze gewoon hadden verzonnen of een beetje verdraaid.' Alleen van de herinnering eraan moet ik al huilen, en ik veeg langs mijn ogen en haal mijn neus op in een poging de tranenvloed tegen te houden.

Robbie gaat naast me op de grond zitten en slaat zijn arm om me heen. 'Laat maar.' Hij klinkt geschokt en ik weet dat hij zich rot voelt, dat hij zichzelf de schuld geeft van mijn tranen. 'Je hoeft het me niet te vertellen. Het maakt niet uit. Ik stond er niet bij stil dat... God, Katherine, ik voel me zo'n stomkop. Ik met mijn grote mond ook altijd.'

Dat Robbie een grote mond zou hebben, is zo ver bezijden de waarheid dat ik moet lachen. Ik kijk hem aan en veeg nog een keer langs mijn ogen. 'Het komt niet door jou dat ik huil. Iedere keer als ik aan die tijd denk, moet ik huilen. En ik denk er vaak aan. Ik wil je alleen uitleggen waarom ik het je niet heb verteld.'

'Laat maar, dat hoeft echt niet.'

Ik duw zijn arm van mijn schouders, glip bij hem weg en ga zo zitten dat ik hem recht in de ogen kan kijken. 'Maar ik wil het vertellen en dat ga ik doen ook. Dus hou je mond en luister. Alsjeblieft.'

Hij knikt.

'Ik heet niet echt Patterson, maar Boydell,' zeg ik.

Robbie kijkt me plotseling met grote ogen aan. Hij heeft natuurlijk van ons gehoord, hij herinnert zich de zusjes Boydell.

'Zie je wel? Je hebt van ons gehoord. In elk geval weet je wat de kranten over ons hebben geschreven.'

'Ik herinner me de naam.' Hij schudt zijn hoofd. 'Veel meer herinner ik me niet, o, behalve dan dat je zusje een soort wonderkind was. Toch?'

'Ja, dat was ze.'

'Shit, Katherine.' Hij schudt weer zijn hoofd. 'Niet te geloven. Het is bijna niet te bevatten.'

'Ik weet het.'

'Dus dat was jouw zusje? Mijn god. Het was echt compleet ziek wat haar is overkomen. Die gestoorde klootzakken die dat hebben gedaan. Ongelooflijk.'

'Ja. En daarna werden we zo'n beetje beroemd gemaakt door de media. Beroemd op een heel verkeerde manier. Op een destructieve manier die inbreuk maakte op ons leven, waardoor we ons nog rotter voelden... alsof het al niet onverdraaglijk genoeg was,' zeg ik. 'En je had ook psychologen en allerlei andere mensen die commentaar op ons leverden, op ons gezinsleven. Het was weerzinwekkend. We voelden ons compleet... onteerd, overgeleverd.'

'Zoals? Wat zeiden ze dan?'

'Allemaal heel gemene dingen. In heel veel artikelen stond dat mijn vader en moeder te ambitieus waren geweest wat Rachel betreft, haar te veel achter de vodden hadden gezeten. En tot op zekere hoogte was dat ook zo. Maar Rachel was geniaal, een wonderkind. Ik bedoel, niemand kan zo'n extreem goede musicus worden zonder enige ambitie te hebben, zonder keihard te werken. En de kranten vonden het maar al te leuk om zich daar op te storten en er gebruik van te maken toen ze nog leefde. Ik bedoel, er verschenen continu artikelen met koppen als "ons plaatselijke wonderkind" en zo. Toen ze nog leefde, vond iedereen het fantastisch. Maar nadat ze was vermoord, veranderde alles. Het was net alsof iedereen zich ineens tegen ons keerde, onze vijand werd. We veranderden van het gezin waar Melbourne trots op was in een overdreven ambitieus, afschuwelijk, egoïstisch gezin dat iedereen maar al te graag wilde haten. Ik bedoel, het was niet echt gelogen allemaal, maar ze brachten het zo dat het heel slecht overkwam. Ze schreven bijvoorbeeld dat Rachel iedere dag wel drie à vier uur piano moest spelen, en dat was ook zo, natuurlijk was dat zo. Maar ze brachten het alsof mijn ouders haar daartoe dwongen. Zoals ze het brachten, leek het heel naar en afschuwelijk. En het klopte ook helemaal niet. Rachel hield van pianospelen, ze wilde er hard voor werken, ze wilde de beste van de wereld worden, dat zei ze zelf de hele tijd. En dat mijn vader en moeder ambities hadden voor haar, klopte ook, maar het belangrijkste was dat ze van haar hielden. Ze waren goed voor haar. Ze waren goed voor ons allebei. We waren een gelukkig gezin,' zeg ik. Mijn stem trilt inmiddels. Ik slaak een zucht, leg mijn gezicht in mijn handen en probeer mijn emoties weer de baas te worden. 'We waren gelukkig.'

'Natuurlijk.'

'Dus,' zeg ik, een diepe zucht slakend. 'Dat is de reden waarom ik een andere naam heb aangenomen en Katherine Patterson ben geworden in plaats van Katie Boydell. En dat is ook de reden waarom ik naar Sydney ben verhuisd. En waarom mijn ouders ook weg zijn gegaan. Ik heb het je niet verteld, ik heb het eigenlijk niemand behalve Alice verteld omdat ik niet meer Katie Boydell wilde zijn. Ik wilde dat meisje gewoon niet meer zijn. Ik wilde niet dat je dat soort dingen over me wist voordat je me echt kende. Als je snapt wat ik bedoel.'

Robbie knikt, legt zijn hand op de mijne en knijpt er even in.

'Maar ik wilde je het heus wel vertellen, Robbie. Echt waar. Heel vaak zelfs. Vooral als jij me van alles over je moeder vertelde, dan was je altijd zo eerlijk en dan wilde ik je zo graag laten weten dat ik begreep wat je had doorgemaakt.'

'Ik vond je altijd wel opvallend begripvol. Alsof je er heel goed over had nagedacht of zo.' Hij glimlacht plagend. 'Ik dacht gewoon dat je superintelligent, supergevoelig was, maar het kwam gewoon omdat je het zelf allemaal al eens een keer had meegemaakt. In veel grotere en ergere mate zelfs.'

We eten ons ijs op dat inmiddels is gesmolten en zacht geworden, en ik vertel Robbie over de avond waarop Rachel werd vermoord. En net als toen ik het aan Alice vertelde, moet ik onophoudelijk snikken en mep ik boos en gefrustreerd op de grond. Robbie slaat zijn armen om me heen en luistert aandachtig. Hij schudt vol afschuw en ongeloof zijn hoofd. Hij haalt nog wat ijs voor me en houdt mijn hand vast en stelt me wel duizend vriendelijke vragen. Hij huilt samen met mij en we drogen elkaars tranen, lachen om onze gedeelde smart en snotterige neuzen en roodomrande ogen.

Om middernacht zeg ik tegen Robbie dat ik kapot ben en naar bed moet. Maar wanneer hij zegt dat hij wel zal weggaan, smeek ik hem om te blijven. Om naast me te komen liggen. Niet voor de seks, maar als vriend. Want ik wil niet alleen zijn, ik heb troost nodig, een menselijke aanwezigheid. En hij zegt dat hij dat graag wil, dat hij blij is dat ik het heb gevraagd.

Ik geef hem een van mijn reservetandenborstels en we poetsen onze tanden naast elkaar in de badkamer, om de beurt in de wasbak spugend. Dat we samen hebben gehuild en elkaar zoveel van onze innerlijke roerselen hebben laten zien, heeft ons op de een of andere manier dichter bij elkaar gebracht, zodat we ons nog meer op ons gemak voelen bij elkaar. We liggen naast elkaar op onze rug onder de dekens. Het is donker in mijn slaapkamer en ik luister naar het geluid van Robbies ademhaling en geniet van de troostende warmte van zijn lichaam.

'Normaal gesproken zou ik niet in één bed gaan liggen met de vriend van iemand anders,' zeg ik. 'Hoewel we niks doen, voelt het wel een beetje maf, hè? Maar op de een of andere manier lijken al die normale regels niet van toepassing op Alice.'

'Dat komt omdat Alice zich zelf niet aan wat voor zogenaamd normale regel dan ook houdt. Ze heeft geen enkel respect voor wat voor grens dan ook, dus waarom zouden anderen dat wel moeten hebben als het om haar gaat? Dat is het Alice-fenomeen. Als je lang genoeg met haar omgaat, ga je je vanzelf ook slecht gedragen. Ik bedoel, toe zeg.' Hij lacht. 'Weet je nog toen met Ben en Philippa? En wat Alice tegen je zei over je zusje, en zoals ze met Ben zat te flirten? Ze toont eigenlijk voor niemand respect, dus dan mogen wij toch ook wel een keertje een beetje stout zijn?'

'Ja. Nee. Ik weet het niet,' zeg ik. 'Hoe dan ook, het is toch niet stout wat we doen? Dat we samen in één bed liggen, bedoel ik. Als we er niemand kwaad mee doen, is het waarschijnlijk niet zo erg.' In het donker schud ik mijn hoofd. 'Nee, het is niet erg wat we doen. Want we zijn vrienden en we zorgen voor elkaar en we kwetsen Alice er niet mee. Zelfs als ze het wist, zou het haar waarschijnlijk niks kunnen schelen.'

'Het zou haar wel wat kunnen schelen. Maar niet vanwege de normale redenen. Niet omdat ze zoveel van me houdt dat ze de gedachte niet kan verdragen dat ik me vertrouwd voel bij iemand anders. Wat voor haar erg zou zijn, is dat ze er niet bij is. Dat ze in deze situatie niet de touwtjes in handen heeft.'

Ik reageer niet omdat de implicatie dat ze mij net zo goed kan bespelen als hem me niet bevalt. Ik snap dat Robbie het gevoel heeft dat ze hem bespeelt, per slot van rekening is hij verliefd op haar en heeft hij al heel wat van haar gepikt. Alice hoeft maar te kikken of hij komt, en dat laat hij zelf gebeuren. Maar ik ben gewoon een vriendin van Alice en mijn beeld van haar is niet vervormd door lust, ik ben niet stapelverliefd op haar. Maar daar wil ik hem nu niet op wijzen. Ik wil hem niet nog ongelukkiger maken.

'Hoe dan ook, je gebruikte het woord vriend,' gaat hij verder. 'Je zei dat ik Alice' vriend was.' Hij lacht; en het is een droog, verbitterd, ongelukkig geluid. 'Maar dat ben ik niet echt, hè? Ik ben gewoon iemand die ze gebruikt als ze daar zin in heeft. Ik ben gewoon een trouw hondje dat ze kan gebruiken en misbruiken wanneer en hoe ze maar wil.'

'Robbie, als je dat gevoel hebt...'

'Ja,' onderbreekt hij me. 'Natuurlijk heb ik dat gevoel.' Hij klinkt boos en ellendig. 'En zo is het ook. En ik houd mezelf continu voor dat ze slecht is, dat ik haar niet meer moet zien. Maar dan hoor ik haar stem weer of zie ik haar gezicht en dan...' Zijn stem breekt en hij doet er even het zwijgen toe, om op adem te komen, om zijn gevoelens onder controle te krijgen. Hij slaakt een beverig zuchtje. 'Weet je?' fluistert hij. 'Weet je wat nou echt gek is?'

'Wat dan?'

'Mijn vader heeft een nieuwe vriendin. Een vrouw die hij op een feest heeft leren kennen. Shit,' zegt hij ineens. 'Het is bijna niet te geloven, maar ze heet Rachel.'

'Wat is daar nou zo gek aan? Het is een heel gewone naam. Ik heb al heel veel Rachels ontmoet na de dood van mijn zusje.'

'Nee, dat bedoelde ik niet met gek. Dat van die naam herinnerde ik me ineens. Maar weet je, mijn vader is gelukkig sinds hij haar kent. Echt gelukkig. Op de manier waarop hij gelukkig was voordat mijn moeder ziek werd.'

'Maar dat is toch fantastisch, Robbie? Heb je haar al ontmoet? Is ze aardig?'

'Nee, ik heb haar nog niet ontmoet. Ik wil haar niet ontmoeten. Ik wil niks van haar weten.'

'O.' Even zeg ik niks. 'Heb je het gevoel dat hij je moeder verraadt of zo?'

'Nee hoor. Helemaal niet. Mijn moeder is dood. Ze zou willen dat mijn vader gelukkig was.'

'O?' Ik begrijp het niet. 'Waarom ben je dan niet blij voor hem? Wat is het probleem?'

'Ik ben jaloers.' Hij klinkt alsof hij dat walgelijk van zichzelf vindt. 'Zo zielig ben ik nou, dat ik jaloers op hem ben. Ik weet best dat ik blij voor hem zou moeten zijn, hij zou voor mij in elk geval wel echt blij zijn. Maar ik vraag me alleen maar steeds af waarom het hem wel lukt om verliefd te zijn en een te gekke relatie te hebben terwijl mijn hart aan flarden wordt gescheurd door Alice. Hoe kan het nou dat hij zo gelukkig is? Hij is oud. Ik ben degene die een fantastisch liefdesleven zou moeten hebben. Niet hij. Het is vernederend. Ik kan gewoon niet naar hem kijken, naar die stomme verliefde blik die hij in zijn ogen heeft.'

'O Robbie.' Ik ben blij dat hij niet kan zien dat ik glimlach.

'Zie je nou wel? Ik ben een rotzak. Ik ben slecht. Ik verdien het om zo te worden behandeld door Alice.'

Ik kan er niks aan doen, maar ik barst in lachen uit. Robbie zegt niets en zijn zwijgen, het gevoel dat ik niet zou moeten lachen, maakt dat ik nog harder ga lachen. Ik probeer ermee te stoppen, probeer het geluid van mijn vrolijkheid te dempen, maar dan maakt het al niet meer uit, want ineens begint Robbie ook te lachen. We lachen zo hard dat het bed ervan schudt, en we schoppen de lakens weg en liggen te rollen van het lachen tot we er buikpijn van hebben en we bijna geen adem meer krijgen en zowat stikken in onze eigen vrolijkheid. Wanneer we eindelijk ophouden, is mijn gezicht nat van de tranen.

'Hoe dan ook,' fluister ik behoedzaam, terwijl ik mijn uiterste best doe om niet weer te gaan lachen. 'Als je niet slecht bent, kun je ook niet goed zijn.'

'Wat? Je moet dus slecht zijn om goed te kunnen zijn? Dat is gewoon stom. Dat slaat helemaal nergens op.'

'Nee.' Ik giechel zacht. 'Nee, hè? Maar wat ik bedoelde is dat als je het slechte in jezelf ziet en dat vervelend vindt en probeert om niet zo te zijn, dan is dat goed. Niemand is echt honderd procent goed. Tenminste, dat denk ik niet. Proberen om goed te zijn, of in elk geval proberen om niet slecht te zijn, dat is waarschijnlijk het enige wat er voor ons op zit.'

'Misschien heb je wel gelijk,' zegt hij.

'Misschien wel.'

Nu zijn we stil, stil en rustig. Ik hoor Robbies ademhaling regelmatiger worden. Ik doe mijn ogen dicht.

'Ik vind je aardig, Katherine.' Robbies stem klink zacht, soezerig.

'Ik vind jou ook aardig, Robbie.'

'Had ik je maar eerder leren kennen. Voordat ik Alice leerde kennen,' zegt hij, terwijl hij me in het donker hard in mijn hand knijpt. 'Dan hadden we... dan zouden we...' Hij maakt zijn zin niet af.

'Ja,' zeg ik slaperig. 'Ik weet het.'

# 19

'Goed zijn ze, hè?' Philippa kijkt omhoog naar het bandje van haar broer. Ze straalt van trots en tikt met haar voet op de maat van de muziek.

'Fantastisch.' Ik knik en probeer haar zo enthousiast mogelijk toe te lachen. Ze zijn ook fantastisch. Het zijn stuk voor stuk goede muzikanten en hun nummers klinken vaardig, soepel. Ze spelen het soort folkachtige, easy-listening rock waar ik normaal gesproken wel van houd bij een liveband, maar ik heb barstende koppijn en wil het liefst naar huis, naar bed. Philippa is me eerder die avond thuis komen afhalen, en ze verheugde zich zo op de avond dat ik haar niet wilde teleurstellen. Ik hoopte dat mijn hoofdpijn vanzelf wel over zou gaan, maar het is alleen maar erger geworden. En door Philippa hebben we ook nog een tafeltje heel dicht bij het podium gekregen, zodat de muziek te hard en bonkend klinkt en me pijn aan de oren doet.

Philippa's broer, Mick, is de drummer. Hij ziet er erg goed uit, op een koele, teruggetrokken manier – ik heb hem de hele avond nog niet één keer zien lachen. Hij heeft een bleek gezicht, net als Philippa, en zwart, halflang haar dat over zijn ogen valt. En om de zoveel tijd zie ik dat hij verbaasd naar ons tafeltje kijkt, zich ongetwijfeld afvragend wie dat onbekende meisje bij Philippa is.

Hoewel de muziek goed is, ben ik toch blij wanneer het pauze is. Door de plotselinge stilte heb ik al iets minder last van mijn hoofdpijn. Mick blijft een poosje met de andere bandleden staan praten en komt dan naar onze tafel toe.

'Ha Pip,' zegt hij, terwijl hij even een hand op Philippa's schouder legt. Hij kijkt naar me, met een nogal nietszeggende en onvriendelijke blik. Ik lach naar hem, maar hij kijkt alweer naar Philippa.

'Ha.' Philippa pakt zijn hand beet. 'Dit is Katherine. Je weet wel, ik heb je over haar verteld.'

'O ja.' Mick knikt, nog steeds zonder te lachen, en hij kijkt me heel even aan. 'Hoi.'

Ik ben niet in de stemming voor zulk onvriendelijk gedrag en heb helemaal geen zin om aardig te moeten doen om hem voor me te winnen. 'Hoi,' zeg ik net zo koeltjes, en dan draai ik me om en kijk om me heen in het café.

'Katherine heeft hoofdpijn,' zegt Philippa. Fronsend kijk ik haar aan. Ik sta verbaasd, ik heb haar niet verteld dat ik hoofdpijn heb, dus ik snap niet goed hoe ze dat weet, en het ergert me ook een beetje dat ze blijkbaar denkt dat ze een verklaring moet geven voor mijn onaardige gedrag. Het is haar broer die onbeleefd deed. Ik heb hem alleen maar een koekje van eigen deeg gegeven. Philippa buigt zich naar me toe en legt haar hand op de mijne. 'Mick kan er wel voor zorgen dat het overgaat.'

'Dat wat overgaat?'

'Je hoofdpijn,' zegt Mick, met een blik op mij. 'Als je dat zou willen.'

'Wat?' Ik schud mijn hoofd, er ineens van overtuigd dat hij me drugs wil geven. 'O. Nee, dank je.' Ik houd mijn glas fris op. 'Ik moet morgen leren. Eindexamen.'

'Hij heeft het niet over drugs, stomkop, als je dat soms denkt.' Philippa, die mijn gedachten heeft gelezen, lacht. 'Hij kan het met massage. Het werkt echt. Het is gewoon verbazingwekkend. Geloof me nou maar. Je moet het echt proberen.'

Als ik me probeer voor te stellen dat deze vreemd onvriendelijke man mijn schouders masseert, mijn huid aanraakt, moet ik bijna lachen. De gedachte is gewoon absurd. 'Nee, dat hoeft niet. Maar bedankt.'

Voordat ik echter doorheb wat er gebeurt of tijd heb om te reageren, zit Mick al op de stoel tegenover me en pakt mijn rechterhand vast. Hij houdt hem stil en drukt met de vingers van zijn andere hand op het zachte, vlezige gedeelte tussen mijn duim en wijsvinger, waarbij hij kleine, stevige rondjes draait. Hij strijkt met zijn duim langs mijn pols en dan weer terug over mijn handpalm en middelvinger.

Ik wil net gaan lachen en mijn hand wegtrekken om te laten merken dat ik sceptisch tegenover dit soort methodes sta, wanneer Mick nog wat harder in mijn hand knijpt en zegt: 'Nog niet. Je moet het even de kans geven.' En dan glimlacht hij.

Ik heb nog nooit een glimlach gezien die zo'n grote verandering teweegbrengt. Zijn hele gezicht gaat ervan leven; wat eerst nog korzelig, somber en gesloten leek, is nu warm, open en aardig. Hij heeft een brede grijns, zijn tanden zijn recht en wit, en zijn diepliggende bruine ogen worden omlijst door idioot lange wimpers. Hij is aantrekkelijk. Ongelooflijk aantrekkelijk. En plotseling weet ik zeker dat hij de mooiste man is die ik ooit heb gezien.

Gek genoeg neemt de drukkende spanning in mijn slapen langzaam af. Het is net alsof hij, bij ieder rondje dat hij in de huid van mijn hand drukt, mijn hoofdpijn wegtrekt, uitvaagt. Ik bestudeer zijn gezicht terwijl hij zich concentreert op wat hij doet. Hij kijkt me niet meer aan, hij glimlacht ook niet meer, maar hij staart met een strakke blik naar mijn hand.

En dan knijpt hij plotseling zo hard in de huid tussen mijn duim en wijsvinger dat het pijn doet.

'Au.' Hij laat mijn hand los, en ik trek hem snel weg. 'Dat deed pijn.'

Hij kijkt me alleen maar vragend, afwachtend aan.

'Het is over.' Ik leg mijn hand op mijn slaap en schud ongelovig mijn hoofd. 'Helemaal over.'

'Fantastisch, hè? Ik zei toch dat het werkte? Mijn slimme kleine broertje.' Philippa kijkt trots naar Mick, maar Mick houdt zijn blik op mij gericht. Hij lacht nog steeds niet, maar ik zie wel dat er warmte in zijn blik zit, een zweempje van geamuseerdheid. Hij kijkt me zo lang aan dat ik er een beetje verlegen van word, mijn hart begint sneller te slaan en ik krijg een kleur.

'Ja, ja. Het werkt. Dank je wel.' Ik maak mijn blik los van Mick en wend me tot Philippa. 'Zullen we nog wat te drinken halen?' Ik breng mijn glas naar mijn lippen en drink het restje snel op. Dan sta ik op. 'Jij nog eentje, Philippa? Wil jij ook iets, Mick?'

Philippa schudt haar hoofd. 'Nee, dank je.'

'Doe mij maar een biertje,' zegt Mick.

'Goed.' Ik loop naar de bar.

'Wacht,' roept hij. Ik draai me om. Hij lacht naar me en ik ben blij dat ik niet al te dichtbij sta, dat hij het bonken van mijn hart niet kan horen, en mijn handen, die iets beginnen te trillen, niet kan zien. 'Zeg maar dat het voor de band is. Dan is het gratis.'

'Oké,' zeg ik, terwijl ik wil doorlopen.

'Wacht,' zegt hij weer, en nu lacht hij wel. 'Dat biertje? Ik wil graag een Victoria Bitter.'

'Mij best,' zeg ik. Ik loop naar de bar. Heel snel, want ik wil niets liever dan ontsnappen aan zijn onderzoekende blik.

Wanneer ik heb besteld, draai ik me half om en kijk naar hem. Philippa en hij zitten met hun hoofden vlak bij elkaar te praten. Hij knikt en gebaart naar het podium, energiek met zijn armen bewegend, een imitatie van het drumspel. Ik ben opgelucht – het is duidelijk dat ze het over muziek hebben en niet over mijn bizarre gedrag.

Ik ken dit gevoel in mijn borstkas. Ik herken de vlinders in mijn buik, de zenuwachtige opwinding die ik voel wanneer Mick naar me kijkt. Het is lang geleden dat ik iets heb gevoeld wat daarop lijkt. Sinds Will, sinds de nacht waarin Rachel stierf, heb ik mezelf niet toegestaan om op die manier aan een jongen te denken. En onwillekeurig verbaas ik me over mijn lichamelijke reactie op die aantrekkingskracht; het bonkende hart, de trillende handen, mijn warme gezicht, al die dingen die mijn gevoelens al hebben verraden nog voordat ik me er bewust van was. Het is net alsof mijn lichaam me beter kent dan ik mezelf ken.

Meteen als ik mijn bitter lemon krijg, drink ik het glas halfleeg. Het is ijskoud en doet pijn aan mijn keel, maar ik heb dorst. Ik haal diep adem, dwing mezelf om kalm te blijven, om niet te trillen of te blozen of te stamelen. En dan loop ik zo beheerst mogelijk terug naar onze tafel.

'We zitten over muziek te praten.' Philippa kijkt me verontschuldigend aan wanneer ik hun de drankjes geef. 'Sorry.'

'Maakt niet uit.' Ik schud mijn hoofd en ga zitten. 'Ik vind het heerlijk om over muziek te praten. Bij ons thuis... Ik bedoel, dat deden wij ook altijd.' Dan stop ik, want ik weet ineens niet meer wat ik moet zeggen. De dood van Rachel, mijn achtergrond, dat is allemaal geen geheim meer, maar toch is het bijna onmogelijk om haar dood terloops ter sprake te brengen, om te zeggen: o ja, bij ons thuis hadden we het ook heel vaak over muziek. Voordat mijn zusje werd vermoord, bedoel ik. Haar dood heeft dat soort dingen voor ons verpest – en we hebben het daarna bijna nooit meer over muziek gehad. Maar ik ken de gesprekken, deel de liefde ervoor. Dus ga vooral door. Praat maar raak.

Het ontgaat Philippa niet dat ik me plotseling ongemakkelijk voel en ze is zo aardig om van onderwerp te veranderen. 'O mijn god,' zegt ze luid, terwijl ze haar arm op Micks arm legt. 'Je raadt nooit wie ik laatst heb gezien!'

Mick kijkt haar met opgetrokken wenkbrauwen aan.

'Caroline,' zegt ze. 'Caroline Handel. En echt, Mick, die is zo veranderd, niet te geloven gewoon. Je zou echt verbaasd staan als je haar zag. Ze lijkt wel een ander mens, tot in de puntjes gekleed, chic. Ze is een of andere hotemetoot met een of ander groot bedrijf. Echt totaal veranderd.'

'Nou en?' Hij haalt onverschillig zijn schouders op.

En hoewel Philippa haar uiterste best doet – en ik neem aan dat ze dat voor mij doet – om het ergens anders over te hebben met Mick, lijkt hij geen belangstelling te kunnen opbrengen voor haar ontmoeting met het meisje dat Caroline heet. Zodra Philippa klaar is met haar verhaal, wendt hij zich weer tot mij.

'Dus bij jullie thuis hadden ze het ook altijd over muziek. Hoezo hádden? Wat is er veranderd dan?'

'Mick!' Philippa's stem klinkt scherp. 'Doe niet zo onbeleefd. Dat soort vragen stel je toch niet.'

'Hè?' Mick lijkt in verwarring gebracht. 'Wat voor soort vragen?' Hij kijkt me aan en houdt zijn bierflesje omhoog. 'Was dat een onbeleefde vraag? Nee toch? Maar sorry als het wel zo was. En ik ben niet eens dronken of zo. Ik heb maar één slokje bier gehad.'

'Nee,' zeg ik. 'Philippa, laat maar. Het maakt niet uit.' Op datzelfde moment neem ik een besluit. Ik zal hun over Rachel vertellen; misschien is het niet echt de juiste plaats, of het juiste tijdstip, of de juiste omstandigheid, maar er is gewoon geen juiste plaats om over de dood te praten. Het hoort echter bij mijn levensgeschiedenis – een aanhoudend deel van mijn leven dat bijna alles kleurt. Als ik er niet over praat en het daarmee niet zijn rechtmatige plek in het verleden geef, zal het daar eeuwig blijven, als een geest die me achtervolgt.

'Mijn zusje is vermoord,' zeg ik.

Philippa knikt.

'Misschien lijkt het maf dat ik het jullie nu vertel,' zeg ik snel, terwijl mijn glas steeds opnieuw optil en weer neerzet, cirkels van water makend die elkaar op tafel overlappen. 'Maar ineens lijkt het me heel belangrijk om erover te praten, om het mensen te vertellen. Snap je, ik heb dit zo lang verborgen proberen te houden. Al sinds ik weg ben uit Melbourne. En nu het bekend is, nou ja, nu jij het weet, heb ik het gevoel dat ik het moet vertellen...' Ik kijk Philippa glimlachend aan. 'Aan mijn vrienden dan. Ik heb het gevoel dat ik mijn vrienden moet vertellen wat er is gebeurd. Omdat het niet gewoon zomaar iets is. Het was een soort van, en ik wil niet maf overkomen of zo, maar het was een soort van bepalende gebeurtenis voor mij. Het heeft me veranderd. Totaal.'

Ik kijk Mick aan. 'Ik snap het best als jij dit niet wilt horen. Maar ik wil het wel graag aan Philippa vertellen. En als je wilt, mag je blijven luisteren.'

Hij knikt, zonder iets te zeggen.

'We gingen naar een feest.' Ik zet mijn glas neer, leg mijn handen in mijn schoot, haal diep adem en begin.

Deze keer huil of kreun ik niet. Er verschijnen een paar tranen in mijn ogen, maar die veeg ik ongeduldig weg. Philippa en Mick luisteren rustig, geen van beiden zegt iets. En wanneer ik klaar ben, staat Philippa op, loopt om de tafel heen en omhelst me.

'Dank je wel dat je ons dat hebt willen vertellen,' zegt ze.

Ik kijk naar Mick. In zijn ogen blinken tranen. Hij kijkt me aan en lacht – een half lachje, een lachje vol medeleven en droefheid, een lachje dat laat zien dat hij in de war is en onzeker en geen idee heeft wat hij moet zeggen. Het is de volmaakte reactie en ik glimlach zwakjes, dankbaar, terug.

# 20

'Stop,' zei ik. 'Wacht. Niet nu, niet hier. Ik wil niet dat het zo gaat.'

'Oké.' Will gleed van me af en ging rechtop zitten. Hij trok voorzichtig mijn T-shirt naar beneden en zuchtte. 'Ik ook niet, Katie. Sorry.'

Ik ging ook rechtop zitten, sloeg mijn arm om zijn nek en kuste hem op de mond. 'Je hoeft geen sorry te zeggen. Dat is nergens voor nodig.' Ik keek om ons heen. We zaten buiten onder een boom. Door de oude boomwortels en kiezelstenen en het zand voelde de grond hard en knoestig aan. Ik voelde me smerig en was moe omdat ik te veel had gedronken. 'Ik wil echt veel liever in een bed worden ontmaagd. Een lekker, schoon, zacht bed. En ik wil dan geloof ik ook liever nuchter zijn.'

'Ik ook. Echt waar.' Hij lachte. 'Je maakt me gek, maar ik wil toch liever dat het fijn is. En ik denk dat het ook beter is als we allebei nuchter genoeg zijn om het ons later te kunnen herinneren.'

'Shit. Hoe laat is het?' Ik pakte Wills pols en draaide hem zo dat ik op zijn horloge kon kijken. Maar daarvoor was het te donker. 'Heeft dit ding geen lampje?'

'Jawel.' Hij hield zijn horloge wat dichter bij zijn gezicht en deed een lampje aan. 'Acht uur geweest. Bijna halfnegen.'

'Shit.' Ik stond op en veegde het vuil van me af. 'Shit shit shit shit. Fuck. We zijn veel te laat. We wilden maar een uurtje blijven. Als we thuiskomen, zitten we echt diep in de stront. Kom.' Ik pakte Wills hand en hielp hem overeind. 'Ik moet Rachel halen. We moeten gaan. Nu meteen.'

Binnen konden we haar echter niet vinden. We keken naar de mensen die dansten, maar daar was ze niet bij. We controleerden de groepjes die aan de zijkant stonden te praten. We vonden Carly en vroegen haar of ze Rachel had gezien, maar Carly schudde haar hoofd, haalde haar schouders op en keek met een wezenloze blik om zich heen. Ze was duidelijk dronken en zat te knuffelen met een jongen die ik niet herkende. Ze had belangrijkere dingen aan haar hoofd dan Rachel.

'Buiten.' Will pakte me bij de arm. 'Aan de voorkant. Misschien bij de auto's in de buurt.'

'Oké, ik kijk aan de voorkant en dan kijk jij achter de schuur. Dat gaat sneller. Dan spreken we hier af.'

Ik begon me zorgen te maken. Het was al laat en mijn ouders zouden beslist al thuis zijn. Ze vroegen zich vast af waar we waren en zouden zich grote zorgen maken. We zaten zwaar in de problemen. En als Rachel dronken was, als ze de alcohol konden ruiken of op een andere manier merkten dat ze had gedronken, dan zouden ze laaiend zijn. We zouden allebei huisarrest krijgen.

Omdat veel jongeren op het feest in de hoogste klassen zaten en konden autorijden, stonden er heel wat auto's voor de schuur. Ze hadden ze zelfs in rijen geparkeerd, zodat het net een echt parkeerterrein leek.

Toen ik pas buiten was, hoorde of zag ik niets, maar even later hoorde ik ineens mannenstemmen. Gelach. Glazen die tegen elkaar werden gestoten. Ik liep in de richting van het lawaai en zag een groepje mensen bij een auto staan. Alle portieren stonden open, zodat licht uit de auto naar buiten viel. Twee jongens leunden tegen de portieren. Eén jongen zat voorin. Achterin zat een andere jongen, samen met Rachel.

Rachel had een glas bier in haar hand. Het leek alsof ze het elk moment kon laten vallen, want ze hield het losjes vast, met een slappe hand. Met haar ogen halfgesloten lag ze tegen de bekleding.

'Hallo daar,' zei de jongen die achter het stuur zat toen ik dichterbij kwam. 'Wat kunnen we voor je betekenen?'

Ik glimlachte. 'Ik kom alleen mijn zusje even halen.' Ik boog me voorover de auto in en legde mijn hand op haar knie. 'Rach. We moeten weg. Het is al heel laat.'

'Katie.' Rachel deed haar ogen open en grijnsde. Door de beweging klotste het bier uit haar glas over haar been. Ze leek het niet te merken. 'Katie, Katie, ik vind het zo leuk hier. Ik heb ze verteld over mijn... mijn... mijn... hoe zeg je dat?' Ze giechelde en deed alsof ze pianospeelde op haar been. 'Mijn... mijn... muziek! Ja, dat is het! Mijn muziek!' Ze sliste, en haar gebaren waren sloom en overdreven. 'Ze willen naar mijn recital komen. Niet te geloven, hè?'

Ik keek naar de jongens. Ze gingen allemaal gekleed in een stijl die de meisjes op onze school 'boerenpummelig' noemden – geruite flanellen overhemden over strakke onderhemdjes. De enige die me aankeek was degene achter het stuur. Hij was een stuk ouder dan de anderen, minstens twintig, en was op een verweerde manier wel aantrekkelijk. Een man, geen jongen. Ik geloofde geen seconde dat hij of een van de anderen belangstelling had voor klassieke muziek.

'Leuk,' zei ik, terwijl ik Rachels bierglas pakte. 'En daarom moeten we nu ook weg. Als we nu niet weggaan, kun je dat recital wel op je buik schrijven.'

Ik pakte haar hand beet en probeerde haar uit de auto te trekken. Maar het was lastig, het was alsof ik aan een dood paard trok, ze werkte totaal niet mee en ik had het gevoel dat ze uit de auto zou vallen als ik nog harder trok, en dat ik haar dan zou moeten meeslepen.

'Hoe ga je haar thuis krijgen?' vroeg de man op de voorbank. Hij keek me vragend aan, met een sigaret tussen zijn lippen.

'Lopend. Het is niet zo ver,' loog ik.

De man lachte. 'Ik heet Grant. En het is wel ver. Alles is klere ver van hier. 's Avonds. In het donker.' Hij knikte naar Rachel. 'Vooral wanneer je buiten westen bent.'

Ik haalde mijn schouders op. 'Rachel,' zei ik luid. 'Kom. We moeten gaan. Het is al laat.'

Ze giechelde alleen maar en liet zich iets opzij zakken zonder echt een poging te doen om in beweging te komen. Ze glimlachte dromerig en sloot haar ogen alsof ze wilde gaan slapen.

'Jezus,' zei ik, met een beschuldigende blik op Grant, hoewel ik best wist dat er maar één persoon was die ik de schuld kon geven, en dat was ikzelf. Ik had haar nooit moeten meenemen. Ik had haar nooit alleen moeten laten. 'Hoeveel bier heeft ze gedronken?'

Grant schudde zijn hoofd en keek me met opgetrokken wenkbrauwen onschuldig aan. 'Weet ik veel. Ik heb haar maar één glas zien drinken. Waarschijnlijk is ze niks gewend. Sean?' Hij wendde zich tot een heel forse jongen met een bezweet gezicht die achterin zat, aan de andere kant van Rachel. 'Weet jij hoeveel ze heeft gehad?'

'Neuh.' Sean lachte, een naar fluitend geluid waardoor zijn buik omhoogging. Hij had het tegen Grant. Hij nam niet eens de moeite om mij aan te kijken. 'Hoe moet ik dat verdomme weten? Ze was al straalbezopen toen ze in de auto kwam zitten.'

'Wat een ellende.' Ik legde mijn hoofd in mijn handen. 'Hoe moet ik haar nu thuis krijgen?'

Ik had het meer tegen mezelf dan tegen wie dan ook, maar Grant gaf toch antwoord. 'Daarom vroeg ik het juist,' zei hij. 'Wij kunnen jullie wel brengen. Geen punt.'

'Dat is heel aardig van je, maar nee,' zei ik.

'Dan niet,' zei hij. 'Maar lopen gaat je minimaal een uur kosten. En het is verdomde donker. En voor een taxi zul je minstens honderd dollar moeten dokken.' Hij haalde zijn schouders op. 'Ik zou het wel weten als ik jou was.'

Terwijl ik nadacht, keek ik hem aan. Naar huis lopen met Rachel was duidelijk geen optie. Ik zou hier moeten wachten tot ze weer nuchter was – wat nog uren kon duren – en mijn ouders zouden in paniek raken. Waarschijnlijk zouden ze zelfs de politie bellen. Ik kon ze thuis niet gewoon in de zenuwen laten zitten, dus eigenlijk zou ik een mobieltje van iemand moeten lenen om ze te bellen en te zeggen dat alles in orde was. Maar dan zouden ze heel veel vragen stellen en ons per se willen ophalen. En dat wilde ik liever voorkomen. Als ze zagen waar we waren, als ze al die dronken lui zagen, de oude schuur, de alcohol en sigaretten en drugs, dan zouden ze des duivels zijn. En dan zouden ze waarschijnlijk iets verschrikkelijks doen zoals een einde proberen te maken aan het feest en iedereen vertellen dat ze naar huis moesten gaan. Misschien zouden ze zelfs wel de politie bellen en die zou dan iedereen oppakken.

Dat ze zouden ontdekken dat we hadden gedronken, was onvermijdelijk, maar het was beter om er thuis de gevolgen van onder ogen te zien dan de verschrikking te moeten ondergaan dat ze hiernaartoe kwamen.

'Oké,' zei ik na een tijdje. 'Dat zou fijn zijn. Dank je. Normaal gesproken zou ik het niet vragen, maar ik weet niet wat ik anders moet doen. Dus als je het niet erg vindt... We wonen in Toorak.'

'Aha, Toorak.' Grant snoof even. Hij gooide zijn sigaret uit het raampje, stopte een nieuwe in zijn mond, stak hem aan en inhaleerde diep. Onder het praten liet hij de rook uit zijn neus kringelen, met zijn blik gericht op de sigaret tussen zijn vingers. 'Toorak. Dus. Mooie buurt. Echt een heel mooie buurt.' Hij keek me aan en knikte. 'Dat lijkt me geen probleem. Ik vind het geen punt om die kant uit te rijden. We wilden toch net weggaan. Hè, Sean?'

'Ja.' Sean lachte weer, een luide, domme bulderlach waarvan zijn buik schudde. 'We wilden toch net aftaaien van dit stomme shitfeest.'

'Goed,' zei ik. 'Oké. Maar ik ren nog even terug om het aan mijn vriend te gaan vertellen.' Ineens kreeg ik een idee. 'Kan hij ook niet meerijden? Zou dat kunnen? Je hoeft hem alleen maar mee te nemen tot ons huis. Daarna redt hij het verder zelf wel.'

'Nee. Sorry, dat gaat niet.' Grant schudde zijn hoofd. 'Hij past er niet bij. We zijn met Sean, Jerry, Chris en ik. En dan jullie twee nog. Dat is drie voorin en drie achterin. Volle bak dus.'

'Of ze moet in haar eentje hier willen blijven. Dat we haar vriendje en zusje meenemen en haar hier achterlaten,' zei Sean lachend. Hij slaagde erin om mijn blik te vermijden en over me te praten alsof ik er niet bij was.

'Houd je bek, Sean. Vet varken,' zei Grant zo kortaf en neerbuigend dat ik een of andere boze reactie van Sean verwachtte. Maar Sean grijnsde stompzinnig, legde zijn hand op Grants schouder en kneep erin. Het was een raar liefkozend gebaar.

'Geef me eens een peuk,' zei hij.

Grant gooide een pakje sigaretten in Seans schoot.

'Ik ga hem even vertellen dat we weggaan. Ik ben zo weer terug.' Ik legde mijn hand op Rachels been en schudde eraan. 'Rach? Ik ben zo terug. Deze jongens brengen ons naar huis. Oké? Rach?'

'Naar huis?' Ze deed haar ogen open en stak haar onderlip pruilend naar voren. Ze sliste nog erger en onder het praten knipperde ze met haar ogen. 'Nou al? Wat jammer. Ik vind het hartstikke leuk hier.'

'Afgesproken?' Ik keek Grant aan. 'Ik ben zo terug.'

'Geen probleem.' Hij glimlachte en nam nog een trekje van zijn sigaret. 'We gaan echt nergens heen zonder jullie.'

Ik ging snel terug naar de schuur waar ik Will bijna meteen vond. Hij stond bij de achteringang met wat mensen te praten.

'Nee, niks,' zei hij toen hij me zag. 'Ik vroeg net aan deze lui hier of ze haar soms hadden gezien.'

'Het is al in orde,' zei ik. 'Ik heb haar al gevonden. Ze is echt stomdronken. Ik moet haar thuis zien te krijgen. We kunnen met iemand meerijden.'

'Meerijden? Met wie dan?'

'Een jongen die Grant heet. Het is oké. Echt. Ze zit al in de auto en ik kan haar er niet uit krijgen. Ze is te dronken om zich te bewegen.' Ik wapperde ongeduldig met mijn hand en kuste hem op de wang. 'Ik moet weg. Ik ben bang dat ze gaat kotsen of buiten westen raakt of zoiets.'

'Ik ga wel met jullie mee.'

'Nee, nee. Dat hoeft niet.' Ik glimlachte en gaf een kneepje in zijn hand, toen ging ik op mijn tenen staan om hem op zijn mond te kussen. 'Blijf jij maar hier bij je vrienden. Drink er maar eentje op mij.'

Ik draaide me om en rende snel terug naar de auto.

De jongens zaten al in de auto te wachten toen ik terugkwam. Ik ging op de achterbank zitten, naast Rachel, en trok het portier dicht. Rachels hoofd was achterovergevallen en ze had haar ogen dicht. Haar mond stond iets open. Ik drukte haar lippen tegen elkaar en raakte haar wang aan. 'Rach?' zei ik. 'We gaan nu naar huis.' Ik maakte haar autogordel vast.

Haar ogen fladderden even open en ze probeerde te glimlachen. 'Ké,' zei ze.

'Een biertje?' Sean reikte me voor Rachel langs een blikje bier aan dat al open was. Hij had zijn ogen neergeslagen, mijn blik mijdend.

'Nee, dank je. Ik heb al genoeg gehad.'

'Shit.' Hij duwde het bier in mijn handen. 'Hou het dan in elk geval even vast, oké? Ik had hem speciaal opengemaakt.'

Ik bracht het blikje voorzichtig naar mijn mond en bevochtigde mijn lippen met de koude vloeistof zonder er echt van te drinken. Ik wilde geen alcohol meer. Ik was dorstig en moe en verlangde naar een glas water en mijn bed. 'Dank je.' Ik probeerde naar Sean te lachen, maar hij had zijn hoofd alweer afgewend.

'Heel fijn dat we mee kunnen rijden,' zei ik tegen Grant.

'Is al goed. Eh... ik weet niet...'

'O mijn god. Sorry hoor. Wat onbeleefd van me. Ik heet Katie. Katie Boydell.'

'Katie. Oké. Goed.'

Hij stelde me niet voor aan de andere jongens en ik overwoog even om mezelf voor te stellen, om ze op hun schouder te tikken en ze een hand te geven. Maar er hing een ongemakkelijke stemming en ze deden zelf zo weinig hun best om aardig te zijn – ze hielden hun hoofden stijf op de weg voor ons gericht – dat ik ook maar geen moeite meer deed.

Ik staarde uit het zijraampje, keek naar het landschap dat in een waas aan me voorbijtrok en zei niets. Ik zat te bedenken wat ik mijn ouders zou vertellen. Ik zou ze gewoon de waarheid moeten vertellen, volledig eerlijk moeten zijn. Ze zouden meteen merken dat Rachel dronken was, ze zouden waarschijnlijk zelfs moeten helpen om haar binnen te krijgen. Ze zouden de auto horen zodra we stopten – ik zag al voor me hoe ze zich naar buiten haastten – mijn moeders gezicht, eerst verwrongen van bezorgdheid, maar dan al heel snel veranderend in de bekende boze uitdrukking van haar, en haar kille zwijgzaamheid zou veelzeggender zijn dan woorden; en dan de teleurstelling van mijn vader die verwonderd zijn hoofd zou schudden. Maar Katherine, zou hij zeggen, hoe kon je dat nou doen? We vertrouwden je.

Het zou verschrikkelijk zijn, we zouden allemaal een rotweekend hebben, en Rachel en ik zouden beslist moeten boeten voor ons slechte gedrag. Maar toch had ik er geen spijt van. Zelfs op dat moment, toen we onze lol hadden gehad en ons alleen nog beschuldigingen en preken te wachten stonden, voelde ik een hard klompje van vreugde in me dat niets of niemand me zou kunnen afpakken. Ik was verliefd op Will. Hij was verliefd op mij. En hij was zo fantastisch, zo lief en aardig. En die wetenschap droeg ik bij me, deze parel van mijn liefde voor hem, en die zou me warm en gelukkig houden, wat er ook zou gebeuren.

Wanneer ik alleen in mijn slaapkamer zou zitten – ik wist dat ik huisarrest zou krijgen – dan zou de gedachte aan Will, de herinnering aan onze avond samen, de belofte van wat nog zou komen, het allemaal draaglijk maken, alle ellende waard zelfs.

Ik had het zo druk met aan Will denken, met me zijn aanrakingen te herinneren en alles wat hij had gezegd, dat het even duurde voordat ik besefte dat het landschap dat ik uit mijn raampje zag, me totaal onbekend voorkwam. Ik keek aandachtig naar de bomen en gebouwen in een poging alles een plaats te geven, iets te herkennen. Maar het had geen zin. Ik had geen flauw idee waar we waren.

'Eh, Grant?' zei ik. 'Ik had toch gezegd dat we in Toorak wonen? Ik weet niet of dit wel de goede weg is.'

'Ik had toch gezegd dat we in Toorak wonen?'

Het duurde even voordat ik begreep wat Grant had gezegd, voordat ik besefte dat hij mijn stem imiteerde, dat hij de spot met me dreef. Maar voordat ik me kon afvragen waarom hij ineens zo onaardig deed, lachte hij en zei hij het nog een keer.

'Ik had toch gezegd dat we in Toorak wonen?' Zijn stem was belachelijk hoog, zijn klinkers kort en scherp. 'Ja, sommigen hebben dat geluk. Maar anderen niet, die wonen niet in Toorak.' Hij lachte gemeen. 'Maar ja, er moet toch iemand in al die krotten wonen, hè? Er moet toch iemand in het beerputje van het universum wonen, vlak bij waar de riolen uitkomen en de gevangenis staat? De een leidt een luizenleventje, de ander zit in de stront. Zo zit dat. Toch, Sean? Zo zit die klotewereld in elkaar.'

Sean lachte, een kort, nerveus en erg gemaakt lachje. Ik draaide me naar hem om, om naar hem te lachen, maar hij weigerde me aan te kijken. Hij keek recht voor zich uit en bracht een blikje bier naar zijn mond. Terwijl ik naar hem keek, drong tot me door dat hij eigenlijk een heel aantrekkelijk gezicht had onder al dat vet – opvallend blauwe ogen, een mooie huid. Als hij wat zou afvallen, zou hij aantrekkelijk zijn. En toen bedacht ik dat het raar was dat zijn hand trilde – zo erg zelfs dat hij zijn mond miste en het bier langs zijn kin drupte. Zijn voorhoofd was nat van het zweet en ik besefte ineens dat hij bang was. Heel even had ik zelfs medelijden met hem, terwijl ik me afvroeg waarvoor hij precies bang was.

En op dat moment begreep ik dat Rachel en ik gevaar liepen.

De angst sloeg onmiddellijk toe. Mijn keel kneep zich zo strak samen dat ik bijna niet meer kon slikken. Ik voelde een pijnscheut in mijn buik, mijn handen begonnen te trillen en mijn hart te bonken. De vijandigheid die de jongens in de auto stuk voor stuk uitstraalden; de manier waarop ze niet naar me keken, net deden alsof ik er niet was, het was allemaal ineens zo duidelijk dat het bijna tastbaar was. Ik vroeg me af waarom ik het nu pas merkte. In mijn wanhoop om Rachel naar huis te krijgen was ik onvoorzichtig geweest, stom. Ik had gedacht dat ze gewoon lomp waren, maar het drong nu tot me door dat hun kilheid veel onheilspellender was.

Ze hadden al die tijd geweten dat dit zou gebeuren. Ik wist niet wat ze van plan waren, of waar ze ons mee naartoe namen, maar zij wisten het wel. Stuk voor stuk. En ze konden met ons doen wat ze wilden.

Ze hebben Rachel gedrogeerd, bedacht ik. En meteen toen ik het dacht, wist ik dat het waar was. En ze hadden mij ook proberen te drogeren. Daarom wilden ze ook dat ik wat van hun bier zou drinken. Rohypnol. Ik had ervan gehoord, was er op school door politieagenten voor gewaarschuwd. Haal altijd je eigen drankje. Dat hadden ze gezegd. Drink nooit iets waar je niet honderd procent zeker van bent.

Rachel was echter zo goed van vertrouwen, zo naïef. Ze had dat nooit kunnen bedenken.

Ze wilden me niet aankijken of met me praten uit angst dat ze iets van medeleven zouden gaan voelen. Het was duidelijk dat Grant de leider was. Hij was relaxed en zelfverzekerd en neuriede onder het rijden, met een arm op het raampje. De andere jongens leken allemaal zenuwachtig, gespannen, maar Grant niet. Misschien wisten de anderen dat het verkeerd was wat ze gingen doen. Misschien zouden ze medelijden met ons krijgen.

'Kun je ons alsjeblieft naar huis brengen? Alsjeblieft?' Ik probeerde mijn stem onder controle te houden.

'Ik breng jullie toch naar huis? Jezus. Over dankbaar gesproken. We maken gewoon eerst een kleine omweg. We hebben nog wat te doen.' Hij keek me over zijn schouder aan en glimlachte en knipoogde alsof hij me wilde geruststellen, maar het was een wrede parodie erop.

Misschien vindt Grant het gewoon leuk om mensen bang te maken en is deze rit een soort spelletje voor hem, dacht ik. Nadat hij zijn zieke lolletje heeft gehad, brengt hij ons misschien wel gewoon naar huis of zet hij ons ergens uit de auto – veilig en zonder een vinger naar ons te hebben uitgestoken. Op meer kon ik niet hopen, dit was het beste scenario wat ik kon bedenken. Maar door mijn hoofd spookten heel andere beelden, veel angstaanjagender scenario's, alternatieven die waarschijnlijker leken – verkrachting, marteling – en die waren ineens allemaal zo verlammend voorstelbaar dat ik begon te huilen, hevige snikken, waarvan mijn hele lichaam beefde en waardoor ik alleen nog maar hijgerig en schrapend kon ademhalen. Ik legde mijn hand op mijn mond in een poging mezelf te kalmeren – ik wilde ze niet ergeren, ze geen reden geven om een hekel aan me te krijgen – maar Grant draaide zich om, keek me aan, schudde zijn hoofd en maakte een ts-geluid alsof hij teleurgesteld was.

'Wat is er, prinsesje?' vroeg hij. 'Verloopt het allemaal niet volgens plan? Krijgt pappies schatje haar zin niet?'

'Sorry,' mompelde ik nogal onlogisch, terwijl ik mijn hand harder tegen mijn mond duwde en weer uit het raampje naar het onbekende landschap keek. 'Sorry.'

Grant lachte gemeen en sloeg met zijn hand op het stuur. 'Sorry?' Hij zei het hard, agressief. 'Wat heeft ze toch een goede manieren!' Hij draaide zich weer naar me om en lachte spottend. 'Je moeder zou trots op je zijn.'

En toen hij weer voor zich keek, moest hij aan het stuur rukken, want de auto was naar de andere kant van de weg gezwenkt en heel even werden we verblind door de koplampen van een tegenligger. Toen de auto ons passeerde, toeterde hij hard en lang.

'Fuck you!' schreeuwde Grant, terwijl hij zijn middelvinger opstak naar de duisternis. 'Fuck you!'

Heel even wou ik dat we tegen die auto waren aangeknald – degenen voorin zouden het meeste gevaar hebben gelopen – en toen overwoog ik de mogelijkheid om Grant af te leiden zodat we een ongeluk zouden krijgen. Bij een frontale botsing met een andere auto of met een boom, zouden Rachel en ik een goede kans maken om het te overleven. Misschien was het een beter alternatief dan overgeleverd te zijn aan Grant, die duidelijk niet spoorde.

Maar nee, dat zou te moeilijk zijn. Veel te riskant. En als het mislukte, wat er dik in zat, zou het er voor Rachel en mij nog beroerder uitzien.

Het enige wat ik kon doen was afwachten. Afwachten en kijken waar ze ons mee naartoe namen, wat ze van plan waren. Bij de eerste beste gelegenheid proberen te ontsnappen. En dat zou niet eens zo moeilijk hoeven zijn, zo angstaanjagend onmogelijk, als Rachel gewoon wakker was geweest. Maar ze was diep in slaap, of bewusteloos, ze ademde langzaam en zwaar en toen ik mijn hand op haar knie legde en haar zo hard mogelijk kneep, haar huid fijn drukte tussen mijn vingers, verroerde ze zich zelfs niet.

# 21

Mick speelt nog een uur en ik maak van de gelegenheid gebruik om hem te bestuderen. Ik kijk naar zijn zich ritmisch bewegende schouders, naar de onmiskenbare kracht in zijn handen en polsen terwijl hij met zijn drumsticks slaat. Af en toe vangt hij mijn blik, en dan glimlacht hij, maar hij is bezig met een optreden, dus het is heel normaal dat ik naar hem kijk, en ik heb dan ook het gevoel dat ik rustig kan teruggrijnzen. Zodra de band klaar is met het optreden, komt hij bij onze tafel staan.

'Wat gaan jullie hierna doen?' vraagt hij.

'Naar huis,' antwoordt Philippa. 'Naar bed. Katherine moet morgen naar school.'

Het wordt al laat en Philippa heeft gelijk, ik zou echt naar bed moeten, maar ik heb helemaal geen zin om weg te gaan. 'O.' Ik schud mijn hoofd. 'Je hoeft je over mij niet druk te maken. Ik voel me prima. Ik voel me een stuk beter, ik kan er weer helemaal tegen aan, en...'

'Laten we iets gaan doen,' onderbreekt Mick me, terwijl hij me recht aankijkt, en ik zie dat hij ook niet wil dat deze avond al voorbij is. 'Ergens een hapje eten. Ik ken wel een paar goede tenten die nog open zijn.'

'Oké,' zeg ik enthousiast. 'Klinkt goed. Ik sterf van de honger.'

Philippa kijkt op haar horloge en dan weer naar mij. Fronsend zegt ze: 'Het is al bijna twaalf uur. Ik dacht dat je op tijd naar bed wilde?'

'Nee.' Ik schud mijn hoofd. 'Niet echt.'

'Sorry, maar ik zit er echt helemaal doorheen.' Philippa haakt haar tas over haar schouder. 'Een ander keertje. Ik moet echt gaan slapen. Anders verander ik nog in een pompoen. En dat zou heel eng zijn, echt.'

Ze staat op, kust haar broer op de wang en neemt afscheid van hem. Blijkbaar verwacht ze dat ik met haar meega, want ze blijft staan wachten, en even wordt het ongemakkelijk, ik weet niet wat ik moet zeggen, wat ik moet doen, hoe ik haar duidelijk kan maken dat ik nog niet weg wil. Maar dan schiet Mick me te hulp zodat ik niets meer hoef te zeggen.

'Wij zouden met z'n tweeën kunnen gaan,' zegt hij rechtstreeks tegen mij, met een serieus gezicht waarop geen lachje te bekennen valt. 'Als je zin hebt. Ik zorg wel dat je veilig thuiskomt.'

'Oké, ja, goed idee,' zeg ik snel, ineens zenuwachtig en niet op mijn gemak, bang voor wat Philippa ervan zal denken. Ik sta op en pak mijn tas. 'Leuk.'

Philippa fronst en kijkt tegelijkertijd verbaasd en geïrriteerd.

'Wat...' begint ze, maar dan trekt ze haar wenkbrauwen op en verschijnt er een brede, veelbetekenende grijns om haar mond. Ze kijkt eerst naar Mick en dan naar mij en ik voel dat ik een knalrode kop krijg. Ineens gooit ze haar hoofd in haar nek en begint te lachen. 'Ik wist wel dat jullie elkaar leuk zouden vinden,' zegt ze. 'Ik wist het gewoon.'

Met ingehouden adem wacht ik tot Mick het ontkent, dat hij de suggestie dat hij me leuk vindt, weglacht, maar hij kijkt me aan en glimlacht verlegen, en ik lach terug en weet dat het waar is, en ik weet ook dat we met onze lach allebei duizend onzegbare dingen zeggen. Even staan we daar gewoon te staan met ons drieën, zwijgend, grijnzend, ongemakkelijk en blij tegelijk.

'Nou,' zegt Philippa na een poosje. 'Dan kan ik maar beter gaan.' Ze wendt zich tot Mick. 'Zorg dat ze veilig thuiskomt. Anders vermoord ik je.'

'Hou je mond, Philippa,' zegt hij.

'Hij is met de motor, hoor,' zegt ze met opgetrokken wenkbrauwen tegen me.

Dat wist ik natuurlijk niet, maar het verbaast me niets. 'Geen punt,' zeg ik opgewekt. Ik duw de gedachte aan mijn ouders meteen weg – de angst die ze ongetwijfeld zou bekruipen als ze wisten dat ik achter op een motor zat. 'Ik ben gek op motorrijden,' lieg ik.

Philippa omhelst eerst Mick en dan mij, me nog even extra tegen zich aandrukkend voordat ze me weer loslaat. Ik vat dat op als een teken dat dit alles haar goedkeuring kan wegdragen en word ineens overspoeld door liefde voor haar. Ze is zo grootmoedig en warm en open. Zo'n goede vriendin.

'Ik moet alleen eerst even helpen met de spullen inladen,' zegt Mick, wanneer Philippa is vertrokken. 'Dat duurt niet lang. Wil je hier wachten?'

Ik bied aan om te helpen. Hij neemt me mee het podium op en stelt me voor aan de andere bandleden, en de daaropvolgende tien minuten help ik ze met opruimen; ik rol de snoeren op en breng de lege glazen terug naar de bar. Wanneer we klaar zijn en het podium leeg is en de instrumenten in het busje van de zanger zijn geladen, gaat Mick naar backstage en komt terug met twee motorhelmen en een leren jack.

Met zijn vrije hand pakt hij de mijne – hij pakt hem stevig vast, zijn handpalm drukt groot, stevig en warm tegen de mijne. Dan glimlacht hij, een brede, blije en volkomen natuurlijke lach, en ik lach ook.

'Kom, dan gaan we,' zegt hij.

Zwijgend lopen we weg. Ik weet niet waar hij me mee naartoe neemt en het kan me ook niet schelen. Het is gek hoe vertrouwd ik me bij hem voel, bij deze man die ik net heb leren kennen, maar het voelt heel gewoon om zijn hand vast te houden. Het voelt goed. Onze handen passen perfect in elkaar. Het lijkt vanzelfsprekend dat we samen zijn, het heeft bijna iets magisch, en wanneer ik in zijn ogen kijk, voel ik iets wat ik alleen maar kan omschrijven als vertrouwdheid, een gevoel van veiligheid. Alsof ik thuiskom.

'We zijn er,' zegt hij, wanneer we bij zijn motor aankomen. Hij legt de twee helmen op het zadel en geeft me het jack. 'Trek jij dit maar aan.'

Het jack is me iets te groot, maar het is zacht en ruikt lekker, en ik voel me er heel anders in – een wild, impulsief en moedig meisje. En wanneer we onze helmen op hebben en ik achter Mick op de motor zit – met mijn armen om zijn middel en mijn borst tegen zijn rug gedrukt – en hij wegrijdt door de nacht, soepel en snel door de straten, denk ik dat ik dat meisje ook echt kan zijn.

# 22

Grant verliet de weg en reed een ruig uitziend stuk land op.

'Zo,' zei hij, terwijl hij zijn autogordel losmaakte en zich glimlachend naar me omdraaide. 'Daar zijn we dan. Tijd voor een beetje lol, wat jou, Katie? Ben je er klaar voor, Katie? Katie, meissie van me?'

Ik reageerde niet, ik keek hem alleen maar ijzig aan. Er viel niets te zeggen, en ik was inmiddels ook zo bang en ik haatte Grant zo erg dat ik geen woord kon uitbrengen. Ik zat te trillen – mijn armen, mijn handen, mijn benen en zelfs mijn hoofd. Ik klappertandde ook en moest mijn lippen stijf op elkaar houden om dat afschuwelijke geluid tegen te houden. Maar de inspanning die me dat kostte was meteen een aanleiding om me ergens op te kunnen concentreren, iets om mijn energie op te kunnen richten in plaats van te gaan krijsen, over de voorbank heen te klauteren en Grant aan te vallen, want dat was waartoe de adrenaline in mijn lichaam me aanspoorde – en dat zou de boel er alleen maar erger op maken, daar was ik van overtuigd.

Ondanks al mijn geduw en geknijp had Rachel zich niet verroerd, ze had zelfs niet met haar ogen geknipperd of op een andere manier laten merken dat ze bij bewustzijn was geweest sinds we het feest hadden verlaten. In zekere zin was ik er jaloers op dat ze nergens weet van had.

'Kom.' Grant gaf de jongen die naast hem zat een por, rolde geërgerd met zijn ogen, boog zich toen voor hem langs en riep tegen de jongen die bij het portier zat: 'Uitstappen, oké? Of blijven jullie daar de hele nacht zitten wachten tot ik zeg wat jullie moeten doen?'

'Oké.' De jongen deed het portier open en stapte uit, meteen gevolgd door de andere jongen.

Grant stapte ook uit en sloeg het portier met zo'n klap dicht dat de auto ervan schudde. Daarna stapte Sean uit, heel moeizaam en zo zenuwachtig dat ik het gefluit van zijn ademhaling kon horen, en sloeg zijn portier ook met een klap dicht. Rachel en ik zaten alleen in de auto. Gevangen, omsingeld.

'Rach.' Ik legde mijn hand op haar knie en schudde er zo hard aan als ik maar kon. 'Wakker worden. Rachel! Wakker worden.' Ik hoorde de hysterie in mijn stem. 'Alsjeblieft, Rach.' Ik ging harder praten, zonder me erom te bekommeren dat ze me misschien zouden kunnen horen. 'Alsjeblieft.'

Het portier aan mijn kant ging open en ik voelde de koude nachtbries. Grant boog zich met een vuile grijns naar me toe. 'Ze kan je toch niet horen. Pure tijdverspilling.' Hoewel hij geen horloge droeg, keek hij naar zijn pols, alsof hij wilde weten hoe laat het was. 'O. Minstens nog een uur, denk ik, voordat ze ook maar een beetje wakker wordt.' Toen legde hij zijn hand op mijn knie en kneep er zacht in, een gespeeld liefkozend gebaar dat me kippenvel bezorgde en me net zoveel afschuw inboezemde als de aanraking van een giftige spin. Ik had zin om te gillen en schoppen en hem in zijn gezicht te slaan. Maar ik beet op mijn lip en staarde naar mijn schoot, mezelf dwingend om mijn handen stil te houden.

'Wat wil je, Grant?' vroeg ik. Mijn stem klonk kalm, gelijkmatig. 'Wat wil je van ons?'

Hij deed alsof hij nadacht. Hij nam een trekje van zijn sigaret en blies de rook in mijn gezicht. Ik wendde mijn hoofd af en hoestte in mijn hand.

'O shit. Sorry. Rook je niet?'

'Nee.'

'Misschien zou je er eens mee moeten beginnen. Ik hou wel van vrouwen die roken. Ziet er sexy uit. Vind je ook niet? Wel chic.'

Hij nam nog een trekje en blies de smerige rook uit zijn longen weer in mijn gezicht.

Ik sloot mijn ogen en hield mijn adem in. Maar toen voelde ik zijn sigaret tegen mijn mond en zijn vingers duwden hem ruw tussen mijn lippen. Ik draaide mijn gezicht weg.

Ineens, tot mijn grote schrik, knalde mijn hoofd naar achteren en voelde ik een verschroeiende pijn op mijn schedel. Hij had aan mijn haar getrokken, mijn hoofd met geweld naar achteren gedwongen, zodat ik hem bijna ondersteboven zag. 'Luister trut,' zei hij, met zijn gezicht zo dicht bij het mijne dat ik zijn stoppels langs mijn huid voelde krassen. 'Jij draait je niet van me weg, begrepen? Dat moet ik niet. Oké?' Hij liet me los en ik knikte.

Ik begon te huilen.

'O nee,' verzuchtte hij. 'Krijgen we dat weer. Luister.' Hij trok het portier wat verder open en ging naast me zitten, op het randje van de achterbank, met één been in de auto en het andere op de grond. 'Het zal allemaal een stuk makkelijker gaan als je gewoon meewerkt, oké? Als je gewoon doet wat ik zeg, wanneer ik het zeg. Okidoki?'

Ik had hem het liefst uitgelachen, hem in zijn gezicht gespuugd om die zelfvoldane, arrogante blik van hem – een blik die alleen maar mogelijk was omdat hij sterker was dan ik en omdat ze met meer waren. Maar mijn wil om niet nog een keer gepijnigd te worden, mijn wil om in leven blijven en het er zo ongedeerd mogelijk van af te brengen, was groter dan mijn wil hem aan te vallen.

'Oké.' zei ik. 'Oké.'

'Brave meid. En neem nou even een trekje. Je krijgt er echt

niks van. Hier.' Hij drukte de sigaret opnieuw tussen mijn lippen. 'Trekken.'

Ik ademde in, zo voorzichtig mogelijk, trok de rook mijn mond in en begon meteen te hoesten en proesten.

Grant lachte, schudde zijn hoofd alsof hij zich amuseerde met de capriolen van een kind en stak de sigaret weer in zijn eigen mond. Hij stond op. 'Kom,' zei hij. 'Tijd om uit te stappen.'

'Waar gaan we naartoe?' vroeg ik, met een bezorgde blik op Rachel. 'En Rachel dan? Ik wil haar niet alleen achterlaten.'

Grant keek de auto in, slaakte een zucht en zei, met de sigaret behendig in zijn mondhoek gestoken: 'Wat zei ik nou, Katie? Je luistert niet naar me, meissie. Gewoon doen wat ik zeg, dan komt het allemaal goed.' En toen zweeg hij, nam zijn sigaret tussen duim en wijsvinger, draaide hem om en keek bedachtzaam naar het gloeiende puntje.

Ik wist al wat hij ging doen nog voordat hij het deed. En toen gilde ik het uit. De huid van mijn been, net boven mijn knie, werd verteerd door een hete, brandende pijn. Hij hield het puntje van zijn sigaret expres tegen me aan en ik gilde. En onwillekeurig bewoog ik mijn armen, duwde ik hem weg, sloeg ik hem, raakte ik hem waar ik maar kon.

Hij greep mijn armen beet en hield ze zo hard naar beneden dat het pijn deed. Hij was zoveel sterker dan ik dat ik me niet kon verzetten of losmaken, zijn greep was zo stevig dat ik mijn armen zelfs nauwelijks kon bewegen. 'Houd je bek,' zei hij, zo kwaad dat het speeksel dat zich tussen zijn lippen had verzameld, me in het gezicht sproeide. 'Geen vragen. Geen fucking vragen meer. Gewoon. Doen. Wat. Ik. Zeg.'

Mijn angst en woede en haat – want ik haatte hem op dat moment, en als ik het had gekund, had ik hem met liefde gedood – waren zo sterk dat ik de pijn op mijn been vergat, nauwelijks nog voelde. Ik wilde tegen hem schreeuwen, en ik voelde mijn bovenlip opkrullen met de kracht van mijn afkeer, van de inspanning die het me kostte om niets te zeggen. Hoe durf je, had ik willen zeggen. Stomme, onnozele, achterlijke, lelijke klootzak die je er bent. Hoe durf je! Hier zul je spijt van krijgen. Dit zal ik je betaald zetten. En als ik de gelegenheid krijg, als je je omdraait, als ik de kans krijg, dan vermoord ik je. Ik sla je met een steen op je kop, ik zal die stomme rotkop van je tot moes slaan. Ik zal blijven meppen tot er niets meer over is van die stomme laffe bek van je, tot er niets meer over is van die zielige, vuile zieke geest van je.

'Kom!' schreeuwde hij ineens tegen me, zodat ik opschrok en afwerend mijn handen voor mijn gezicht sloeg. 'Kom de fuck die auto uit! Nu!'

Ik schoof over de achterbank en stapte uit.

Sean en de andere jongens stonden niet ver van de auto. Ik hoorde ze fluisteren en lachen. Hun lach klonk geforceerd, onnatuurlijk. Ze waren zenuwachtig, zoveel was wel duidelijk, en hun stemmen klonken gemaakt stoer. Alle drie hadden ze een sigaret in hun hand die gloeiende oranje boogjes in het donker beschreven terwijl ze hun armen bewogen of de sigaret naar hun mond brachten.

Grant hield mijn bovenarm stevig vast en sleepte me mee naar de anderen.

Het was donker en af en toe struikelde ik; steeds wanneer dat gebeurde trok hij hard aan mijn arm en gromde geërgerd. Ik deed mijn best om gewoon te lopen, maar ik was zo bang dat mijn benen trilden en ik mijn evenwicht kwijt was. Het kostte me enorm veel moeite om me niet op de grond te laten vallen en te gaan gillen; in plaats daarvan snikte ik zacht, terwijl de tranen me over de wangen stroomden en op mijn kraag druppelden.

En toen doemde er een gebouw voor ons op. Een of ander voorraadschuurtje. Ik zag het licht van Grants sigaret weerspiegeld worden in de ribbels van de ijzeren golfplaten. Grant trok aan de deur, die luid krakend protesteerde, en duwde me naar binnen. En toen hoorde ik een grendel dichtschuiven en zat ik opgesloten.

Binnen was het inktzwart. Het rook er klam en gronderig, een geur die me deed denken aan de kelder van mijn grootvader, een plek waar ik altijd bang voor was geweest. Toen ik Grant hoorde weglopen, liet ik me op mijn knieën vallen en kreunde van angst.

'O god,' fluisterde ik in de duisternis. 'Alstublieft, alstublieft, laat me hier niet alleen. Alstublieft.'

Intuïtief wilde ik gillen – gillen en schreeuwen en op de muur bonken en slaan; zo luidkeels en krachtig mogelijk protesteren. Maar ik wist dat het geen zin had, dat niemand me zou horen. Ik zou er Grant alleen maar nog kwader mee maken en hij zou me nog meer pijn willen doen. Of anders Rachel. Het kostte me al mijn kracht, al mijn energie en zelfbeheersing om mijn gesnik te onderdrukken en zo stil mogelijk te zijn.

Ik raakte de grond aan met mijn handen en voelde zand, vochtig en koud en stevig aangestampt. Ik ging op handen en voeten zitten en liet mijn hoofd even hangen. Ik ademde in en uit, in en uit, en probeerde mijn kalmte te hervinden. Het zou zoveel gemakkelijker zijn om gewoon te gaan gillen en schreeuwen, zoveel gemakkelijker om mezelf over te geven aan een stompzinnige hysterie. Maar ik moest mijn hoofd erbij houden, ik moest nadenken. Per slot van rekening leefde ik nog steeds, leefde Rachel nog steeds, er was nog niets onomkeerbaars gebeurd. En de beste, nee, de enige, verdediging die ik had, was mijn denkvermogen. Grant en zijn vrienden mochten dan sterker zijn, maar ik moest gewoon wel geloven dat ik slimmer was en dat ik, als ik kalm bleef, de kans zou krijgen hen te slim af te zijn en een manier te vinden om te ontsnappen.

Ik gleed met mijn handen over de grond en probeerde de zijkanten van de schuur te voelen, uit te vinden hoe groot hij was, een idee krijgen van waar de muren stonden. Ik wilde kijken of er misschien een lichtbron te vinden was, een plek waar ik zou kunnen ontsnappen.

Met één hand op de wand, kroop ik over de grond. Ik bewoog

me langzaam voort in de duisternis, bang iets scherps tegen te komen of mijn hoofd te stoten. Maar het voelde beter om in beweging te zijn, om iets te doen. Het voelde een stuk beter om een plan te hebben, hoe zwak en onwaarschijnlijk dat plan misschien ook was.

Vanbinnen leek de schuur groter dan hij er vanbuiten uit had gezien. Toen ik een hoek maakte langs de tweede wand, raakte mijn hand iets. Het was zacht en had een vreemde textuur. Vol afschuw deinsde ik terug en ik sloeg mijn handen voor mijn gezicht om een snik te dempen.

Mijn eerste gedachte was dat het een of ander beest was, maar ik hoorde en voelde niets bewegen, ik hoorde geen ademhaling. Langzaam raakte ik het weer aan.

Het was zacht, maar ruw. Helemaal geen beest, maar een soort zak. Jute. Waarschijnlijk gevuld met zaad of hooi. Ik kroop verder en ontdekte dat er langs de muur stapels van die zakken lagen.

Ik kroop de rest van de schuur door, maar vond nergens gaten of kieren tussen de wanden en de grond, geen duidelijke ontsnappingsroute. Ik ging zitten en probeerde na te denken, en terwijl ik om me heen keek, merkte ik dat mijn ogen aan het donker waren gewend. Op de zakken na was de schuur helemaal leeg. Het enige licht kwam uit de kieren rond de deur. Maar ik wist dat de deur stevig was afgesloten, ik had Grant meerdere grendels horen dichtschuiven toen hij wegging.

Ik zou de zakken kunnen verplaatsen. Hoewel ik wist dat de kans klein was, bevond zich achter de zakken misschien een of ander gat, iets waardoor ik zou kunnen ontsnappen. Golfplaat kon je buigen; het enige wat ik nodig had was een kleine kier tussen de wand en de grond en dan zou ik me erdoorheen kunnen persen.

De zakken waren zwaar en lastig om te verslepen, maar mijn angst en woede gaven me een ongekende kracht. Het kon me niet schelen dat mijn armen pijn deden, of mijn rug, de noodzaak om te ontsnappen, om in leven te blijven, hield me in beweging. Ik sleepte niet ver met de zakken, ik stapelde ze gewoon weer netjes op, ongeveer een meter van de wand. Hoe graag ik ze ook snel uit de weg wilde hebben, ze gewoon ergens neersmijten, ik wilde niet dat Grant zou merken dat ze waren verplaatst wanneer hij terugkwam.

En mijn inspanningen werden beloond. Toen ik eindelijk aan de laatste rij kon beginnen, zag ik op de grond iets zilverachtigs reflecteren. Licht. Ik ging nog harder aan het werk, plotseling bezorgder en banger dan daarvoor. Mijn buik kneep zich samen en ik moest ineens ontzettend nodig naar de wc. De mogelijkheid te kunnen ontsnappen vergrootte mijn angst, maakte me bewust van het gevaar, van hoe doodsbang ik eigenlijk was. Maar ik spande mijn spieren en ging gewoon door, ik had geen tijd om te stoppen.

Toen ik alle zakken ver genoeg had verplaatst om erlangs te kunnen, kroop ik op handen en voeten naar het gat in de wand toe. Het ijzer was bij de grond heel iets omhoog en naar buiten verbogen zodat er een ruimte van tien centimeter hoog en bijna een meter breed was ontstaan. Als ik het iets verder zou kunnen ombuigen, het gat groot genoeg kon maken voor mijn hoofd en lichaam, dan zou ik me erdoorheen kunnen persen.

Ik stond op, zette mijn voet tegen het ijzer en duwde zo hard mogelijk. Het gaf totaal niet mee. Ik zou mijn hele gewicht moeten gebruiken. Ik ging op mijn rug op de grond liggen, met mijn hoofd tegen de zakken, en duwde uit alle macht met mijn voeten. Het ijzer boog omhoog. Een heel klein stukje.

Opnieuw voelde ik hysterie opborrelen in mijn keel bij de gedachte dat ik zou kunnen ontsnappen. Ik onderdrukte een snik, schudde mijn hoofd en concentreerde me. Ik duwde nog een keer. Ik duwde zo hard dat het pijn deed. De golfplaat boog nog iets verder omhoog.

Het gat leek nu groot genoeg om doorheen te kunnen. Ik ging plat op mijn buik liggen en duwde eerst mijn hoofd erdoor; mijn wang schraapte over de grond en ik voelde de scherpe steentjes in mijn huid prikken. Het was lastiger om mijn schouders erdoor te krijgen, maar ik trok met mijn handen en duwde met mijn voeten en dwong mezelf om me erdoorheen te persen. De rest van mijn lichaam was geen probleem en ik schoof over de grond, zonder er acht op te slaan dat de rafelige rand van het ijzer over mijn rug schraapte, mijn kleren aan flarden sneed, mijn huid bezeerde, totdat ik eruit was. Ik stond op.

Nu ik eenmaal buiten was, werd het nog moeilijker om mijn toenemende hysterie de baas te blijven. Ik was vrij, voorlopig tenminste, maar ik was zo bang dat Grant me zou vinden dat ik heel even verlamd was van angst. Maar ik dwong mezelf om adem te halen, om in beweging te komen, en dus liep ik naar de hoek van de schuur en gluurde eromheen.

De portieren stonden open en er scheen genoeg licht uit de auto om te kunnen zien dat Rachel op de grond ernaast lag. Ze lag op haar rug, met haar rok slordig om haar middel gestroopt. Grant knielde tussen haar gespreide benen. Hij bewoog zich stotend in haar. Bij iedere stoot kreunde Rachel zacht. De andere jongens stonden tegen de auto geleund te kijken.

De klootzakken waren haar aan het verkrachten. Mijn kleine zusje.

Ik moest me vooroverbuigen en mijn hand voor mijn mond slaan om een gil te onderdrukken. Ik wilde naar hen toe rennen, hen slaan, krabben, vermoorden, verminken en verwonden. Maar ik moest mezelf dwingen om niets te doen, om na te denken. Geen sprake van dat ik hen zou kunnen overmeesteren, dat ik hen iets zou kunnen aandoen.

Een ziedende woede die zo krachtig was dat ik hem kon proeven, scherp en bitter, steeg op in mijn keel. Ik hurkte in het zand, pakte een steen en kneep die zo stevig beet dat hij in mijn huid groef. Maar ik was blij met de pijn, blij met de scherpte ervan.

Ik keek wanhopig om me heen, op zoek naar iets, wat dan

ook, en ik weet niet wat ik hoopte te vinden, maar door de bomen in de verte heen zag ik licht.

Ik keek nog een keer naar Rachel, en net op dat moment hief Sean zijn hoofd. Het was alsof hij me recht aankeek. Ik weet niet of hij me echt zag – dat zal ik nooit weten. Het was donker waar ik stond, dus misschien zag hij me wel helemaal niet, maar ik wachtte het niet af. Ik raakte in paniek.

Ik draaide me om en begon te rennen. Naar het licht toe.

# 23

We rijden richting Circular Quay en dan verder naar de Rocks. Mick neemt me mee naar een kroeg waar je volgens hem 's nachts nog goed kunt eten. We hebben allebei honger en bestellen enorme maaltijden – biefstuk, friet en salade – waar we enthousiast op aanvallen, terwijl we, steeds wanneer onze blikken elkaar kruisen, naar elkaar grinniken.

Wanneer het eten op is en onze tafel afgeruimd en we allebei van een cola nippen, kust Mick me. Het komt als een verrassing, volkomen onverwacht, maar is tegelijkertijd ook verrukkelijk. Hij staat op, buigt zich over de tafel heen en legt zijn lippen op de mijne. Het is geen hartstochtelijke kus – hij houdt zijn mond dicht – maar wel een tedere en zachte en hij duurt veel langer dan een vriendschappelijk kusje. Het is een kus die alles zekerder maakt, een kus die duidelijk maakt dat hij mij net zo leuk vindt als ik hem.

'Waarom keek je zo kwaad toen we aan elkaar werden voorgesteld?' vraag ik. 'Ik dacht dat je een hekel aan me had. Eerlijk gezegd vond ik je verschrikkelijk. Heel onvriendelijk en onbeleefd.'

'Omdat ik me maf voelde. Toen ik je voor het eerst zag. Zodra ik je zag, wist ik dat er iets tussen ons zou gebeuren. Ik wist het gewoon. Meteen.' Hij lacht – en lijkt voor het eerst verlegen. 'Ik werd nerveus van je.'

We zijn allebei dolblij, allebei verbaasd over het onverwachte genoegen elkaar te hebben gevonden, en wanneer we de kroeg verlaten en teruglopen naar zijn motor, vraagt Mick me waar ik woon.

'Ik wil niet naar huis,' zeg ik.

'Nee?'

'Nee.'

We gaan naar Micks huis. Hij deelt een flat met Simon, een student die er vannacht niet is. We zetten thee en nemen onze mokken mee naar Micks slaapkamer. Zijn bed bestaat simpelweg uit een matras op de vloer, maar het dekbed is netjes omhooggeslagen en de kussens liggen op een stapeltje aan het hoofdeinde. Tegen de muur naast het bed staan stapels boeken, ook leunt er een gitaar tegen de muur.

We gaan naast elkaar op bed zitten, met onze rug tegen de kussens, in kleermakerszit, met onze knieën tegen elkaar aan. We hebben het over muziek, over onze lievelingsgroepen, onze lievelingsnummers. We drinken elk drie mokken thee en delen een reep chocola uit de zo goed als lege koelkast. Tegen drie uur 's ochtends schuift Mick naar beneden, gaat op zijn zij liggen, met zijn hoofd op het kussen, en kijkt me aan.

'Kom ook liggen,' zegt hij. 'Je bent vast wel moe.'

Ik schuif ook naar beneden, zodat we naast elkaar liggen, met onze gezichten vlak bij elkaar.

Mick raakt mijn gezicht aan met een vingertop, hij trekt een spoor over mijn wang, mijn kin en dan langs mijn hals.

'Je bent zo mooi,' zegt hij.

We kussen elkaar, drukken onze lichamen, onze monden stevig tegen elkaar aan. En we passen heel goed in elkaar, het voelt heel natuurlijk, en het duurt niet lang of we zijn allebei buiten adem en staan stijf van begeerte.

Ik maak me los, want ineens voel ik een enorme, overheersende behoefte om te praten, om hem mijn verhaal te vertellen. 'Ik heb dit niet meer gedaan sinds... De laatste keer dat ik een jongen heb gekust... de laatste keer...' Ik stop en haal diep adem. 'Hij heette Will. William Holloway. Het was op de avond dat Rachel werd vermoord.'

Mick zegt niets. Hij knikt en luistert.

'We hebben die nacht niks gedaan,' zeg ik, terwijl ik me Wills gezicht herinner, me herinner hoe verliefd ik op hem was, hoe pijnlijk en ongemakkelijk het was toen ik hem daarna weerzag. 'Maar dat waren we wel van plan. We waren van plan om samen onze maagdelijkheid te verliezen. Maar na die nacht werd alles gewoon klote. We voelden ons helemaal niet meer op ons gemak bij elkaar. Ik denk dat we ons schaamden. Wat een belachelijk gevoel is wanneer er iemand is vermoord. Maar we konden elkaar niet meer echt in de ogen kijken. Hij kwam steeds bij me langs, en dan zat hij daar maar, stijfjes en ongelukkig, terwijl ik huilde. Na een tijdje zei ik dat ik hem niet meer wilde zien. Hij was zo opgelucht.' Ik lach bedroefd. 'Je had zijn gezicht moeten zien. Hij probeerde te doen alsof hij het erg vond dat het uit was, maar hij wist niet hoe snel hij weg moest komen.'

'Ik denk dat het behoorlijk zwaar was allemaal voor iemand van zestien.'

'Dat was het ook,' zeg ik. 'Ik nam het hem ook niet echt kwalijk. Ik was ook opgelucht. Ik vond zijn medelijden vreselijk. Maar hij was te beleefd en aardig om me te dumpen.'

'En sindsdien?'

'Niets,' zeg ik. 'Niemand.'

'Wat een geluk voor mij.' Hij glimlacht en geeft me een kus op mijn voorhoofd. 'Maar we kunnen het rustig aan doen. We hebben geen haast. Ik kan wel wachten. Ik wil geen druk op je uitoefenen.'

Maar ik weet wat ik wil, en het idee om nog langer te moeten wachten is zo frustrerend dat ik het nog zekerder weet. Ik schud mijn hoofd en glimlach verlegen. Ik pak zijn hand en leg zijn arm om me heen, dan schuif ik iets naar voren zodat onze lichamen stevig tegen elkaar komen te liggen en druk mijn lippen op de zijne.

'Katherine,' zegt hij, wanneer we klaar zijn. We ademen elkaars adem in en liggen naast elkaar met onze gezichten naar elkaar toe.

'Mick,' zeg ik.

'Ik vind je naam zo mooi. Hij past precies bij je. Katherine. Katherine. Katherine en Mick.'

En wanneer hij mijn naam zo zegt, in één adem met de zijne, wordt alles anders. Ik heb het nooit leuk gevonden om Katherine te worden genoemd – ik heb het al die tijd gemist dat ik geen Katie meer werd genoemd. Ik heb het gemist om Katie te zijn.

Maar ik ben Katie niet meer, ik ben Katherine – en vannacht wil ik voor het eerst niemand anders meer zijn.

# 24

Je rent en rent en rent. Je rent harder, sneller dan ooit. Je struikelt en valt, belandt hard op je handen en knieën, staat onmiddellijk weer op en rent verder.

'Alsjeblieft, alsjeblieft,' roep je snikkend uit. 'Help me. Alsjeblieft. Is er iemand? Help.'

Je bent doodsbang dat ze je achternazitten, dat ze met iedere stap dichterbij komen. Je eigen gehijg klinkt je luid in de oren, is oorverdovend, maar toch verbeeld je je dat je ze achter je kunt horen, dus ga je nog harder rennen. Je draait je niet om om te kijken, je bent te bang om iets anders te doen dan rennen. Hoewel je pijn in je zij hebt, hoewel je moe bent en je benen pijn doen, dwing je jezelf om door te lopen, dwing je jezelf om niet te vertragen, je niet om te draaien, niet in een hysterisch hoopje op de grond te vallen.

En als je dichter bij het licht komt, zie je dat het van een huis afkomstig is, zoals je al hoopte. En als je nog dichterbij komt, zie je dat de ramen openstaan om de nachtbries binnen te laten, dat de lamp op de veranda aan de voorkant brandt, dat er een auto op de oprit staat. Er is iemand thuis.

Je rent de oprit op, struikelt op de veranda, staat weer op en rent naar de deur. Je bonkt en bonkt met je vuisten op de deur. Je schopt ertegenaan. Je probeert te schreeuwen.

Na korte tijd wordt de deur opengedaan. Er staat een vrouw

voor je; ze lijkt boos om de onbeleefde inbreuk. Maar wanneer ze ziet hoe je kijkt, je angst ziet, de ernst van de situatie begrijpt, verschijnt er op haar gezicht een uitdrukking van schrik en bezorgdheid. Haar mond valt open, ze legt een hand op haar borst, de andere op je arm.

'Wat is er?' vraagt ze. 'Wat is er gebeurd?'

Tegen de tijd dat de politie komt en een zoekactie op touw zet, zijn de jongens al verdwenen. Ze hebben haar daar achtergelaten, op haar rug in het zand, als een of ander beest. Een van de politieagenten verzekert je dat ze er vredig bij ligt, dat haar koude, dode gezicht er sereen en kalm uitziet. Dat is tenminste wat, zegt hij, dan heeft ze waarschijnlijk niet echt gemerkt wat er gebeurde.

Ze heeft niet gemerkt dat je haar hebt achtergelaten. Alleen, bij hen.

# DEEL TWEE

# 25

Alice zit al aan een tafeltje in de hoek als ik bij het café aankom. Ze nipt van een mok koffie.

'Hoi.' Ik ga tegenover haar zitten. Ik glimlach.

Alice rolt met haar ogen. 'Ik heb je het hele weekend proberen te bellen. Waarom heb je je mobieltje nooit bij je?' Ze is geïrriteerd, maar dat kan mijn stemming niet bederven. Niets kan mijn stemming bederven, ik ben veel te gelukkig.

'Wat was er dan? Wat wilde je?' vraag ik vriendelijk, haar slechte humeur negerend. Ik neem niet de moeite om uit te leggen wat er is gebeurd, waar ik ben geweest. Ik vertel niets over Mick. Het is allemaal nog zo nieuw, zo heerlijk dat ik het voor mezelf wil houden.

'Ik wilde je het gewoon vertellen. Ik heb een nieuwe vriend.' Ze leunt met opgetrokken wenkbrauwen naar voren, haar eerdere woede blijkbaar al helemaal vergeten.

Mijn eerste gedachte is: Robbie. Hij moet er kapot van zijn.

'O.' Ik pak de menukaart en staar zonder iets te zien naar het gelamineerde karton. 'Is het serieus?'

'Of het serieus is? God, je zou wel wat blijer voor me mogen zijn, zeg.'

Ik leg het menu neer en kijk haar aan. 'Sorry. Maar hoe zit het met Robbie? Weet hij het eigenlijk al? Hij zal er kapot van zijn. Hij is echt...'

'Robbie de bobbie,' onderbreekt ze me. 'Ik heb hem toch nooit iets beloofd? Echt niet, Katherine. Helemaal nooit. Ik ben altijd heel duidelijk geweest, ik heb altijd gezegd dat het niet serieus was tussen ons. Hij heeft dat gewoon zelf verzonnen. Hoe dan ook, Robbie zal ermee moeten dealen. Er zit niets anders voor hem op. Ik ben zijn bezit niet.'

'Dat is ook weer waar.' Het dringt tot me door dat dit waarschijnlijk op lange termijn het beste is. In zekere zin kan ik alleen maar blij zijn voor Robbie. Dit zal hem dwingen de werkelijkheid onder ogen te zien – Alice geeft gewoon niets om hem. Het zal pijn doen, maar hij moet haar vergeten en iemand anders vinden – iemand die wel inziet hoe fantastisch hij is.

'Nou?' vraag ik. 'Wie is het? Hoe is hij?'

'Hij is te gek. Hij is fantastisch, mooi, sexy. Ik ben echt in de zevende hemel. Ik moet continu aan hem denken.'

Ik glimlach. Ik weet precies hoe ze zich voelt. 'Hoe heet hij?'

Alice geeft echter geen antwoord. Ze brengt de mok naar haar mond en kijkt me over de rand heen aan. 'Hij is wel wat ouder.'

'Ouder?'

'Ja. Een stuk ouder.'

'Hoeveel ouder?'

'Raad maar. Raad eens hoe oud hij is?'

'Vijfendertig?'

'Nee, ouder.'

'Veertig?'

'Ouder.'

'Vijfenveertig?'

'Ouder.'

Ik staar haar aan. 'Dat meen je niet.'

'Jawel. Toe. Je bent al warm.'

'Vijftig?'

'Achtenveertig.'

'Shit, Alice. Dat is veel. Hij is stokoud. Vindt hij dat niet erg? Dat je pas achttien bent?'

Ze glimlacht. 'Misschien denkt hij wel dat ik zevenentwintig ben.'

'Heb je tegen hem gelogen?'

Ze haalt haar schouders op. 'De waarheid een beetje opgerekt.'

'Maar hij is bijna dertig jaar ouder dan jij. Hij is echt oud. Is dat niet raar?'

'Nee, nee. Echt niet. Het zou je verbazen. Het is te gek. Hij is heel intelligent, Katherine, en hij weet ook ongelooflijk veel. Het is net alsof ik al die tijd op zoek ben geweest naar een oudere man, weet je, het is gewoon honderd keer beter. Hij is veel volwassener, veel opener en zelfverzekerder en onafhankelijker. En hij gedraagt zich bij mij ook niet als een verliefd hondje, en dat is zo'n opluchting.' Ze lacht. 'En hij is ook hartstikke goed in bed, heel ervaren. Hij is echt ongelooflijk fucking bedreven.'

Ik doe mijn best me op de menukaart te concentreren. Ik heb niet eens trek – de opwinding over mijn nieuwe verliefdheid heeft me mijn eetlust ontnomen – maar ik wil Alice niets laten merken van mijn afkeuring, mijn oordeel. De laatste tijd voel ik me steeds als een oudere zus wanneer ik bij haar ben, een afkeurende, chagrijnige oudere zus.

Ik weet niet eens waarom ik me eigenlijk druk zou moeten maken om Alice' nieuwe relatie. Ze zijn tenslotte allebei volwassen en zolang ze er niemand kwaad mee berokkenen, zou het leeftijdsverschil er ook niet echt toe moeten doen. Alleen is bij Alice alles altijd anders dan het op het eerste gezicht lijkt.

'Hij is toch niet getrouwd, hè?' vraag ik. Ik kan er niks aan doen, maar ik klink achterdochtig.

'Nee.' Alice steekt haar tong uit. 'Nee, dat is hij niet. Trut.'

'Sorry. Oké. Hij is niet getrouwd. Mooi.' En dan begin ik te grijnzen. 'Dus wat is er mis met hem? Hoe kan het dat hij op die leeftijd nog niet is getrouwd?'

'Hij is getrouwd geweest. Zijn vrouw is overleden.'

'O nee. Echt? Wat naar.'

'Dat zal wel.' Alice haalt haar schouders op. 'Maar niet voor mij.'

De serveerster komt aan tafel en ik bestel een koffie en een broodje. Alice bestelt alleen nog een koffie.

'Hoef je niet te eten?' vraag ik.

'Nee, ik heb geen trek.' Ze buigt zich naar me toe, legt haar hand op de mijne en knijpt erin. 'Volgens mij ben ik verliefd, Katherine. Ik heb dit nog nooit gevoeld. Nooit. Ik kan niet eten. Ik kan niet slapen. Ik heb gewoon een overdosis adrenaline in me. Ik weet niet hoe ik zo examen kan doen. Het lukt me nauwelijks om een tijdschrift te lezen, laat staan Shakespeare. Ik zit alleen maar te wachten tot hij belt. Het is net alsof ik maar half leef wanneer ik niet bij hem ben, in een soort raar niets. Weet je, ik denk echt dat hij wel eens de ware zou kunnen zijn.'

Hoewel ik precies hetzelfde gevoel heb bij Mick, heb ik tot mijn eigen verbazing geen enkele behoefte om Alice in vertrouwen te nemen, om haar te vertellen over al die heerlijke nieuwe gevoelens die me doorstromen, of over de enorme verandering in mijn leven sinds de laatste keer dat ik haar zag. Tot mijn grote schrik besef ik dat ik dat alles juist voor haar wil verbergen, geheimhouden. Het is van mij.

Glimlachend luister ik terwijl ze me alles vertelt – waar ze elkaar hebben leren kennen, hoe het is begonnen. Maar ik vertel haar niets over Mick. Helemaal niets.

# 26

Ik heb tien dagen om me zelfstandig voor te bereiden op het eindexamen, en dan tien dagen lang de tentamens zelf voordat ik voor altijd van school af ben, en die twintig dagen behoren tot de langste dagen van mijn leven. Het ergste is niet eens het vooruitzicht van de tentamens, zelfs de tentamens zelf niet, maar mijn door mezelf opgelegde scheiding van Mick. Wanneer we samen zijn kan ik me met geen mogelijkheid op mijn studie concentreren, dus we hebben samen besloten dat het het beste is om elkaar helemaal niet te zien. Gewoon twintig dagen niet. Het leek op dat moment een redelijke afspraak. Gemakkelijk zelfs. Maar het is moeilijker dan ik had gedacht om hem niet te zien, en ik mis hem zo erg dat het lichamelijk pijn doet.

Ik installeer me thuis comfortabel achter mijn bureau met al mijn boeken en aantekeningen om me heen. Vivien gaat binnenkort voor een zakenreis van een maand naar Europa. Maar nu is ze thuis, voor de verandering hoeft ze eens een paar weken niet te reizen, en zij zorgt voor het huishouden terwijl ik studeer. Ze maakt heerlijke, gezonde maaltijden voor ons klaar en staat erop om de afwas te doen zodat ik ongestoord kan doorleren. Iedere dag om vijf uur houd ik het voor gezien en dan ga ik een eindje wandelen om mijn hoofd leeg te maken, daarna gaan we eten en dan verdwijn ik weer mijn kamer in om nog een paar uur te werken.

Meestal ben ik te moe en te hersendood om na negen uur nog te kunnen werken, en nadat ik me heb gedoucht en mijn pyjama heb aangetrokken, ga ik op bed zitten en bel Mick met mijn mobieltje. Ik voel me altijd lichtelijk nerveus voordat ik bel, bang dat ik hem stoor, dat hij het vervelend vindt en onaardig zal doen of op de een of andere manier niet zo blij is om iets van me te horen, Maar iedere keer dat ik bel neemt hij bijna meteen op met mijn naam, Katherine, en hij klinkt altijd opgelucht, blij, alsof hij er net zo naar heeft verlangd om mijn stem te horen als ik de zijne.

Hij vraagt me iedere avond wat ik heb gestudeerd, hoe ik me voel, of ik klaar ben voor de tentamens. Hij vertelt me over zijn dag, hoe het repeteren met de band ging. Als hij die avond een optreden heeft, klinkt hij altijd wat opgewondener, afwezig. De leukste avonden zijn voor mij de avonden waarop hij ook thuis is en we meer dan een uur of zo met elkaar kunnen praten. We praten tot onze stemmen zacht en slaperig worden, en zijn tedere welterusten is het laatste wat ik hoor voordat ik mijn ogen sluit.

Op de middag van mijn laatste tentamen, de klassieke oudheid, staat hij op me te wachten wanneer ik de examenzaal uit kom. Ik had hem niet verwacht en voel dat ik bloos terwijl ik naar hem toe loop. Ik voel me stom in mijn schooluniform, onaantrekkelijk en kinderachtig, en ik ben me er scherp van bewust dat een paar van de andere leerlingen naar ons kijken. Maar Mick lacht, grijpt mijn hand, trekt me tegen zich aan en slaat zijn armen om me heen. En in Micks armen kan het me opeens niet meer schelen wat andere mensen denken. Het interesseert me geen moer hoe ik eruitzie. Hij houdt van me en dat is het belangrijkste. We gaan rechtstreeks naar zijn huis, naar zijn slaapkamer, en wanneer hij zijn armen om me heen slaat en me kust, ben ik overweldigd. Verloren.

Een paar uur later, wanneer het donker is en ik ben ontwaakt uit een diepe, bevredigende slaap, komt Mick me een broodje en een kop thee brengen en kijkt naar me terwijl ik eet. Ik heb honger en eet snel, en wanneer ik klaar ben, gaat Mick naast me liggen en begint weer met me te vrijen. En wanneer het voorbij is en we naast elkaar liggen, met onze gezichten naar elkaar toe, begin ik te huilen.

'Wat is er?' vraagt Mick fronsend, terwijl hij zijn hoofd op zijn elleboog steunt. 'Wat is er aan de hand?'

'Dit is te fijn. Dit is te veel. Ik ben te gelukkig. Dat is eng.'

Hij lacht en kust me. 'Doe niet zo stom. Je hebt het recht om gelukkig te zijn, Katherine.'

'Is dat zo? Ik weet het niet, soms denk ik...'

'Nee.' Hij schudt zijn hoofd en kust me weer zodat ik niets kan zeggen. Hij spreekt dwingend, bijna paniekerig. 'Sst. Niet zeggen. Dat brengt ongeluk. Jij bent gelukkig. Ik ben gelukkig. Dat is niet te goed om waar te zijn, er zijn de hele tijd mensen gelukkig. Dat is normaal. Dat is goed. Niet aan slechte dingen denken. Gewoon niet doen.'

'Oké,' zeg ik. 'Oké.' En geconfronteerd met Micks bijgelovigheid, zijn eigen overduidelijke angst, houd ik mijn zorgen voor mezelf en doe ik alsof ik geloof dat ik het net als iedereen verdien om gelukkig te zijn.

Die avond ga ik thuis slapen, want Vivien vertrekt naar Europa en ik wil met haar ontbijten en afscheid van haar nemen.

'Heb je het gisteravond leuk gehad?' vraagt ze de volgende ochtend, terwijl ze aanvalt op de roereieren die ik per se voor haar wilde klaarmaken.

'Ja. Het was fantastisch.' Er moet iets aan mijn stem te horen zijn geweest, een extra toontje van blijdschap of opwinding, want ze kijkt me vragend, met opgetrokken wenkbrauwen, aan.

'Zo te horen heb je het wel heel fijn gehad.'

'Ja.' Ik kijk naar mijn bord en hoop dat mijn wangen niet zo rood zijn als ze aanvoelen. 'Het is gewoon fijn om klaar te zijn.

Om vrij te zijn.' Ik vertel haar niets over Mick. Dat kan ik niet. Ik ben bang dat het ongeluk brengt als ik er te vroeg over praat, dat alles dan in duigen zal vallen. En hoewel ik vrijwel zeker weet dat ze het niet zal doorvertellen aan mijn ouders, wil ik toch niet dat die het al weten.

'Je ziet er de laatste tijd een stuk gelukkiger uit,' zegt ze, terwijl ze me bij het afscheid omhelst. 'Echt een stuk gelukkiger.'

'Dat ben ik geloof ik ook,' zeg ik.

Mick heeft die avond een optreden. Zijn band speelt van tien tot één in een café in de buurt. Overdag zijn we bij hem thuis en om acht uur gaat hij weg voor het optreden. Ik blijf nog even om me te douchen en aan te kleden en op Philippa te wachten. Ze komt om halftien, samen met Danni, een vriendin van haar van de universiteit. Ze hebben een bos bloemen voor me bij zich, om te vieren dat de tentamens erop zitten.

'Gefeliciteerd,' zegt Philippa, terwijl ze me op de wang kust. 'Gefeliciteerd dat je al die jaren van ellende hebt weten te overleven.'

'Nooit meer naar school,' zeg ik. 'Ik kan het bijna niet geloven.'

'En?' vraagt Danni. 'Hoe denk je dat het is gegaan?'

'Wel goed, geloof ik.' Ik haal mijn schouders op. 'Ik ben gewoon blij dat het allemaal achter de rug is.'

'Ik denk dat Mick ook wel blij is.' Philippa geeft me grijnzend een por. 'Hij heeft je heel erg gemist. Hij heeft als een verliefd hondje lopen jammeren.'

Hoewel Mick me al heeft verteld hoe erg hij me heeft gemist, wordt het nog echter, nog waardevoller, nu ik het van Philippa hoor.

De band is al aan het spelen wanneer we aankomen en ik zit aan onze tafel, met een glas fris in mijn hand, schaamteloos naar Mick te staren. Hij speelt geconcentreerd, met net zo'n ingespannen, ernstige en gesloten blik als de eerste keer dat ik hem zag. Danni en Philippa praten samen en proberen me bij hun gesprek te betrekken, maar ik ben er niet bij met mijn gedachten, want ik zit te wachten tot Mick merkt dat ik er ben. Danni en Philippa lachen. Philippa knijpt in mijn been, ze is blij voor me, blij voor haar broer.

Na een tijdje kijkt hij onze kant uit. Hij grijnst wanneer hij me ziet, die brede grijns van hem, die zijn hele gezicht verandert, en het hart klopt me in de keel van dankbare liefde. Het liefst zou ik het podium op rennen om hem te kussen, hem te omhelzen en dicht tegen me aan te houden. Maar naar hem kijken terwijl hij speelt voelt bijna net zo goed, want ik weet dat hij aan mij denkt, dat zijn gezicht is opgeklaard door mij, dat hij naar ons toe zal komen zodra hij klaar is.

Wanneer de band het laatste nummer van de eerste set speelt, kijkt Mick me onafgebroken aan, en zodra het nummer is afgelopen, haast hij zich naar onze tafel. Hij begroet Philippa en Danni, pakt dan mijn hand en trekt me het podium op. Hij neemt me mee naar achteren, waar het donker is.

Daar duwt hij me tegen de muur, drukt zijn lichaam tegen het mijne, legt een hand naast mijn hoofd en begraaft zijn vingers in mijn haar. 'Je bent gekomen,' zegt hij.

'Ja,' zeg ik, en mijn stem klinkt vederlicht, ademloos van liefde en begeerte en een onvoorstelbare blijdschap.

'Ik heb je gemist.' En ook aan zijn stem is het te horen, dit krankzinnige geluksgevoel.

'Ja.' Verder valt er weinig te zeggen, alleen ja. Ja.

En dan ligt zijn mond op de mijne, zijn zoekende tong, zijn zachte lippen, de frisse zoete geur van zijn inmiddels zo vertrouwde adem. En ik kan hem tegen me aan voelen, zijn begeerte, en ik wil hem ook en duw me tegen hem aan om hem te laten merken dat ik hetzelfde voel. Toch voel ik geen verzengend verlangen naar het einde van de avond. Ik wil ervan genieten, van elk moment, genieten van het vooruitzicht dat we straks weer samen zullen zijn. Van het feit dat het mooiste nog moet komen.

En dan klinkt er een bekend liedje uit de jukebox.

'Hier luisterde Rachel altijd naar.' Ik doe een stap naar achteren en lach, mijn lichaam wiegend op de maat. Het is een aanstekelijk, vrolijk nummer waar je gewoon wel naar moet luisteren. 'Ze was er dol op. Ze danste er altijd op.'

Mick pakt mijn hand beet. 'Oké dan, kom.'

We lopen het podium weer op en springen op de volle dansvloer. We dansen, met onze handen stevig verstrengeld, naar elkaar toe en weer van elkaar af bewegend. Af en toe raken onze lippen elkaar en proeven we van elkaar, zout, zoet, met onze lichamen tegen elkaar aan gedrukt. We laten elkaar weer los en Mick draait me in het rond tot ik er duizelig van word en hij moet me vasthouden terwijl ik lach. We dansen op alle nummers tot we allebei warm en bezweet zijn en onze handen plakken. Maar dat kan ons niet schelen, we willen elkaar niet loslaten. En we kunnen allebei niet stoppen met lachen.

De muziek staat zo hard dat ik mijn mobieltje niet hoor, maar ik voel het tegen mijn heup vibreren. Een bericht. Ik negeer het, van plan om het later te bekijken, maar na een paar minuten trilt het weer. Ik pak het mobieltje uit mijn zak en laat het Mick zien. Hij geeft me een kus. Ik ga naar de wc om de berichten te kunnen afluisteren.

Het is Alice.

*Katherine. Bel me.* Het lijkt alsof ze huilt. *Waar ben je? Ik kan je de laatste tijd nooit te pakken krijgen. Bel me alsjeblieft. Ik moet je echt zien.*

Ik bel haar mobieltje.

'Katherine, gelukkig,' zegt ze als ze opneemt.

'Wat is er? Alles goed?'

'Nee. Niet echt.'

'Wat is er dan? Wat is er gebeurd?'

'Ik verveel me. Ik heb niks te doen. Mijn vent heeft het druk en kan vanavond niets met me afspreken.'

Ik rol met mijn ogen. Alleen Alice kan van verveling een

ramp maken. En hoewel ik eigenlijk geen zin heb om bij Mick weg te gaan, vraag ik: 'Zal ik naar je toe komen? Zal ik chocola meenemen?'

'Ik weet niet wat ik wil.' Ze slaakt een zucht. 'Waar ben jij? Het klinkt raar. Ik hoor een echo.'

'Ik ben uit. Ik zit in een café. Het William Hotel. Ik sta in de wc. De muziek staat zo hard dat ik niks kan horen.'

'O.' Ze is weer even stil. Dan: 'Met wie?'

'Met Philippa. En een meisje dat Danni heet. En Philippa's broer.' Ik vermijd het om Micks naam te zeggen. 'Maar ik kan best weg. Ik kom wel naar je toe. Ik zal iets meenemen om je op te vrolijken.'

'Nee, nee, ik wil je avond niet verpesten. Ik kom wel naar jou toe.'

'Maar het is hier heel lawaaiig.' Terwijl ik het zeg, besef ik dat ik helemaal niet wil dat ze komt. Ik wil Mick en Philippa, mijn nieuwe vriendschap, mijn nieuwe liefde, gescheiden houden van Alice. Ik ben bang dat ze alles zal verpesten, het op de een of andere manier zal besmeuren. 'Dan kunnen we toch niet praten.'

'Maakt niet uit,' zegt ze. 'Ik wil niet praten. Ik wil een beetje lol maken.'

Ik loop terug het café in en ga bij Philippa en Danni aan tafel zitten. De band staat weer op het podium en van achter zijn drumstel knipoogt Mick naar me terwijl ik mijn stoel aanschuif. Philippa en Danni, die nu naar de muziek luisteren en met hun voeten meetikken, lachen allebei naar me. Ik lach terug. Maar ik voel me nu anders, het gevoel van luchtige vervoering is verdwenen. Bij de gedachte dat Alice zal komen, voel ik me moe, een beetje bezorgd.

Alice draagt het kortste jurkje dat ik ooit heb gezien. Het is bestikt met zilveren lovertjes en bedekt nauwelijks haar ondergoed. Ze draagt laarzen die tot aan haar knieën komen. Ze ziet er fantastisch uit, sexy, oogverblindend, en ik zie dat er hoofden haar kant uit draaien wanneer ze naar onze tafel loopt.

Ze pakt een stoel en komt vlak naast me zitten. Zonder een blik op Philippa of Danni te werpen of zelfs maar naar hen te knikken, draait ze zich om zodat ze mij recht kan aankijken. 'Hoi,' zegt ze, terwijl ze zich naar me toe buigt zodat ik haar kan verstaan. Haar gezicht is opgemaakt en glanzend, mooi. 'Wat een armoedige tent, zeg. Laten we ergens anders heen gaan. Alleen wij tweeën.'

Voordat ik de kans krijg om haar antwoord te geven, leunt Philippa over tafel heen en stoot Alice even aan. 'Zeg je geen gedag?' Ze moet schreeuwen om boven de band uit te komen.

'Hoi, Philippa.'

'En dit is Danni,' zegt Philippa.

'Hoi,' schreeuwt Danni. 'God, wat heb jij een prachtige jurk aan! Echt heel hot. En die laarzen! Waar koop jij je kleren?'

Danni's complimentjes bevallen Alice zo te zien wel, want haar lichaamstaal verandert meteen enorm. Ze wendt zich lachend tot Danni. En terwijl ze samen helemaal opgaan in een gesprek over kleren, vergeet Alice blijkbaar dat ze eigenlijk wilde weggaan. Ze sleept haar stoel wat dichter naar Danni toe en buigt zich naar haar toe. Ze beginnen geanimeerd te praten zonder nog oog te hebben voor hun omgeving. Philippa kijkt me aan en rolt met haar ogen.

De rest van de set praten Alice en Danni alleen maar met elkaar. Philippa en ik zitten naast elkaar naar de muziek te luisteren, we zeggen niets, maar van tijd tot tijd kijken we elkaar lachend aan. Philippa's lach is gevuld met zusterlijke trots.

Wanneer de set erop zit, komt Mick snel weer naar onze tafel lopen. Hij gaat achter me staan, buigt zich voorover en kust me in de nek.

'Ik ga even wat te drinken halen,' zegt hij. 'Loop je even mee?'

Hij pakt mijn hand en terwijl ik opsta en mijn stoel naar achteren duw, zie ik dat Alice ons nieuwsgierig opneemt. Ze stopt met praten en staart ons met grote ogen aan, terwijl ik me omdraai.

Wanneer we terugkomen bij de tafel, zit Alice achterovergeleund in haar stoel, met haar armen over elkaar geslagen. Ze glimlacht.

'Dus jij en Mick, hè?' Ze kijkt me nadrukkelijk aan. 'Philippa is zo aardig geweest om me op de hoogte te brengen.'

Ik probeer zo gewoon mogelijk te doen, hoewel ik weet dat Alice waarschijnlijk geïrriteerd en kwaad en beledigd is omdat ik dit voor haar verzwegen heb. Ik voel dat ik een kleur krijg. 'Alice, dit is Mick,' zeg ik. 'Mick, Alice.'

Mick glimlacht. 'Hallo.'

'Ben jij de drummer?' vraagt Alice.

'Ja.'

'Ik ben echt helemaal weg van de drum. Maar ik kan niet echt iets over je optreden zeggen, want je was me niet eens opgevallen op het podium. Sorry. Maar niemand had me verteld dat je Katherine kende. Ik wist niet eens dat je de broer van Philippa was.'

Mick reageert niet. Hij kijkt me aan, zich zichtbaar afvragend wie dit vreemde meisje is en waarom ze zo vijandig doet. Hij pakt zijn glas en neemt een grote slok bier. Dan pakt hij mijn hand en gaat staan, mij met zich meetrekkend. Hij sleept me mee de dansvloer op.

Hij trekt me dichter tegen zich aan, begraaft zijn gezicht in mijn hals. We deinen mee met de muziek, heen en weer, onze lichamen perfect op elkaar afgestemd. Ik adem hem in, vul mijn zintuigen met zijn geur, met de aanraking van zijn lichaam, met het ritme van de muziek.

We blijven dansen tot Mick op moet voor de laatste set. Wanneer ik terugkom, is Alice ergens anders gaan zitten. Ze zit bij twee mannen aan de tafel achter ons. Ze praat geanimeerd en met veel gebaren. Allebei de mannen lijken gecharmeerd, gefascineerd door haar, ze leunen allebei naar haar toe, vechtend om haar aandacht. Het verbaast me hoe gemakkelijk ze haar vriend – haar grote liefde – alweer lijkt te zijn vergeten, maar ik ben veel te gelukkig om me druk te maken om Alice en op dit moment moet ik alleen maar om haar lachen. Ik probeer haar blik te vangen, maar ze heeft het zo druk met haar nieuwe veroveringen dat ze mijn kant niet uit kijkt en me niet lijkt te zien.

Wanneer het sluitingstijd is, gaan we met zijn allen weg, Alice gearmd met de mannen van haar tafel. Ze lopen voor ons. Haar stem klinkt luid, vrolijk. Ze draait zich om en kijkt me aan.

'Ik ga nog uit met Simon en Felix,' roept ze op een zangerig toontje, zo hard dat iedereen om ons heen het kan horen.

'Oké,' zeg ik lachend.

Alice en Felix en Simon lopen recht op de taxistandplaats af en sluiten aan bij de rij wachtende mensen. Micks motor staat iets verderop geparkeerd en we moeten vlak langs hen heen lopen om er te komen.

'We lijken wel een rij cancandansers,' zegt Alice luid, terwijl ze haar blik over de lange rij laat glijden. Sommige mensen in de rij lachen. Ik hoor iemand anders vermoeid 'O, hou alsjeblieft je mond,' mopperen.

Dan begint Alice met haar benen te zwaaien en de melodie van de cancan te zingen. De twee mannen naast haar dragen haar gewicht terwijl ze haar benen steeds hoger de lucht in schopt. Bij iedere schop is wat meer van haar welgevormde dijen en slipje te zien. 'Nah nah, na-na-na-na, nah nah, na-na-na-na, nah nah,' zingt ze, genietend van alle aandacht en onverschillig voor de geïrriteerde en afkeurende blikken van sommigen in de rij.

Wanneer er een taxi arriveert, springen Alice en haar twee nieuwe vrienden erin. 'Bye-bye allemaal,' roept ze naar de menigte terwijl de taxi wegrijdt. 'Nog veel plezier. Bye-bye.'

'Wie was dat?' vraagt Mick hoofdschuddend en met een verbaasde blik in zijn ogen.

'Een vriendin van me,' antwoord ik. En ik vraag me af waarom ik het gevoel heb dat ik lieg.

# 27

'Dat was hartstikke leuk, mama. Echt hartstikke leuk.' Sarah kijkt me aan. Ze heeft rode wangen en een rode neus van de kou, maar haar ogen stralen. 'Mag ik nog een keer? Helemaal alleen?'

'Natuurlijk,' zeg ik. Ik kijk haar na terwijl ze de slee pakt en langzaam de helling op klautert. Het is geen steile heuvel, maar hij is lang genoeg om vaart te kunnen krijgen en behoorlijk snel naar beneden te glijden. De eerste keer gilde Sarah het uit toen we naar beneden gingen en ik maakte me zorgen dat ze bang was, maar het bleek dat ze het uitgilde van plezier.

Ik was vergeten hoe zwaar en sloom ik me voelde toen ik me kleedde op de sneeuw. Ik hou niet zo van de kou, ik heb er nooit echt van gehouden. Geef mij maar de gewichtloosheid van de zomer, het gevoel van vrijheid en vreugde en levensdrift die de zomer in me oproept. De winter maakt me somber, hij doet me denken aan de dood. Maar ik wil Sarah niet beïnvloeden met wat ik wel of niet leuk vind. Ik wil dat ze zelf indrukken opdoet, dat ze haar eigen keuzes maakt – en door haar enthousiasme voel ik ook iets van de magie en het wonder van deze ijzige, koude wereld.

Tijdens haar vierde of vijfde ritje naar beneden, net wanneer mijn gezicht begint te prikken van de kou, net wanneer ik denk dat ik Sarah misschien met de belofte van warme chocolademelk kan overhalen om even naar binnen te gaan, zie ik hem.

Robbie.

Hij staat beneden aan de skihelling. Hij draagt het felblauwe jack dat alle skileraren dragen en doet een groepje toeschouwers voor hoe je moet remmen. Hij ziet er nog precies hetzelfde uit, nog net zo aantrekkelijk. Hij lacht, waarbij hij zijn hoofd in zijn nek gooit op die voor mij meteen zo vertrouwde manier.

Hij staat zo dichtbij dat ik wolkjes bevriezende adem uit zijn mond kan zien komen wanneer hij lacht. Ik kan zijn witte tanden zien, de adertjes op de rug van zijn blote handen.

Het is zo'n schok om hem te zien dat ik ineens niets anders meer kan dan daar roerloos te blijven staan, met een bonkend hart en neergeslagen ogen, terwijl ik weer tot mezelf probeer te komen. Ik weet niet of ik hem moet roepen, naar hem zal wuiven om zijn aandacht te trekken. Heel even vraag ik me af of ik niet beter gauw kan weggaan, doen alsof ik hem niet heb gezien, hem met rust laten.

Ik besluit gewoon verder te gaan met de dag – geen speciale moeite te doen om hem te benaderen. Mocht ik hem weer tegen het lijf lopen, dan laat ik het van hem afhangen hoe ik het aanpak. Ik sta op en roep Sarah die me overhaalt om nog één ritje met haar te maken. En terwijl ik haar bij de hand pak en de heuvel op klauter, dringt tot me door dat Robbie mij ook heeft gezien. Hij staat roerloos naar me te kijken, zijn hele lichaam verstijfd van de schok die ik zo net nog voelde.

# 28

'Je mag niet weg.' Mick grijpt mijn hand en trekt me terug op bed.

Ik zit naast hem op het matras, buig me voorover en kus hem op de lippen, op zijn stoppelige wang en zijn hals.

'Ik moet echt weg,' zeg ik. 'Robbie is jarig. Ik heb beloofd hem mee uit eten te nemen. En bovendien moet ik een beetje gaan opruimen bij Vivien. Het is er een puinhoop. Dat kan zo echt niet. Ze vermoordt me.'

'Maar ze is toch in Europa? Hoe kan ze dat dan weten?'

'Dat kan ze ook niet weten. Maar ik wel en dat geeft me een rotgevoel.'

'Maar wat moet ik dan doen?' Hij kijkt me voor de grap pruilend aan. 'Zonder jou?'

'Slapen,' zeg ik lachend. 'Je moet slapen.' We hebben afgelopen nacht geen van beiden veel geslapen en Mick heeft later die avond nog een optreden.

'Maar dat kan ik niet zonder jou.'

'Natuurlijk wel. Vroeger sliep je ook altijd zonder mij. Bijna je hele leven eigenlijk.'

'Echt waar? Daar kan ik me niets van herinneren. En bovendien was dat voordat ik het verschil kende.' Hij trekt me naar beneden zodat ik boven op hem lig, met het dekbed als een slagboom tussen ons in.

'Mick,' zeg ik. 'Alsjeblieft. Ik vind het al moeilijk genoeg om weg te gaan. En op deze manier maak je het onmogelijk. Ik zie je later bij het optreden. Na het eten. Ik zal niet lang blijven.'

'Beloofd?'

'Beloofd.'

'Goed dan.'

'Goed.' Maar wanneer ik me naar hem vooroverbuig om hem te kussen, slaat hij zijn armen om me heen en houdt me zo stevig vast dat ik geen vin kan verroeren.

'Maar het is zo, hoor, wat ik net zei. Ik weet echt niet wat ik daarvoor deed. Voor jou. Ik kan me niet herinneren waar ik om gaf of waar ik naar uitkeek. Wat het ook was, het is allemaal weg. Ik geef alleen nog maar om jou. Het is eigenlijk gek, een beetje stom. Maar ik heb dit nog nooit gevoeld bij een meisje. In de verste verte niet.'

Mijn hart zwelt op van vreugde, het is opwindend om te horen dat al mijn idiote gevoelens worden beantwoord. Ik begraaf mijn gezicht in zijn borst om de onverwachte tranen die in mijn ogen prikken te verbergen. 'Ik ook niet,' zeg ik. 'Ik ook niet.'

Ik ga naar huis waar ik me bezighoud met het schoonmaken van de flat. Ik werk snel en haast me van kamer naar kamer, spullen opruimend, afstoffend en stofzuigend. Ik doe er een paar uur over en wanneer ik klaar ben, kijk ik of er berichten zijn en hoor er eentje van Vivien die zegt dat ze net in Rome is aangekomen en dat ze het fantastisch heeft. Er is ook een bericht van mijn moeder, gewoon om hallo te zeggen, en een van Robbie die vraagt of ik nog steeds met hem uit eten wil.

Eerst bel ik mijn ouders. Ik heb ze heel kort gesproken nadat ik mijn laatste tentamen had afgelegd, en hoewel ze me al hebben gefeliciteerd, weet ik dat ze er graag meer over willen horen, een langer gesprek willen. Ik klets eerst wat met mijn moeder en daarna met mijn vader en het kost me bijna een uur om ze een volledig verslag van alle tentamens te geven. Ze vragen wanneer ik weer eens bij hen kom logeren en ik zeg gauw. Ik vertel ze niets over Mick.

Wanneer het gesprek met mijn ouders erop zit, bel ik Robbie op zijn mobieltje.

'Natuurlijk gaan we nog uit eten,' zeg ik meteen nadat hij opneemt. 'Het is toch mijn verjaardagscadeau voor jou?'

'Oké.' Hij lacht. 'Cool. Maar we zijn waarschijnlijk met z'n tweeën. Ik heb nog niks van Alice gehoord.'

'Dus dan heb ik je helemaal voor mezelf. Leuk.' Ik zeg het niet, maar ik ben blij dat ze niet meegaat. Ik zou het onverdraaglijk vinden om Robbie en Alice samen te zien, terwijl ik weet dat ze iets met iemand anders heeft. Dan zou ik me medeplichtig voelen aan haar bedriegerij – het zou me een wreed en oneerlijk gevoel geven, en voor Robbie zou het een heel vernederende situatie zijn. Ik weet nog niet helemaal zeker of ik hem wel of niet over Alice wil vertellen. Ik weet alleen dat ik het vanavond niet zal doen. Niet op zijn verjaardag.

'Mijn vader geeft zaterdagavond een feest voor me. Kunnen jullie dan? Jij en Mick?'

'Natuurlijk. Misschien dat we wel iets later komen, want Mick moet spelen. Maar ik vind het leuk. Dan kunnen jullie elkaar ook eens leren kennen.'

'Ik verheug me erop,' zegt hij. Er klinkt echter weinig enthousiasme door in zijn stem. Hij klinkt mat. Ongelukkig. En ik neem aan dat zijn ellende iets met Alice te maken heeft en niet voor het eerst wou ik dat hij haar gewoon uit zijn hoofd kon zetten, dat hij zichzelf de kans gaf om iemand anders te leren kennen.

We spreken om zeven uur af in het restaurant en hangen op. Ik zoek de kleren bij elkaar die ik wil aantrekken – spijkerbroek, laarzen, roze blouse – en loop naar de badkamer om het bad te laten vollopen. Ik lig heel lang in het hete water. Met mijn ogen dicht denk ik aan Mick en aan dat we zo'n geluk hebben dat we elkaar even leuk vinden en dat geen van ons beiden ook maar in de verste verte op Alice lijkt.

Wanneer ik het restaurant binnen kom, zit Robbie al aan een tafel, met voor zich een bijna leeg glas. Hij is verdiept in de menukaart en schrikt op wanneer ik tegenover hem ga zitten.

'Hoi,' zeg ik. 'Was je zo vroeg?'

'Ja.' Hij glimlacht. 'Ik had honger. Ik kon gewoon niet wachten.'

We hebben het kort over wat we hebben gedaan – en ik vertel hem over Mick, over mijn nieuwe vriendschap met Philippa en dat ik zo gelukkig ben – en hij lacht en lijkt oprecht blij en zegt dat hij het fijn vindt voor mij en dat ik het verdien. Hij is ontspannen en vrolijk en ik denk dat dat met Alice misschien toch nog goed voor hem zal uitpakken. Misschien dat die nieuwe relatie van haar voor hem wel een zegen is. Hij zal eindelijk de waarheid onder ogen moeten zien.

Robbie bestelt en wanneer het eten komt, blijken het veel grotere porties te zijn dan we hadden verwacht. Het kost ons moeite alles op te eten, en we moeten onszelf dwingen om door te eten terwijl we al vol zitten, en we giechelen onnozel wanneer Robbie zijn wangen vol lucht blaast.

'Dit is belachelijk,' zegt hij, terwijl hij hoofdschuddend naar de hoeveelheid eten kijkt die nog op tafel staat. 'Daar kunnen wel tien mensen van eten.'

'Zeg dat wel.' Ik pak nog een stukje kip met mijn vingers en stop het in mijn mond. 'God, Robbie, ik zit echt propvol, maar ik kan gewoon niet ophouden. Ze zullen het weg moeten halen, anders ontplof ik nog. Volgens mij ben ik het eerste uur niet in beweging te krijgen. Je vindt het toch niet erg om hier de hele avond te blijven?'

Ik kijk hem aan, in de verwachting dat hij zal lachen en dat het vrolijke geplaag verder zal gaan, maar hij kijkt straal langs me heen, naar iets of iemand achter me – en in zijn ogen is niets meer van humor te bekennen, zijn gezicht staat strak, vertrokken in een rare uitdrukking van verwarring en angst.

Ik draai me om, maar zie niets dan tafels vol onbekende gezichten. Ik kijk weer naar Robbie. 'Wat is er?' Ik buig me naar hem toe en leg mijn hand op de zijne. 'Robbie? Wat is er aan de hand?'

Maar hij ziet me niet eens. Hij trekt zijn hand los en staat op. Onhandig schuift hij zijn stoel naar achteren, leunt even zwaar op de tafel alsof hij zijn krachten moet verzamelen, en begint dan in de richting te lopen van wat het dan ook was dat hij heeft gezien.

'Robbie? Wat ga je... Robbie!' Ik sta op en loop hem achterna, waardoor ik me nogal stom voel opvallen in het volle restaurant. Ik weet niet wat er aan de hand is, het is net alsof Robbie me opeens niet meer kan horen of zien, en ik ben bang dat hij een of andere aanval of attaque heeft, een vlaag van verstandsverbijstering.

Maar dan blijft hij vlak voor een man aan de bar staan. En de man lacht vrolijk naar hem en steekt zijn arm uit ter verwelkoming.

Robbies gezicht blijft kil, zijn lichaam stijf, en zijn houding raar agressief. 'Waar ben jij mee bezig?' vraagt Robbie kwaad. 'Wat probeer je me nou te flikken, klootzak? Wat moet je met haar? Waar is ze? Waar is ze gebleven?'

De man zet grote ogen van verbazing op. 'Over wie heb je het, Robs?' vraagt hij. 'Wat bezielt je? Wat heb je?'

'Ik heb jullie net samen gezien, papa!' schreeuwt Robbie – en wanneer ik beter kijk, herken ik de ogen, de kaaklijn; het is Robbies vader. 'Jullie kusten elkaar! Ik zag haar net nog. Met jou. Ik heb jullie samen gezien, verdomme!'

'Robbie.' Ik leg een hand op zijn arm in een poging hem tot kalmte te manen. 'Wat...'

Hij schudt me echter van zich af en buigt zich nog dichter naar zijn vader toe. 'Ik heb je met haar gezien. Ik heb jullie gezien.' En hoewel hij niet meer schreeuwt, staat zijn stem stijf van woede en hij is zo van slag en opgewonden dat hij ervan trilt en bijna moet huilen.

Zijn vader blijft echter kalm en kijkt Robbie vriendelijk aan. 'Rustig maar, jongen. Ze is even naar de wc. Ik zal je aan haar voorstellen als ze terugkomt. Dit hoeft echt geen probleem te worden. Ik weet zeker dat je haar aardig zult vinden.'

Dan begrijp ik wat er is gebeurd. Robbie heeft zijn vader met een vrouw gezien, zijn nieuwe vriendin, voor het eerst. Zijn woede is een of andere misplaatste vorm van loyaliteit tegenover zijn moeder.

Robbie lacht bitter – een onnatuurlijk en ongelukkig geluid dat ergens diep uit zijn keel komt – en kijkt zijn vader minachtend aan. 'Me aan haar voorstellen? Hoe bedoel je? Is dit soms jouw zieke idee van een verjaardagscadeau of zo?'

Ik leg mijn hand op Robbies rug. 'Toe Robbie. Laat nou. Alsjeblieft. Zullen we weer naar onze tafel teruggaan? Laat je vader nou maar met rust.'

Robbies vader lacht me dankbaar toe.

En dan zie ik Alice. Ze komt vanuit de wc onze richting uit lopen. Ze loopt snel, met gebogen hoofd en een lachje om haar mond, en heel even maak ik mezelf tevreden wijs dat ze hier voor Robbie is – dat ze heeft besloten om toch op zijn verjaardag te komen. Heel even ben ik zelfs blij om haar te zien, hopend dat Robbie zijn woede op zijn vader door haar aanwezigheid zal vergeten.

Maar dan draaien Robbie en zijn vader zich om en zien haar ook.

'Aha,' zegt Robbies vader, op gemaakt enthousiaste toon. 'Daar heb je Rachel al. Ik zal jullie aan elkaar voorstellen.'

Rachel, denk ik. Rachel? Hoewel ik nauwelijks in staat ben mijn gedachten op een rijtje te zetten of te begrijpen wat er gebeurt, lijkt mijn onderbewuste de losse eindjes voor mij aan elkaar te knopen – en meteen weet ik precies wat ze hier doet, precies wie haar mysterieuze oudere vriend is, en ook precies wat Robbie net heeft gezien.

Op dat moment kijkt Alice op. Ze blijft staan en laat haar blik van Robbie naar zijn vader en weer terug glijden. De glimlach verdwijnt van haar gezicht en even kijkt ze geschokt, bang, alsof ze zich zal omdraaien en wegrennen. Maar die aarzeling duurt maar een ogenblik, dan gooit ze haar haren naar achteren, trekt haar lippen op in iets wat op een glimlach lijkt en komt naar ons toe lopen.

Robbies vader legt zijn hand op Alice' arm en trekt haar naast zich. Aan Alice' gezicht is helemaal niets af te lezen – en hoewel ze net nog leek te schrikken toen ze ons zag, ziet ze er nu volkomen op haar gemak uit, lichtelijk geamuseerd zelfs, alsof dit allemaal een spelletje voor haar is en wij de speeltjes zijn.

'Rob, dit is Rachel. Rachel, dit is mijn zoon, Robbie.' Robbies vader probeert te doen alsof er niets aan de hand is, maar ik merk dat hij zowel in de war als geschrokken is van het toch wel heel eigenaardige gedrag van Robbie. Hij heeft blijkbaar geen flauw idee wie zijn vriendin in werkelijkheid is.

Robbie zegt geen woord en aan niets is te merken dat hij zijn vader heeft gehoord. Hij staart alleen maar naar Alice – met een van woede en verdriet bijna onherkenbaar veranderd gezicht.

'Toe Robbie,' zegt Alice. 'Kijk niet zo ernstig. Waar is je gevoel voor humor gebleven?'

Robbies vader staart eerst Alice aan, dan Robbie en dan weer Alice. Alice' vertrouwelijke toontje heeft hem duidelijk van zijn stuk gebracht. 'Kennen jullie...'

Hij heeft geen tijd om de vraag af te maken. Robbie stoot een akelig snikgeluid uit, draait zich om en rent het restaurant uit.

'Robbie! Wacht!' Ik begin hem achterna te lopen, maar het dringt algauw tot me door dat hij veel te snel voor me is. En mijn tas ligt nog op tafel en we hebben ook nog niet afgerekend. Ik kijk hem na, draai me dan met tegenzin om en loop terug naar Alice en Robbies vader. Ik wil hier helemaal niet blijven om deze afschuwelijke situatie het hoofd te moeten bieden. Het liefst zou ik mijn tas pakken en weggaan, meteen door naar

Micks huis. Ik wil niet met Alice praten. Ik wil haar gezicht niet zien, haar stem niet horen. Ik wil niet horen dat Robbies vader haar Rachel noemt.

Robbies vader kijkt geschokt. Zijn gezicht is bleek, zijn ogen zijn groot en vochtig. 'Wat had dat te betekenen?' vraagt hij wanneer ik weer bij hen kom staan. 'Weet jij dat soms?'

Ik staar naar mijn voeten en zeg niets.

'Sorry.' Hij zucht, en ik hoor de trilling in zijn stem. 'Ik ben erg onbeleefd. We hebben ons nog niet eens aan elkaar voorgesteld. Jij moet Katherine zijn. Robbie heeft me over je verteld. Ik ben Greg. En dit is Rachel.'

Greg en ik geven elkaar een hand, maar ik weiger Alice aan te kijken of op een andere manier te laten merken dat ik weet dat ze er staat. En wanneer ze wat zegt, wend ik mijn blik af.

'Ik kan maar beter gaan,' zegt ze.

'Wat een stomkop ben ik ook,' zegt Greg. 'Ik dacht dat dit wel een leuke manier was om jullie aan elkaar voor te stellen. Ik wist dat Robbie hier vanavond zou eten. Dat had ik jou niet verteld. En Robbie ook niet. Het leek me leuk om gewoon... weet ik veel... te doen alsof we elkaar toevallig tegen het lijf liepen of zo. Ik had geen flauw idee dat hij zo zou reageren, meestal is het een fantastisch joch, maar... Sorry, Rachel, ik had het je moeten vertellen.'

'Je hoeft je echt niet te verontschuldigen, hoor,' zegt ze, met een stem die anders klinkt dan normaal. Ze klinkt ouder, beheerster, en ik verbaas me over het gemak waarmee ze kan liegen en bedriegen. Onder de nepvolwassenheid hoor ik echter ook de drang en het ongeduld. Ze weet niet hoe snel ze hier weg moet komen. Zij is de oorzaak van deze puinhoop, maar nu wil ze vluchten en mij de boel laten opruimen. Ik overweeg even om te vertellen wat er aan de hand is voordat ze de kans krijgt om te verdwijnen en haar zo te dwingen om alles op te biechten en de gevolgen onder ogen te zien, zodat ze het verder met z'n tweeën kunnen oplossen. Maar ik vertrouw haar niet toe dat ze eerlijk zal zijn tegen Greg, en hij kan hier helemaal niets aan doen. Hij is voorgelogen, gemanipuleerd. Hij verdient een uitleg.

'Ik ga met je mee,' zegt hij.

'Nee, nee,' zegt ze. 'Ik ga liever gewoon weg. Even alleen zijn.'

Ik moet me omdraaien wanneer ze afscheid van elkaar nemen. Ik vind het onverdraaglijk om Gregs onschuldige tederheid tegenover haar aan te moeten zien, de manier waarop hij zich verontschuldigt. En als hij haar Rachel noemt, kan ik het wel uitgillen.

Wanneer ze is vertrokken, weet ik Greg over te halen om even bij me aan tafel te komen zitten. We zitten tegenover elkaar. Ik kijk zwijgend naar mijn handen. Ik weet niet waar ik zal beginnen, wat de beste manier is om zijn hart te breken.

'Niet te geloven,' zegt hij, de stilte verbrekend. 'Net nu het allemaal zo goed begon te gaan. Het was waarschijnlijk heel stom van me, om op die manier een ontmoeting te arrangeren, maar Robbie kan toch niet echt verwachten dat ik nooit meer...' Hij stopt met praten en kijkt weemoedig naar de deur waardoor Alice net is weggevlucht. 'Ik zal Rachel waarschijnlijk nooit meer zien. Niet na dit.'

Ik kijk hem aan. 'Ze heet geen Rachel.' En hoewel ik misselijk van de zenuwen ben, klinkt mijn stem vastbesloten, krachtiger dan ik had verwacht.

'Wát?' Hij leunt naar achteren en slaat afwerend zijn armen over elkaar. 'Wat zei je?'

Ik vertel hem zoveel als ik kan, zo snel en samenhangend mogelijk. Eerst gelooft hij me niet. Hij schudt almaar zijn hoofd en zegt steeds: 'Dat kan niet, dat kan gewoon niet.' Maar na een tijdje stopt hij met protesteren en wordt hij stiller, bedroefder.

'Ik had natuurlijk wel over Alice gehoord,' zegt hij. 'Maar niet echt veel. Robbie heeft ons nooit aan elkaar voorgesteld, maar dat had je al begrepen. Ik had altijd het gevoel dat het zo'n knipperlichtrelatie was. Had hij ons maar aan elkaar voorgesteld.

Dit is allemaal mijn schuld. Ik had erop moeten staan. Had ik maar wat meer belangstelling getoond. Maar ik dacht dat ik er goed aan deed. Om hem zijn privacy te gunnen.' Hij legt zijn hoofd in zijn handen. 'Dit had niet mogen gebeuren. Dit had nooit mogen gebeuren.'

'Het is niet uw schuld. Echt niet. Het is Alice' schuld. Zij doet dit.'

'Maar waarom?' vraagt hij. 'Waarom?'

Ik zwijg. Ik heb daar geen antwoord op.

'Ze zei dat ze zevenentwintig was,' zegt hij kalm, bijna fluisterend. 'En ik geloofde haar. Ze leek zo zelfverzekerd, zo volwassen. Ik kan gewoon niet geloven dat ze... Achttien? Jezus. Ik geloofde haar. Ik geloofde alles wat ze zei.'

Dan zegt hij: 'Ik begon net van haar te houden.'

# 29

Ik vertel het Mick niet meteen over Alice. Ik wil mijn tijd met hem niet besmeuren met over haar denken of praten, dus ik wacht tot hij de volgende avond weg is naar zijn optreden voordat ik Robbie bel. Op die manier weet ik zeker dat Mick het gesprek niet kan afluisteren.

Greg neemt op. 'Hij is weg, Katherine.' Hij klinkt vermoeid, verslagen.

'Weg? Waar naartoe?'

'Naar Europa. Zwitserland. Hij heeft vanmiddag het vliegtuig genomen. Hij gaat daar werk zoeken. Als skileraar. We hebben daar familie wonen.'

'Maar zijn feest dan?' vraag ik heel dom, alsof een feest zo belangrijk is. 'En zijn werk?'

Greg lacht. 'Er komt geen feest, liefje. En ik weet vrijwel zeker dat het restaurant zich ook wel zal redden zonder hem. Ze hebben personeel genoeg.'

Greg verzekert me dat Robbie het wel redt, dat hij sterk is, vindingrijk. Hij raadt me aan om Robbie wat tijd te geven om zijn wonden te likken, om over de vernedering die hij heeft moeten slikken heen te komen, en hem dan een mailtje te sturen. Voordat hij ophangt zegt hij dat ik me geen zorgen hoef te maken, dat alles wel goed komt.

En hoewel Alice' gedrag me nog steeds afschuw inboezemt

en mijn maag zich nog steeds omdraait bij de herinnering aan gisteravond, ben ik toch blij dat Robbie de waarheid eindelijk onder ogen durft te zien. Hij zal Alice nu echt niet meer terug willen. En hij is ver weg. In Europa. Vele kilometers hiervandaan. Hij is veilig. Vrij.

Ik zet mijn mobieltje uit en besluit dat een tijdje zo te laten, zodat ik onbereikbaar ben voor Alice. Ik wil niet aan haar denken, laat staan met haar praten. Ik wil haar uitleg, haar smoesjes, niet horen.

Ik laat mijn toestel een week uitstaan en de tijd verstrijkt in een relatief vrolijk waas van late optredens en lang uitslapen. Maar de gedachte aan Alice zit continu in mijn achterhoofd en hoe vervelend het ook is, ik weet dat ik uiteindelijk met haar zal moeten praten. Het zou het eenvoudigst zijn om haar gewoon te mijden tot ze het opgeeft om contact met me te zoeken, het zou het eenvoudigst zijn om nooit meer met haar te praten. Maar ik moet zeggen wat ik op mijn lever heb, uiting geven aan mijn woede, Robbie verdedigen. Hoe dan ook, ik weet vrijwel zeker dat ze het niet zal opgeven tot ze contact met me heeft, dus dan kan ik het maar beter achter de rug hebben.

Dus pak ik op een middag, wanneer Mick bier is gaan kopen, mijn mobieltje en zet het aan.

Ik heb het een week niet aan gehad en ook niet gecontroleerd op berichtjes, dus wanneer ik het aanzet, zijn er veertien berichten ingesproken, en heel veel sms'jes. Ik neem niet de moeite ernaar te luisteren of ze te lezen. Ik weet zeker dat de meeste van Alice zijn en dat ze waarschijnlijk boos of van streek is omdat ik geen contact met haar heb opgenomen. Maar het interesseert me niet wat ze te zeggen heeft. Ik wil haar gewoon nog een allerlaatste keer bellen om haar te laten weten dat ik haar verafschuw. Ik toets snel haar nummer in, voordat ik de moed verlies.

Ze neemt bijna onmiddellijk op. 'Ha, de mysterieuze onbekende. Eindelijk. Weet je, ik had nooit gedacht dat je zo'n meisje zou zijn dat haar vriendin laat vallen zodra ze een vriendje heeft. Maar ja, met die stille types weet je het nooit.' Ze lacht. 'Dat zeggen ze toch?'

Ik rol met mijn ogen. Typisch iets voor Alice om de boel te verdraaien; zij is nota bene degene die zoveel schade heeft aangericht.

'Sorry Alice. Maar ik was behoorlijk kwaad op je. Ik wist niet wat ik moest zeggen.'

'Kwaad?' Ze klinkt geïrriteerd, smalend. 'Allemachtig, zeg. Toch niet vanwege Robbie en zijn vader, hè?'

'Ik heb die avond nog even met Greg gepraat,' vertel ik. 'Nadat jij weg was.'

'Natuurlijk. Dat had ik wel gedacht.'

'Nou, dat heb ik dan ook gedaan.'

'Nou, fantastisch. Dan hebben we dat vastgesteld. Maar waarom eigenlijk? Wat wilde je hem zeggen?'

Ik weet niet of ze zich expres van de domme houdt, maar ik voel me een beetje belachelijk en weet ineens niet meer zo zeker of ik wel gelijk heb. 'Het was ongelooflijk wreed van je, Alice.'

'Jezus, Katherine. Ik kon toch niet weten dat jullie daar waren? Hoe kon ik dat nou weten? Het was Gregs briljante idee,' zegt ze. Ze klinkt ongeduldig, kortaf, alsof het onderwerp haar nu al verveelt en ze geen zin heeft om iets te moeten uitleggen. 'Hoe kon ik nou weten wat Greg van plan was?'

'Het gaat niet om het etentje, Alice. Doe niet zo stom. Ongelooflijk dat je ook maar denkt dat er iets te rechtvaardigen valt. Die hele relatie met Greg was wreed. Niet alleen die avond, niet het feit dat je bent betrapt. Ik vind het gewoon ongelooflijk dat je dat hebt gedaan. Ik vind het echt ongelooflijk dat je zo'n bitch bent – en dat tegen Robbie, die altijd alleen maar goed voor je is geweest.'

Even zegt ze niets. Ze slaakt een zucht. 'Oké. Je hebt gelijk. Ik snap wat je bedoelt. Ben je nu klaar met je preek?'

'Nee, niet echt, maar het heeft weinig zin om verder te gaan, hè? Het kan jou gewoon niks schelen. Maar dit is echt afschuwelijk, Alice. Echt heel erg naar.'

Alice lacht. Het is een akelig, kil, humorloos geluid. 'Wat ik niet snap,' zegt ze na een tijdje. 'Wat ik niet snap, is wat jij ermee te maken hebt. Waarom zou mijn relatie met Greg, of die met Robbie, jou kwaad moeten maken?'

Heel even weet ze me in te pakken, krijgt ze me zover dat ik me afvraag of ik niet wat overdreven heb gereageerd, of ik mijn neus beter niet in andermans zaken had kunnen steken. Maar nee, denk ik, het is heel redelijk om zulk verschrikkelijk gedrag van vrienden niet te accepteren.

'Omdat jij met opzet wreed bent geweest, Alice. Destructief en afschuwelijk. Robbie is er kapot van. Hij is naar Europa vertrokken. Wist je dat? Allemaal vanwege jou. En jij hebt zijn relatie met zijn vader ook kapotgemaakt,' zeg ik. 'Robbie is een van mijn beste vrienden. Het verbaast me dat je vindt dat ik geen reden heb om kwaad te zijn.'

'Ach, val dood. Ik heb hun relatie niet kapotgemaakt. Het komt wel weer goed. Ze wisten er geen van beiden iets van, dus hebben ze elkaar ook niet echt iets aangedaan. Uiteindelijk zal hun band er denk ik zelfs hechter door worden. En het zal Robbie ook goeddoen om een tijdje in Europa te wonen. Hij moet de zaken echt eens op een rijtje gaan zetten. In die jongen zit heel veel woede. En hij is ook belachelijk bezitterig. En trouwens, ze mogen allebei blij zijn dat ze van me af zijn, vooral als ik echt zo'n slecht mens ben als jij blijkbaar denkt.'

'Wat er ook tussen Robbie en zijn vader gebeurt, dat verandert niets aan wat jij hebt gedaan. Het was gewoon verkeerd, Alice, heel erg slecht. En waarom zei je tegen Greg dat je Rachel heette? Waarom die naam? Ik vind het moeilijk om te geloven dat je die naam toevallig hebt gekozen.'

'Hou dat prekerige toontje maar voor je. Je bent mijn moeder niet. Je bent geen haar beter dan ik, dus ik ben niet gediend van jouw mening.' Haar stem klinkt ineens laag en kil en ernstig, wat een opvallend contrast vormt met de lome, onverschillige manier waarop ze net nog praatte. 'Ik wil het hier echt niet meer over hebben, Katherine. Het wordt saai. Heel erg saai. Heb je nog zin om vrijdagavond uit te gaan of niet? Laat het me weten. Ik reserveer een tafel bij Giovanni's.'

'Nee,' zeg ik, en hoewel het me schokt en boos maakt dat ze totaal geen spijt toont, dat ze hondsbrutaal blijft, klinkt mijn stem verbazingwekkend normaal. 'Nee, dank je.'

'Zaterdagavond dan?'

'Nee. Ja. Ik bedoel, nee, Alice, ik wil niet met je uit eten. Ik ben boos. Ik ben geschokt. Snap je dan niet hoe ernstig dit is? Ik ben echt heel erg boos, ik walg ervan. Je hoeft me niet meer mee uit te vragen.'

'Je walgt ervan?'

'Ja. Eerlijk gezegd wel. Ik walg ervan en ik vind het beschamend.'

'O.' Ze lacht. 'Je vindt het ook beschamend? Wat ik heb gedaan vind je beschamend?'

'Ja.' Mijn stem klinkt kleintjes.

'Vind je niet dat je zelf genoeg dingen hebt gedaan die je beschamend kunt vinden, Katherine?'

Nog voordat ze het zegt, weet ik al precies wat ze gaat zeggen. Maar ik hang niet op. Ik houd het toestel stevig tegen mijn oor gedrukt en luister, gedwongen om de woorden te horen.

'Misschien dat ik niet zulke leuke dingen heb gedaan, maar ik heb het in elk geval nooit zover laten komen dat ze mijn zusje konden verkrachten. Hè? Ik ben in elk geval niet zo'n bange lafbek die is weggerend zodat ze haar kleine zusje konden vermoorden.'

# 30

Later die avond bestellen Mick, Philippa en ik pizza voor het avondeten. Terwijl we aan tafel gaan om te eten, vraagt Philippa of ik Alice de laatste tijd nog heb gezien.

'Nee, maar ik heb haar vandaag wel aan de telefoon gehad.'

'En?'

Dus vertel ik hun onder het eten wat ze Robbie en Greg heeft aangedaan en hoe ons telefoongesprek eerder die dag is verlopen.

'Dat meen je niet.' Mick legt zijn puntje pizza neer en veegt zijn handen af aan zijn spijkerbroek. 'Dat is gewoon ziek. Ongelooflijk. Wie doet nou zoiets?'

'Iemand die gestoord is,' zegt Philippa. 'Iemand die heel erg in de war is en diep ongelukkig.'

'En hoe zat dat met die Robbie? Wat moest hij met haar? Is hij ook gek?'

'Helemaal niet,' antwoordt Philippa.

'Robbie is een schatje,' zeg ik. 'Een van de aardigste mensen die ik ken. Een echt goeie jongen. Een fantastische vriend.'

'Maar waarom...'

'Omdat hij verliefd op haar was,' onderbreek ik hem. 'En je kent haar niet, dus je snapt niet hoe ontzettend charmant ze kan zijn.' Ik spreek rustig, want ik wil dat Mick het begrijpt, dat hij niet denkt dat ik een stomkop ben, dat hij niet te hard over

Robbie oordeelt. 'Ik was echt heel blij toen ik bevriend met haar raakte. Ik voelde me gevleid, ik bedoel, ze is echt heel leuk, iedereen wil bij haar in de buurt zijn. Ze kan alle vrienden krijgen die ze maar wil hebben. En na Rachels dood ben ik zo lang alleen geweest. Ik was eenzaam denk ik. Alice was als een frisse wind. Leuk. Het was te gek om dingen met haar te doen.'

Mick en Philippa kijken me allebei welwillend aan en ik besef te laat dat ik te veel uitweid. Ik ben begonnen mijn eigen vriendschap met Alice te rechtvaardigen in plaats van Robbies relatie met haar. Maar eigenlijk komt het allemaal op hetzelfde neer. Robbie en ik waren allebei door haar behekst.

'Waarom heb je me dat niet verteld?' Mick kijkt gekwetst. 'Wanneer heb je dat allemaal ontdekt? Waarom heb je er niks over gezegd?'

'Dat weet ik niet,' antwoord ik schouderophalend. 'Ik wilde er gewoon niet aan denken. We waren zo gelukkig. Dat wilde ik niet bederven.'

'Hoe had dat nou iets kunnen bederven? Ik ken ze niet eens.' Mick fronst. Hij ziet er behoorlijk kwaad uit, voelt zich beledigd omdat ik het voor hem heb verzwegen, en ik wil het net uitleggen wanneer Philippa tussenbeide komt.

'Doe niet zo kinderachtig.' Ze geeft hem plagerig een por. 'Ze vertelt het je nu toch? En je hebt gelijk, je kent ze niet eens, dus hou je mond.' Maar dan kijkt ze naar mij en zegt op gespeeld boze toon: 'Maar ik ken ze wel. Waarom heb je het mij niet verteld? Dat was echt niet eerlijk van je. Ik voel me vreselijk beledigd. Je hebt me de mogelijkheid ontnomen om te zeggen: zie je wel?'

'Ja, dat is waar, hè?' Ik lach. 'Maar dan zeg je het nu toch? Jij had gelijk. Ik zat fout.'

'Gelijk waarmee?' Mick is in de war.

'Gelijk wat betreft Alice,' zeg ik. 'Jouw slimme zus heeft me al maanden geleden voor haar gewaarschuwd. Ze zei dat ze knettergek was.'

'Trouwens, ik heb haar wel een keer gezien,' zegt Mick. 'Het is toch die meid die in het William Hotel was? Met die korte jurk?'

'Dat stuk,' zegt Philippa. 'Ja. Dat meisje in de korte jurk waar alle mannen verlekkerd naar zaten te kijken.'

'Zo'n stuk nou ook weer niet.' Mick trekt een gezicht en schudt zijn hoofd, en hoewel het kinderachtig is, ben ik blij. 'Vond ik niet tenminste. Veel te opzichtig, te blij met zichzelf. Helemaal niet mijn type.'

'Nou ja, hoe dan ook.' Philippa rolt met haar ogen naar Mick en wendt zich dan tot mij. 'Ik hoop dat je haar hebt verteld dat je niet meer met haar wilt spelen? Ik hoop dat je haar hebt verteld dat ze kan ophoepelen en jou met rust moet laten.'

'Ja, dat heb ik gedaan,' zeg ik. 'Tenminste, dat heb ik geprobeerd. Maar ze is heel goed in het negeren van dingen die ze niet wil horen.'

'Je hebt het haar tenminste verteld,' zegt Philippa glimlachend. 'Je bent eindelijk weer bij je positieven gekomen. Je hebt ingezien dat ik gelijk heb. Ik moet toegeven dat ik daar heel erg blij om ben. Ze verdient het niet om jouw vriendin te zijn. En over die arme Robbie zal ik verder maar zwijgen. Maar ik hoop dat je er geen spijt van hebt? Je bent toch niet bang dat je haar gaat missen?'

'Nee.' Ik sla mijn handen voor mijn ogen. 'Al dat theatrale gedoe. Ik kon er niet meer tegen. Ze is echt zo ontzettend vermoeiend. Het klinkt gemeen, maar ik zal blij zijn als ik haar nooit meer hoef te zien. Ik wil niets van haar weten, ik wil haar niet zien, ik wil niet met haar praten. Ik heb mijn mobieltje uitgezet en laat dat voorlopig zo.'

'Zo te horen deed ze behoorlijk rottig aan de telefoon,' zegt Mick. 'Ze lijkt me zo iemand waar alleen maar narigheid van kan komen.'

'Dat is ook zo.' Philippa knikt en pakt nog een stuk pizza. 'Een en al narigheid.' Dan kijkt ze naar mijn bord, naar het stuk pizza dat ik nauwelijks heb aangeraakt. 'Je eet niet. Vind je het niet lekker?'

'Jawel hoor,' zeg ik, maar al dat gepraat over Alice heeft me een raar gevoel gegeven – en de pizza helpt er ook niet aan mee, te vet, te gekruid. 'Maar ik voel me gewoon klote. Als ik denk aan wat Alice Robbie heeft aangedaan, word ik gewoon misselijk. Jullie hadden Robbies gezicht moeten zien. Het was allemaal zo ongelooflijk.' Ik schuif mijn nog volle bord over tafel. 'Ik denk dat ik even water moet drinken.'

'Ik pak het wel.' Mick staat op en kijkt me fronsend aan. 'Ze is het niet waard dat je je rot voelt door haar. Vergeet haar nou maar. Je bent haar niets verschuldigd.'

Philippa kijkt Mick na terwijl hij naar de keuken loopt. Dan wendt ze zich glimlachend tot mij en fluistert: 'Hij houdt echt van je.'

'Dat weet ik,' zeg ik, en ik glimlach ook, maar ik voel me ineens zo moe en misselijk dat het me moeite kost om niet gewoon mijn hoofd op tafel te leggen en mijn ogen dicht te doen.

'Dit heeft hij nog nooit gehad bij een meisje. Echt helemaal nooit. Meestal laat het hem behoorlijk onverschillig. Altijd beleefd, maar onverschillig, als je snapt wat ik bedoel. En, als ik dat tenminste van mijn eigen broertje mag zeggen, hij is altijd nogal een hartenbreker geweest. Altijd meisjes zat die iets met hem wilden.'

Hoewel ik oprecht gefascineerd ben door wat Philippa vertelt – er is op dit moment eigenlijk geen onderwerp dat me meer zou kunnen interesseren – lukt het me niet om me te concentreren.

'Dat geloof ik graag,' zeg ik. In mijn keel voel ik de gal naar boven komen.

'Gaat het?' vraagt Philippa. 'Je ziet ineens lijkbleek.'

'Nee.' Ineens moet ik opstaan en van tafel weg. Ik ren naar de badkamer en ben net op tijd om het kleine beetje wat ik van de pizza heb gegeten er weer uit te kotsen.

# 31

Mick heeft vijf dagen vrij en die brengen we samen door. Mick repeteert en we doen boodschappen, maar verder verschansen we ons in zijn flat. We praten – Mick vertelt me over zijn jeugd, zijn toekomstdromen, zijn liefde voor muziek. Ik vertel hem over mijn jeugd, over het leven voor Rachels dood, over het leven erna. We zijn allebei hevig geïnteresseerd in elkaar, en hoewel ik Micks kamer haast niet uit kom, is er tijdens die vijf dagen geen enkel moment waarop ik me verveel of rusteloos word of wilde dat ik ergens anders was.

Op Micks laatste vrije dag bellen we Philippa en spreken we af om in een café in de buurt samen te gaan ontbijten. Ze zit al aan een tafeltje wanneer we er aankomen. Ze draagt een gele jurk en heeft haar haren in een paardenstaart. Ze ziet er mooi en fris uit, en volgens mij steek ik er in mijn verkreukelde T-shirt en spijkerbroek in vergelijking nogal sjofel bij af.

Ze is vrolijk en spraakzaam en al haar gepraat, haar energie, doet me beseffen dat ik me eigenlijk niet zo lekker voel, dat ik me al een paar dagen niet zo lekker voel. Normaal geniet ik van Philippa's vlotte gebabbel, maar vandaag put het me helemaal uit om naar al haar nieuwtjes te moeten luisteren en met net zoveel belangstelling en enthousiasme te moeten reageren. Stiekem verlang ik ernaar om terug te gaan naar Micks flat en meteen weer te gaan slapen.

Wanneer het eten komt – we hebben wentelteefjes en koffie besteld – voel ik de inmiddels vertrouwde oprisping van speeksel in mijn mond, de galsmaak achter in mijn keel.

'O god.' Ik sta op en sla mijn hand voor mijn mond. 'Sorry, jongens.' Ik ren naar de wc, buig me over de wc-pot heen en geef over. Maar omdat ik nog niks heb gegeten, komt er alleen maar een dunne sliert gal uit.

'Katherine? Ben je ziek?' Philippa's stem klinkt vlak achter me. Ik voel haar hand op mijn rug. 'Och arme.'

Ik ga rechtop staan, loop naar de wastafel, spoel mijn mond en was mijn gezicht. Ik kijk naar mezelf in de spiegel en schrik ervan hoe bleek en afgetrokken ik eruitzie naast Philippa, en heel even vraag ik me af of ik niet aan een of andere dodelijke ziekte lijd. Misschien is het mijn lot om jong te sterven, net als Rachel.

'Laatst moest je ook al overgeven,' zegt Philippa. 'Wat is het? Voedselvergiftiging? Een of ander virus?'

'Ik weet het niet.' Ik haal mijn schouders op, schep wat water in mijn mond en slik, in de hoop dat ik het binnen kan houden.

'Je moet echt naar de dokter.'

Ik knik.

'Misschien is het wel ochtendmisselijkheid.' Ze lacht. 'Misschien ben je wel zwanger.'

Zwanger. Hoewel Philippa een grapje maakt, weet ik, zodra ze het zegt, ineens vrijwel zeker dat dat het is. Het zou veel verklaren – de misselijkheid die komt en gaat, de verlammende vermoeidheid, mijn zere, opgezwollen borsten. En hoe ik ook mijn best doe, ik kan me niet herinneren wanneer ik voor het laatst ongesteld ben geweest.

'O shit,' zeg ik.

'Wat o shit?' We kijken naar elkaar in de spiegel. Philippa's ogen worden als schoteltjes zo groot wanneer ze mijn gezicht ziet. 'Wat? O mijn god. Dat meen je niet. Echt waar? Kan dat?'

'Fuck fuck.' Ik schud mijn hoofd. 'Ik weet het niet. Maar ik...'

'Wanneer ben je voor het laatst ongesteld geweest?'

'Dat is het punt. Dat kan ik me niet herinneren. O mijn god, Philippa, ik kan me niet eens herinneren dat ik überhaupt ongesteld ben geweest. Niet sinds ik met Mick ben. Dat zou ik me dan toch wel herinneren? Ik bedoel, dat zou ik me herinneren omdat hij het dan ook had gemerkt. Dan hadden we geen...' Ik probeer na te denken. Maar ik weet zeker dat ik in geen maanden ongesteld ben geweest. Dat zou ongemakkelijk zijn geweest in bed met Mick, ik had het moeten vertellen wanneer hij seks met me had gewild – en dat zou ik me zeker herinneren. 'Hoe kan het nou dat dat me niet is opgevallen? Hoe kan ik nou zo stom zijn geweest?'

Philippa trekt me tegen zich aan en slaat haar armen om me heen. 'Maak je niet druk. Het komt wel goed. En misschien ben je wel niet eens zwanger, misschien is het loos alarm. Je kunt ook wel eens een keertje overslaan door de spanningen. Dat heb ik gelezen. Ergens.'

'Maar ik heb niet echt last van spanningen gehad.'

'Misschien Alice? Of het eindexamen?'

'Ik wou dat het waar was. Maar ik geloof er niks van. Ik was juist gelukkig, Philippa, niet overspannen of zo,' zeg ik. Ineens dringt tot me door dat zich de laatste tijd vreemde veranderingen hebben voorgedaan in mijn lichaam, dat ik me heel raar heb gevoeld. 'Dus daarom zijn al mijn beha's ineens te klein. Zelfs mijn spijkerbroeken beginnen strak te zitten.'

'Misschien ben je gewoon wat aangekomen.'

'Nee.' Ik schud mijn hoofd. 'Wat moet ik nou doen? O Philippa, en die arme Mick, wat zal hij wel niet denken?'

'Die arme Mick? Doe niet zo stom. Hij is geen kind meer. Hij weet heus wel van de bloemetjes en de bijtjes. Als er eentje zielig is, ben jij het wel, met die borsten als watermeloenen.' Met grote ogen kijkt ze naar mijn borsten. Ze legt een hand voor haar mond om haar grijns te verbergen. 'Ze zijn echt behoorlijk gigantisch geworden eerlijk gezegd. Nu ik er op let.'

Ik kijk naar beneden, neem mijn borsten in mijn handen en til ze op. Ze zijn zwaar, vol, gevoelig. 'Jezus. Ja, hè? Waarom is dat verdomme niet eerder tot me doorgedrongen?'

'Te druk met rollebollen?'

'Blijkbaar.'

Ik leun over de wastafel. Kijk naar mezelf in de spiegel. Ik ben bleek, maar verder zie ik er niet anders uit. Aan de vorm van mijn gezicht, aan mijn ogen is niets veranderd. Het lijkt onmogelijk dat er misschien een nieuw leven in me groeit zonder dat het aan mijn gezicht te zien is, zonder dat ik het zelf weet. Zonder dat ik daar toestemming voor heb gegeven.

'Een kind,' zeg ik hoofdschuddend. 'Philippa. Dat is gewoon te... hoe kan... ik ben nog niet eens achttien.'

Ze knikt. 'Je bent nog een tiener.'

'Wat moet ik nou doen?'

'Dat weet ik niet.' Ze haalt haar schouders op, met een ernstig gezicht. 'Ik weet het niet, Katherine.'

Ik kijk naar mijn buik en spreid mijn vingers erover uit. Het is nauwelijks voor te stellen. Een nieuw leven. In mij.

Ineens pakt Philippa mijn arm beet en begint opgewonden te kakelen. 'Wat denk je, zul je het houden? Als je zwanger bent. Als je nagaat, is het behoorlijk cool, op allerlei manieren. Het zou vast heel schattig zijn en hartstikke mooi en slim. En Mick zou een fantastische vader zijn. En ik zou tante zijn. Ik zal voor jullie oppassen. Beloofd. Ik zou heel veel kunnen doen, ik zou jullie zo veel mogelijk helpen. Ik zal echt de allerbeste tante van de hele wereld zijn. En jij zou dan nog steeds kunnen gaan studeren. Mijn vader en moeder zouden ook helpen, ze zijn gek op baby's. En jouw ouders zouden toch ook wel helpen, denk je niet?'

Wanneer ik aan mijn ouders denk, moet ik kreunen. Ik sla mijn handen voor mijn gezicht. 'Philippa! Hou op. Alsjeblieft.

Zeg dat soort dingen nou niet. Ik weet het nog niet eens zeker. En ik moet het eerst aan Mick vertellen. Dat soort beslissingen kan ik nu helemaal niet nemen.'

'Nee. Natuurlijk niet. Sorry.' Ze is even stil en zegt dan: 'Laten we een test gaan kopen. Op weg naar Micks huis zit een drogist.'

Ik knik en kijk weer naar de wastafel. Philippa heeft natuurlijk gelijk, ik zou onderweg naar huis een test moeten kopen, zo snel mogelijk zekerheid krijgen, het tegen Mick zeggen. Maar dit is iets wat ik in mijn eentje wil doen. Zonder gezelschap, zonder publiek. Ik houd mijn blik op mijn handen gericht terwijl ik ze was, me afvragend hoe ik dat aan haar kan vertellen zonder haar te beledigen. Maar wanneer ik zuchtend opkijk, is het alsof ze mijn gedachten heeft gelezen.

'Luister,' zegt ze. 'Waarom ga jij niet vast vooruit naar Micks huis? Dan koop je onderweg die test. Ik zal Mick nog een tijdje hier houden, dan eten we ons ontbijt op. Jij doet de test, en wanneer hij dan thuiskomt, kun je het hem vertellen. Als dat nodig is.' Ze glimlacht. 'Ik kom niet mee. Ik denk dat jullie het wel zonder mij afkunnen.'

'Oké.' Ik glimlach dankbaar. 'Dat zou fijn zijn. Dank je.'

'Maar je laat het me toch wel weten, hè?' vraagt ze. 'Gauw? Morgen?'

We gaan terug naar onze tafel en ik zeg tegen Mick dat ik misselijk ben en alvast naar huis ga. Hij komt bezorgd overeind en zegt dat hij meegaat. Maar Philippa en ik weten hem over te halen om te blijven en zijn ontbijt op te eten.

'Het is maar drie minuten lopen,' zeg ik lachend. 'Stommerd. Ik red me heus wel.'

Hij kijkt me bezorgd aan wanneer ik bij de deur van het café naar hem zwaai. Ik lach zo geruststellend mogelijk en begin te lopen. Het is lekker om buiten te zijn, in de frisse lucht, weg uit de bedompte, gesloten atmosfeer van het café waar het te sterk naar koffie en bacon ruikt. Normaal gesproken krijg ik trek van die geuren, maar vandaag zijn ze alleen maar overweldigend, misselijkmakend.

Ik twijfel er nauwelijks aan dat ik zwanger ben. Alles klopt – de misselijkheid, de rare vermoeidheid van de laatste tijd, mijn opgezwollen borsten. En ik weet nu ook bijna zeker dat ik niet ongesteld ben geweest sinds de eerste keer dat ik met Mick heb geslapen. En hoewel we behoorlijk voorzichtig zijn geweest en meestal condooms hebben gebruikt, zijn we een paar keer slordig geweest en dachten we dat er niets kon gebeuren als Mick niet in me klaarkwam. Blijkbaar hadden we het mis.

Ik ga de drogist in en zoek in de gangpaden naar een test. Omdat het de eerste keer is dat ik er eentje moet kopen en ik niet zo goed weet waar ze liggen of hoe ze eruitzien, drentel ik een tijdje verloren rond tot er een meisje op me afkomt dat vraagt of ze me ergens mee kan helpen.

'Ja. Eh, een zwangerschapstest?'

Iets in mij verwacht dat ze geschokt zal zijn, dat ze me de les gaat lezen over veilig vrijen en voorbehoedsmiddelen, maar aan niets is te zien wat ze denkt en zonder ook maar een seconde te aarzelen, zegt ze: 'Oké. Die liggen daar.' En op beleefd neutrale toon legt ze me de verschillen uit tussen de testen en loopt met me mee naar de kassa waar ze de test in een bruine papieren zak stopt. Toch vraag ik me steeds af wat ze denkt. We zijn ongeveer even oud en ik neem aan dat ze blij is dat ze mij niet is, blij dat ze dit probleem niet heeft, dat ze zich tevreden en superieur en veilig kan voelen in haar verstandige witte uniform.

Ik wil net de zaak uit lopen wanneer ik op de schouder word getikt.

'Zo, zo, Katherine,' klinkt een luide stem achter me, en ik voel al het bloed uit mijn gezicht wegtrekken wanneer iemand voor me komt staan en ik besef wie het is. Alice. 'Wat zou Helen daar wel niet van denken?' vraagt ze.

Ik hou mijn pakje afwerend tegen mijn borst geklemd. Ik voel me eigenaardig geïntimideerd, bang zelfs, en ik heb plotseling de neiging om het op een lopen te zetten. Er is geen enkele warmte in haar gezicht te ontdekken, en nu ik zo voor haar sta, kan ik me nauwelijks meer voorstellen dat we vriendinnen zijn geweest.

Met een knikje naar het pakje vraagt Alice: 'Stout geweest?'

Ik wil wat zeggen – het ontkennen, uitleggen, mezelf rechtvaardigen – maar besluit dat ik dat niet hoef. Ik ben Alice niets verschuldigd. Ze heeft niets meer met mijn privéleven te maken. Schouderophalend wil ik langs haar heen lopen, maar voordat ik nog maar een stap heb gezet, legt ze haar hand op mijn schouder en brengt haar gezicht akelig dicht bij het mijne.

'Denk maar niet dat je hiermee wegkomt.' Haar stem klinkt kwaadaardig, een lage brom. 'Ik weet best dat mensen als jij denken dat je mensen als ik gewoon kunt dumpen. Dat weet ik best. Maar zo gemakkelijk kom je niet van me af.'

'Van je afkomen?' Ik probeer te lachen, maar het klinkt hol, weinig overtuigend. 'Is dat soms een dreigement? Volg je me soms?'

Ze glimlacht alleen maar.

'Laat me met rust, Alice,' zeg ik, mezelf dwingend om haar in de ogen te kijken. 'Laat me met rust, anders...'

'Wat?' Ze trekt haar wenkbrauwen overdreven verbaasd op. 'Anders ga je de politie bellen? Hè? Is dat het? Ga je dat doen?'

'Nou ja, desnoods. Als jij je als een gekkin gedraagt, dan zal ik je ook zo behandelen.'

'Ja, natuurlijk ga je dat doen. Maar dat wist ik al. Want ik ken je, weet je. Ik ken je beter dan je denkt. Maar ik heb niet echt iets gedaan, toch? Wat zou je de politie moeten vertellen? Deze keer zul je niemand anders de schuld kunnen geven.' Ze glimlacht zoetsappig, houdt haar hoofd scheef en zegt op een gemaakt onschuldig toontje: 'Bovendien zijn we toch vriendinnen? Vriendinnen voor altijd?'

Ik schud mijn hoofd en loop langs haar heen. 'Ga weg, Alice,' zeg ik. 'Ga nou maar gewoon weg. Ik heb geen idee waar je het over hebt. Je hebt hulp nodig. Je moet met iemand praten. Je bent gestoord.'

'Misschien wel,' zegt ze lachend, terwijl ik snel wegloop. 'Maar misschien ben jij ook wel degene die gestoord is, Katherine. Heb je daar wel eens over nagedacht? Misschien ben jij het wel.'

Ik loop met grote passen door en dwing mezelf om niet achterom te kijken, niet voordat ik de hoek van Micks straat omsla. Dan stop ik en kijk achterom. Eerst zie ik haar niet en ik raak even in paniek, bang dat ze zich ergens verscholen houdt, dat ze me volgt, maar dan zie ik haar ineens weer. Ze staat nog steeds vlak bij de etalage van de drogist. Ze praat met een lange, aantrekkelijke man – ongetwijfeld is ze aan het flirten – en lijkt daar helemaal in op te gaan.

Het is waarschijnlijk belachelijk van me en ik maak me dan ook vast zorgen om niets, maar ik wil niet dat ze weet waar ik zit en dus sla ik de hoek om en ren zo hard mogelijk naar Micks flat. Met trillende handen stop ik de sleutel in het slot en gooi de deur met een klap achter me dicht. Eenmaal binnen kalmeer ik meteen – het is er allemaal zo vertrouwd en gewoon, zo sjofel en gezellig en veilig, dat ik onwillekeurig moet giechelen om het hysterische gevoel van daarnet. Het doet me denken aan vroeger, toen ik bang was in het donker. Ik rende dan altijd in paniek en doodsbang naar mijn ouders, waar ze dan ook waren – het licht, de warmte, de veiligheid van mensen om me heen – en dan voelde ik me meteen getroost. Net als het donker kan Alice me niet echt iets aandoen. Niet als ik dat niet toesta. Misschien dat ze een en al duisternis en mysterie en verborgen dieptes is, ze bezit geen echte macht. Niet echt.

Ik loop naar de badkamer en ga voor de spiegel staan. Mijn ademhaling is snel door al dat geren en mijn gezicht is bleek. Ik zie er vreselijk uit. Ik heb een knoop in mijn maag van angst en het duurt even voordat ik me weer herinner dat ik wel iets anders heb om me druk over te maken. Iets echts. Iets ernstigs. Iets wat het leven van mij en Mick voorgoed kan veranderen. En dat helemaal niets met Alice te maken heeft.

Ik open het doosje en plas, zoals de gebruiksaanwijzing zegt, op het staafje. Ik leg het staafje op de rand van de wastafel zonder ernaar te kijken. Dan ga ik naar de huiskamer en begin te ijsberen, heen en weer, heen en weer, tot ik denk dat er genoeg tijd is verstreken. Ik keer terug naar de badkamer en pak het witte plastic staafje op. Er zijn twee heel duidelijke parallelle roze streepjes te zien.

Ik lees de gebruiksaanwijzing nog eens door. Twee streepjes betekent positief. Ik ben zwanger.

Ik smijt de test van me af – alsof hij kokend heet is, of gevaarlijk – en zie hem op de vloer kletteren. Hij landt met de streepjes naar boven – twee krachtige ondubbelzinnige streepjes die me lijken te beschimpen. En hoewel ik er eigenlijk al behoorlijk zeker van was dat de test positief zou uitvallen, is de realiteit toch heel beangstigend, ongelooflijk. Ik voel mijn hart snel in mijn borstkas kloppen, ik proef de smaak van schrik en angst in mijn mond. Ineens kan ik me niet meer bewegen, ik kan niet meer staan, en ik laat me op de vloer zakken en leg mijn hoofd op mijn opgetrokken knieën. Zo blijf ik zitten, met een hoofd vol beelden van een verwoeste toekomst, tot ik Micks sleutel in het slot hoor, zijn voetstappen, zijn stem die mijn naam roept. En dan is hij al in de badkamer, met zijn armen om me heen, en hij vraagt wat er is.

Ik kijk niet op, ik zeg niets – het is te moeilijk om te praten, te moeilijk om Mick op dit moment in de ogen te kijken – ik wijs alleen naar het staafje.

'Wat?' vraagt hij. Ik hoor dat hij het oppakt.

En dan is hij alweer terug. Hij gaat voor me zitten. 'Ben je zwanger?' Hij klinkt verbaasd en geschokt, maar niet zo dodelijk geschrokken als ik had verwacht. Niet boos.

Ik kijk op. Ik knik.

'Wauw.' Hij wrijft over zijn gezicht. Ik hoor zijn vingers over de stoppeltjes schrapen. 'Ik weet niet wat ik moet zeggen.'

'Nee.'

Hij zit even zwijgend naar de test te staren. Dan kijkt hij mij aan. 'Dus, eh, is dit echt heel erg?'

'Ja, natuurlijk is het erg. Ik ben zwanger, Mick. Ik ben zeventien.' Ik ga rechtop zitten, met mijn benen gekruist, recht tegenover hem, zodat onze knieën elkaar raken. 'Ik ben zeventien, Mick. Zeventien.'

Hij legt zijn hand op mijn knie en praat voorzichtig alsof hij bang is me boos te maken. 'Oké. Het is een schok. Maar het is niet het einde van de wereld. Ik bedoel, we kunnen er iets aan doen. Het kan verholpen worden. Als je dat wilt.'

'Abortus. Dat weet ik. Zeg dat klotewoord nou maar gewoon. Ik ben niet achterlijk.'

'Oké. Abortus. Dat kunnen we doen. Als je dat wilt.'

Ik knik, haal mijn schouders op, kijk hulpeloos naar de tegeltjes op de muur, naar het douchegordijn, alles is beter dan zijn ernstige, lieve gezicht.

'Maar het hoeft niet,' zegt hij, zich naar voren buigend zodat ik hem wel moet aankijken. 'Je hoeft geen abortus te laten plegen, Katherine. Ik zeg niet dat je dat moet doen.'

'Wat is het alternatief, Mick? Een kind krijgen? Op mijn zeventiende? Ben je wel goed bij je hoofd?'

'Het gebeurt wel vaker, hoor. Het is ook weer niet zo totaal ongehoord of onmogelijk, hoor.'

'Ik weet ook wel dat het niet onmogelijk is. Ik ben niet helemaal achterlijk. Ik ben alleen maar zwanger, Mick, niet ineens hersendood.'

Hij zucht. 'Je hoeft niet zo boos te doen. Ik ben je vijand niet.'

'Sorry.' Ik pak zijn hand. 'Ik ben gewoon... ik vind het ongelooflijk dat we dit hebben laten gebeuren.'

'Ik vind het ook ongelooflijk.'

'Shit.' Ik knijp in zijn hand. Hard. 'Meisjes zoals ik krijgen geen kinderen, Mick. Meisjes als ik gaan studeren, carrière maken. Mijn ouders zullen er echt kapot van zijn. Die gaan echt helemaal over de rooie.'

'Je kunt nog steeds gaan studeren. Er zijn wel meer mensen die dat doen. Het komt echt wel vaker voor. En het is ook weer niet zo dat je een alleenstaande moeder zult zijn.' Hij knijpt mij ook in de hand, nog harder zelfs, en glimlacht. 'Laten we je ouders even buiten beschouwing laten. Laten we even niet denken aan wat anderen ervan zullen vinden. Je kunt geen beslissing nemen die is gebaseerd op wat anderen vinden. Dat is stom.'

Hij heeft gelijk natuurlijk. Veel van mijn afschuw bij het idee van deze zwangerschap is gebaseerd op wat andere mensen ervan zullen denken. Mijn ouders, mijn vrienden en vriendinnen van school, mijn docenten. Ik zie mezelf voor me met een enorme buik en daarna met een krijsende baby – mensen die staren, fluisteren, medelijden met me hebben. Met al die ingebeelde afkeuring in mijn hoofd is het moeilijk te weten wat ik zelf denk, wat ik echt wil.

'Ik ga thee zetten,' zegt Mick. Hij staat op en trekt me overeind. 'Ga jij anders nog even op bed liggen.'

Ik volg zijn voorstel op en het lukt me op de een of andere manier, ondanks alles wat er door mijn hoofd schiet, in een diepe slaap te vallen. Wanneer ik wakker word, zit Mick naast me op bed in een muziektijdschrift te bladeren.

'Hoi.'

'Hoi.'

'Voel je je al wat beter?' Hij legt een hand op mijn voorhoofd en ik begin te lachen.

'Ik heb heus geen koorts, stommerd.'

'Dat weet ik, dat weet ik. Maar deed jouw moeder dat dan nooit als je ziek was? En vond je dat dan niet fijn? Alsof je echt iets ergs had en misschien wel een hele week thuis mocht blijven of zo?'

'Maar ik ben niet ziek. Ik ben zwanger.'

'Dat is waar. Maar je bent ook bedroefd.'

Ik ga rechtop zitten. 'Is dat zo? Ben ik bedroefd?'

'Dat weet ik niet. Ben je dat?'

'Dat weet ik niet. Ben jij het?'

Hij lacht. 'Wel als jij het bent. Niet als jij het ook niet bent.'

'Ik weet het niet goed. Om de een of andere reden lijkt het ineens minder erg.' Ik haal mijn schouders op en glimlach verlegen. 'Misschien ben ik nog aan het dromen of zo.'

Hij knijpt in mijn arm. 'Voel je dat?'

'Ja.'

'Dan ben je niet aan het dromen.'

'Maar even serieus,' zeg ik. 'Wat vind jij ervan? Is het heel erg? Dat ik zwanger ben?'

'Jezus, Katherine. Dat weet ik niet. Misschien is het niet het einde van de wereld.' Hij glimlacht – vriendelijk, voorzichtig, langzaam – terwijl hij me onderzoekend blijft aankijken. 'Maar het is wel iets heel groots.'

'Dat is zo.' Ik weet niet waarom een paar uur slaap mijn kijk op de dingen heeft veranderd, maar opeens is deze zwangerschap veranderd van een schokkende ramp in iets wat ik misschien wel wil. Ik lach – er bruist plotseling iets van hoopvolle opwinding op in mijn buik, mijn keel. 'Het is verdomme wel wat, zeg.'

'Mijn god. Een kind.'

'Ja,' zeg ik. 'Een kind.'

'Ons kind.'

'Ja.'

'We kunnen toch niet iets doodmaken wat we samen hebben gemaakt? Het is ons kind. Van ons. Een beetje van jou en een beetje van mij,' zegt hij.

'Nee.'

'Ik bedoel, tenzij je dat echt wilt. Maar dat wil je niet, hè? Een abortus? Toch?'

'Nee. Nee, dat wil ik niet.' Ik sta mezelf toe te glimlachen, te hopen. 'Ik geloof dat ik het misschien wel wil houden. Ik geloof echt dat ik het wil houden.'

De rest van de dag verkeren we in een soort half hysterische shock. De volgende ochtend vertellen we het aan Philippa, en die reageert zo opgewonden, zo enthousiast en heeft zoveel ideeën voor de toekomst dat we allebei van verlegen verrukking moeten lachen. Ik ben nog steeds misselijk, maar nu ik weet wat de oorzaak is, kan ik er beter tegen. En nu ik weet dat ik niet echt ziek ben, lijkt de overweldigende uitputting, mijn vermogen om wanneer dan ook te gaan slapen, slechts een mild en zelfs vreemd aangenaam symptoom van het feit dat mijn lichaam druk bezig is een ander menselijk wezen te maken.

We gaan naar de bibliotheek en halen een hele stapel boeken over zwangerschap. In de boeken staan glanzende foto's van embryo's in diverse stadia van ontwikkeling. We proberen uit te rekenen hoeveel weken oud onze baby is en zoeken er de bijbehorende foto bij. Het is een verbazingwekkende gedachte dat onze baby waarschijnlijk al armen en benen, ogen, een mond, een neus, heeft. Een hartslag.

Mick vindt dat we een flat moeten zoeken en samen gaan wonen. 'Dit is het,' zegt hij. 'Ik heb mijn hele leven al van een meisje zoals jij gedroomd. Ik heb niet meer tijd nodig, ik hoef je niet beter te leren kennen. Ik wil gewoon bij je zijn.' En wanneer ik me hardop afvraag of het niet te snel is, of het niet te serieus is ineens, schudt hij lachend zijn hoofd. 'We krijgen een kind, Katherine. Veel serieuzer dan dat kan niet. Het is te laat om het nu nog rustig aan te gaan doen. Het is te laat om het verstandig aan te pakken.' En dan omhelst hij me, kust hij me. 'Maak je niet druk. Het komt allemaal goed. Maak je maar niet druk.'

Midden in de nacht fluistert hij tegen me: 'Laten we gaan trouwen. Op het gemeentehuis. Morgen.'

Ik lach en zeg: 'Echt niet. Ik ben pas zeventien, doe niet zo gek.' Maar eigenlijk vind ik zijn romantische idee heel opwindend, het idee dat hij net zo verliefd is als ik. Dat hij zelfs overweegt om met me te trouwen.

Samen een flat huren is echter niet zo'n idioot idee. Het lijkt zelfs erg logisch. Mick kan natuurlijk onmogelijk bij Vivien intrekken, en zijn flat is veel te klein. Bovendien kunnen we moeilijk van zijn flatgenoot verwachten dat hij blij zal zijn met een baby in huis.

De volgende ochtend word ik al vroeg wakker, nog voor Mick. Ik sta op en zet een pot thee. Met de theepot en de krant van gisteren ga ik terug naar Micks slaapkamer. Ik stap weer in bed, sla de krant open en kijk naar de te huur-advertenties.

'Dit klinkt wel cool,' zeg ik na een tijdje. 'Eén slaapkamer, houten vloeren, nieuwe keuken. Niet al te ver van Bondi Beach. Drievijftig per week.'

Mick doet zijn ogen open en begint langzaam te glimlachen wanneer tot hem doordringt wat ik net heb gezegd. 'Lees nog eens voor,' zegt hij. 'Ik heb het niet goed gehoord.'

'Eén slaapkamer, houten vloeren, nieuwe keuken,' zeg ik, maar bijna meteen wordt mijn enthousiasme gedempt door minder prettige gedachten. Ik slaak een zucht. 'Ik zal mijn ouders moeten bellen. Die willen je dan vast meteen leren kennen. We kunnen echt niets doen zonder dat ik ze over jou heb verteld. Zij betalen mijn huur, mijn auto, ik krijg een toelage van ze, ik word helemaal door hen onderhouden.'

'Natuurlijk.' Mick gaat rechtop zitten en legt een hand op mijn been. 'Maar we redden ons wel. Zelfs als zij niet willen blijven betalen als we gaan samenwonen. Op de een of andere manier vinden we er wel wat op. Ik ga ook overdag werken.'

'Dat hoeft niet. Zo zijn ze niet. Ze zullen mijn toelage echt niet stopzetten of zo. Voor mij doen ze alles.'

'Dat snap ik.'

'Maar weet je, één ding zullen ze nooit accepteren. Nooit. Nog in geen honderd jaar.'

'Wat dan?'

'Jouw motor. Ze zouden echt uit hun vel springen bij het idee alleen al dat ik wel eens bij je achterop heb gezeten.'

'Tja.' Hij haalt zijn schouders op. 'Mijn ouders hebben er ook een hekel aan. Het zijn ook gevaarlijke dingen.'

'Waarom heb je er dan een? Als je ze zo gevaarlijk vindt?'

'Het is leuk.' Hij grijnst. 'Lekker snel. Je kunt moeilijk je hele leven overal bang voor zijn.'

'Ik ben niet overal bang voor,' zeg ik, ineens geïrriteerd. 'Dat is niet eerlijk en bovendien heb ik al vaak genoeg op dat stomme ding gezeten. En ik...'

'Ik heb niet gezegd dat je overal bang voor was,' onderbreekt hij me. 'Ik had het niet over jou. Ik bedoelde "je" in algemene zin, iedereen.' Hij fronst en zijn stem klinkt kortaf en onvriendelijk als hij zegt: 'Maar maak je niet druk. Ik was toch al van plan om hem te verkopen.'

'Goed zo. Heel verstandig. We hebben mijn auto toch?' zeg ik, net zo abrupt. 'Het is zonde om dood te gaan voor een beetje lol. En waarom blaas je het eigenlijk zo op? Je doet net alsof het een enorme zelfopoffering is om dat ding weg te doen.'

'Het is ook een opoffering. Het is mijn motor. Ik hou van mijn motor.'

Ik kijk hem ongelovig aan. 'Je houdt van je motor?'

'Ja.'

'Maar het is een dood ding. Je kunt niet van een ding houden, van een of ander stom stuk metaal.'

'Nou, ik wel. Ik vind het rot om hem te moeten verkopen. Ik zal hem missen.'

Ik gooi de krant opzij, sta op en plant mijn handen in mijn heupen. 'Je zult hem missen?' vraag ik, inmiddels bijna in tranen. Ik weet dat ik irrationeel doe, dat ik overdreven reageer, maar ik kan er niets aan doen. 'Je vindt het rot om hem te verkopen?' Woedend wijs ik naar mijn nog steeds platte buik. 'En ik dan? Hoe zit het met alle zelfopofferingen die ik me zal moeten getroosten? Alle dingen die ik rot zal vinden?'

Hij hapt echter niet toe, hij gaat niet tegen me in. In plaats daarvan steekt hij zijn hand naar me uit. 'Kom weer in bed.'

'Nee.'

'Alsjeblieft?'

'Nee.'

'Ik haat die motor,' zegt hij. 'Hij is lelijk, hij is rood en ik haat rood. Jij bent veel mooier. En je ruikt ook lekkerder.'

Ik probeer boos te blijven, om ernstig te blijven kijken, maar toch moet ik lachen. 'Je bent knettergek,' zeg ik, en dan klauter ik weer in bed, onder het dekbed, en ga dicht tegen hem aan liggen. 'Ik vind de motor ook leuk. Ik snap niet waarom ik zo kattig doe. Ik vind het ook rot dat hij weg moet.'

'Dat weet ik.'

'Maar als mijn vader en moeder zouden weten dat...'

'Dat weet ik. Maak je nou maar niet druk. Ik vind jou leuker dan de motor. Een beetje dan.'

'Ik zal je aan ze moeten voorstellen,' zeg ik. 'Gauw.'

'Ja. En ik jou aan mijn ouders. En dan is het allemaal officieel.'

'Ik weet het.' Zuchtend verberg ik mijn gezicht tegen zijn borst. 'Word je daar ook niet een beetje zenuwachtig van? Dat ze zullen denken dat we gek zijn? Een kind? Nu al op zoek naar een flat? Samenwonen?'

'Ik weet wel zeker dat ze ons gek zullen vinden. In het begin wel tenminste. We zullen ze gewoon moeten laten zien dat ze het bij het verkeerde eind hebben. En wanneer mijn ouders je eenmaal leren kennen, zullen ze meteen van je houden.'

'En de mijne ook van jou,' zeg ik.

Ik wou echter dat ik me net zo zeker kon voelen als ik klink. Ik geloof niet echt dat mijn vader en moeder blij zullen zijn met de situatie. Helemaal niet. Ik zie hun gezichten al voor me als ik het hun vertel – de zwijgende afkeuring van mijn moeder, de schok van mijn vader. Ze zullen niet veel zeggen, geen woede tonen, ze zouden nooit tegen me gaan blèren of schreeuwen, maar ik weet zeker dat ze het een regelrechte ramp zullen vinden, een soort catastrofe, en hun gepijnigde blik zal duizend keer moeilijker te verdragen zijn dan welke woede-uitbarstingen dan ook. Ik zou nog liever hun geblèr en geschreeuw aanhoren.

Ik maak me niet alleen druk om hun reactie op de zwangerschap, ik voel me ook opnieuw schuldig wat Rachel betreft. Mijn leven ontvouwt zich, gaat door, begint op nieuwe en onverwachte manieren vorm te krijgen. Zoals mijn therapeut goedkeurend zou hebben gezegd: ik ga verder met mijn leven. De dood van Rachel is niet langer het middelpunt van mijn bestaan, niet langer datgene wat mij tot mij maakt, en ik begrijp nu dat het onvermijdelijk is dat hoe langer ik leef, hoe meer dingen ik meemaak, hoe onbelangrijker haar leven en dood zullen worden. Ik zal vergeten. Ik zal haar niet meer elk moment van elke dag missen. Dat voelt op de een of andere manier als verraad, weer een voorbeeld van hoe ik wegren en haar achterlaat.

En dat is iets wat mijn ouders ook vast verdriet zal doen. Iedere keer dat er iets groots in mijn leven gebeurt, van eindexamen doen tot verliefd worden tot zwanger raken, zal dat ons onwillekeurig weer op wrede wijze herinneren aan wat Rachel nooit zal meemaken, nooit zal doen.

Ik sluit mijn ogen en probeer niet na te denken over Rachel of mijn ouders. Ik nestel me dicht tegen Mick aan en adem de inmiddels vertrouwde geur van zijn huid op. En hoewel ik net een uur wakker ben, ben ik alweer moe en laat ik mezelf in een diepe slaap van vergetelheid zakken.

# 32

'Het is best leuk,' zeg ik, terwijl ik nog een keer om me heen kijk in de zonovergoten huiskamer. 'Wel een beetje klein, maar heel zonnig en gezellig. Mick zal het ook vast wel leuk vinden, hè?'

De flat is klein maar licht, met houten vloeren en witte muren. Er is een piepkleine slaapkamer met een nog piepkleiner kamertje eraan vast, aangeprezen als studeerkamer, dat perfect zou zijn voor de baby. Er is een huiskamer met tegen één muur het kleinste keukenblokje dat ik ooit heb gezien. Het is eigenlijk niet veel meer dan een gootsteen en een gasfornuis en een kast. Maar al met al is het er schoon en fleurig.

Philippa, die naast me staat, slaat een arm om mijn schouders. 'Hij vindt het fantastisch,' zegt ze. 'Omdat jullie hier samen zullen zijn.'

'Vind je het niet te klein?'

'Ik vind het gezellig.'

'We passen er toch allemaal wel in, hè? Mick en ik en de baby?'

'Natuurlijk wel. Hoeveel ruimte heeft een baby nou nog nodig?'

'Zal ik me er dan maar voor inschrijven?'

'Absoluut. En vraag of je morgen nog een keertje kunt komen kijken. Met Mick. Hoewel ik zeker weet dat hij het fantastisch vindt, maak je daar nou maar niet druk over.' Glimlachend drentelt ze door de kleine kamer. 'Ik zie het al helemaal voor me. Jullie gezinnetje. Het wordt echt te gek. Net een sprookje. En ze leefden nog lang en gelukkig. Een prinses in haar kasteel.'

'Een lilliputterkasteel. Een kabouterkasteel,' zeg ik lachend. Maar het beeld dat Philippa van mijn toekomst schetst, bevalt me wel. Haar optimisme en overtuiging dat we gelukkig kunnen worden, bevallen me wel.

Ik vul het inschrijfformulier in en geef het aan de makelaar, daarna lopen Philippa en ik via het gemeenschappelijke trappenhuis naar beneden, de straat op.

'Laten we ergens gaan lunchen,' zegt ze. 'Heb je honger?'

'Ja. Ik heb continu honger. Het punt is alleen dat ik van heel veel dingen die ik vroeger lekker vond, nu moet kotsen.'

Terwijl Philippa en ik het hebben over waar we zullen gaan lunchen, zie ik Alice ineens staan. Hoewel ze aan de overkant van de straat staat, kan ik me niet verstoppen of proberen onopgemerkt de dichtstbijzijnde winkel in te glippen, want ze heeft ons al gezien. Ze staart ons doodstil aan, met een raar lachje op haar gezicht. Mijn hart begint te bonken. Dit kan geen toeval zijn. Ze volgt me.

'Wat? Wat is er?' Philippa draait zich om om te kijken wat ik heb gezien. 'O shit. Alice.'

Alice wuift. 'Katherine! Wacht! Wacht even!' En voordat we de kans hebben om weg te lopen, steekt ze de straat al over en komt snel op ons af lopen.

'Hoe gaat het met je? Hoe is de test uitgevallen? Is het geworden wat je had verwacht?' Ze richt zich tot mij en vermijdt het om Philippa aan te kijken.

Ik weet best dat ik in beweging moet komen, dat ik gewoon weg moet lopen, maar ik blijf als verlamd staan.

'Helen vindt het vast heerlijk dat ze nu oma wordt.' Ze slaat haar armen over elkaar en kijkt me gemeen aan. 'O, je hebt het haar natuurlijk nog niet verteld, hè? Je houdt wel van gore geheimpjes, hè, Katherine? Braaf burgertrutje?' zegt ze. 'O, en met mij gaat het overigens goed, echt fantastisch, leuk dat je ernaar vraagt.' Ze glimlacht – een snel, onnatuurlijk trekken met haar lippen – en dan fronst ze ineens. 'Hoewel ik moet toegeven dat ik ook een beetje boos ben, weet je, ik ben een beetje boos op iemand die ik altijd als mijn vriendin beschouwde.'

'We hebben haast, Alice,' zegt Philippa. 'We moeten er weer vandoor.'

Alice negeert haar. 'Hoewel het me natuurlijk helemaal niet zou moeten verbazen. Met de wetenschap die ik heb. Een vos verliest zijn streken niet. Eens een lafaard, altijd een lafaard. Vind je ook niet, Katherine?' Ze gooit haar hoofd in haar nek en lacht hatelijk. Dan stopt ze ineens en neemt me onderzoekend op. 'Maar je bent niet zomaar een lafaard, hè, Katherine? Je hebt je zusje alleen achtergelaten en toen werd ze vermoord. Welbeschouwd is ze waarschijnlijk vermoord omdat je haar alleen hebt achtergelaten. Heb je daar wel eens bij stilgestaan? Die jongens wilden jullie waarschijnlijk alleen maar verkrachten. Waarschijnlijk raakten ze in paniek toen ze ontdekten dat jij weg was. Toen zijn ze in paniek geraakt en hebben ze die arme kleine Rachel vermoord. Dus je bent niet alleen een lafaard, hè, Katherine? Je bent eerder een soort medeplichtige. Ik bedoel, eigenlijk is het jouw schuld dat je zusje dood is, hè? Maar je hebt je eigen huid gered. Ten koste van Rachel heb je je eigen dure huidje gered.'

'Hou je bek, Alice,' kapt Philippa haar af, op lage, kille en ernstige toon. Ze pakt mijn bovenarm beet en trekt me dicht tegen zich aan. 'Hou die stomme klotebek van je, anders geef ik je zo'n pak slaag dat je een week buiten westen bent.'

Philippa's woorden, haar onverwachte agressie, verrassen me zo dat ik haar alleen maar met open mond kan aanstaren.

'O. Oké dan.' Alice neemt Philippa met een spottende blik van top tot teen op. Maar haar hooghartige zelfvertrouwen is weg en in haar stem klinkt ineens iets onzekers door. 'Dus tegenwoordig ga je met dit soort mensen om, Katherine? Met uitschot? Nou ja, wel logisch ook. Soort zoekt soort zeggen ze toch?'

Philippa slaat haar arm om mijn schouders en draait me weg van Alice. We beginnen snel de andere kant uit te lopen.

'Dag, dames!' roept Alice ons na, op gespeeld beleefde toon. 'Het was enig om jullie weer eens te zien. Hopelijk tot gauw!'

'Niet te geloven dat je dat zei,' zeg ik. Ik schud mijn hoofd, niet alleen uit afschuw om Alice, maar ook uit een soort verbaasde geamuseerdheid om Philippa's onverwachte moed.

'Ik weet het. Maar ik kon er niks aan doen, ze maakte me zo woest.' Ze zucht. 'Mijn moeder zou zich doodschamen.'

'Ik vond het te gek. Net alsof de koningin ineens dreigt om iemand in elkaar te slaan of zo. Echt fantastisch.'

Philippa kijkt even achterom. 'We hoeven niet meer zo hard te lopen. Ze gaat de andere kant uit. Ze is echt verschrikkelijk, Katherine. Ze is echt behoorlijk gestoord. Het is gewoon eng.'

'Ik weet het. Denk je dat ze me volgt? Ze duikt steeds op de meest onverwachte plekken op. Dat kan toch geen toeval zijn.'

'Ik zie haar er wel voor aan dat ze je volgt. Ze kan het vast niet uitstaan dat je haar niet meer als vriendin moet. Dat kan ze gewoonweg niet accepteren. Ze voelt zich waarschijnlijk gekwetst, of haar enorme ego is aangetast.' Philippa blijft staan en kijkt me aan. 'Maar je trekt het je toch niet echt aan, hè? Wat ze allemaal zegt? Al die rotdingen over Rachel? Je weet best dat het onzin is wat ze zegt.'

'Maar het valt moeilijk te negeren,' zeg ik. Ik kijk naar de stoep terwijl ik snel spreek. 'Want ze heeft wel gelijk. Ik heb Rachel daar achtergelaten. Ik ben weggerend. Dat was iets waar de verdediging tijdens de rechtszaak ook op wees. Ze zeiden dat het nooit de bedoeling van die jongens was geweest om iemand te vermoorden. Dat het alleen maar was gebeurd omdat ze in paniek raakten. Dat ze helemaal doordraaiden toen ik er niet meer bleek te zijn.'

'Nou en? Natuurlijk zeiden ze dat. Ze zouden heus niet zeggen dat die jongens de hele tijd al van plan waren om Rachel te vermoorden. Dat was gewoon de enige verdediging die ze konden aanvoeren. Maar dat wil nog niet zeggen dat het waar is.'

Ik draai me om en zie Alice in tegenovergestelde richting wegbenen. 'Maar hoe weet ze zo precies wat ze moet zeggen? Hoe komt het dat ze altijd het meest kwetsende weet te verzinnen? Hoe kan iemand die zo egocentrisch is toch zoveel inzicht hebben?'

'Omdat ze vanbinnen door en door verrot is. Ze is gewoon een ervaren bitch. Ze voelt precies aan wat het rottigst is om te zeggen. En bovendien heeft ze waarschijnlijk kranten gelezen of zo. Onderzoek gedaan. Om de beste manier te vinden om jou te bezeren. Dat zou me niets verbazen.'

'Zou kunnen. Maar dat verandert nog niets aan het feit dat ze wel eens gelijk kan hebben. Ik ben wel weggerend.' Ik kijk haar doordringend aan. 'Ik ben weggelopen, Philippa.'

'Natuurlijk.' Ze kijkt me ook aan. 'Wat had je anders moeten doen?'

'Ik had beter op haar kunnen passen. Ik had ervoor kunnen zorgen dat ze niet zo dronken werd dat ze niet meer op haar benen kon staan. Ik had er verdomme voor kunnen zorgen dat ze naar huis was gegaan in plaats van naar dat feest.'

'Dat had gekund. Maar dat heb je niet gedaan. En...'

'Precies. Dat heb ik niet gedaan,' onderbreek ik haar. 'Maar dat had ik wel moeten doen. Ik had heel veel dingen moeten doen. En weet je, er is nog wat. Iets wat ik nog nooit aan iemand heb verteld.'

'Wat dan?'

'Ik was die avond heel kwaad op Rachel. Ik was zo boos dat ze meeging naar dat feest. Ik wilde haar er helemaal niet bij hebben. Ik was woest. Het waren mijn vrienden en ze hield niet eens van feestjes.' Tot mijn eigen verbazing begin ik luid te snikken. 'Ze had daar helemaal niet moeten zijn!'

Philippa pakt me bij de arm en neemt me mee naar een klein parkje aan de overkant van de straat, waar we naast elkaar op een bank gaan zitten. Ik sla mijn handen voor mijn gezicht en huil. Philippa slaat alleen maar een arm om me heen en wacht.

'Sorry,' zeg ik, wanneer ik weer voldoende ben gekalmeerd om te kunnen praten. 'Ik moet de laatste tijd continu huilen. Zielig gewoon.'

'Dat moet je niet zeggen. Huilen is niet zielig.'

'Nee. Waarschijnlijk niet,' zeg ik. 'Maar het komt gewoon omdat het nooit over te lijkt te gaan. Dat gedoe met Rachel. Moet ik me daar de rest van mijn leven rot over blijven voelen? Echt mijn hele leven? Is dat mijn straf omdat ik nog leef?'

'Natuurlijk niet.' Ze schudt haar hoofd. 'Maar waar voel je je precies zo rot over? Misschien moet je me dat eens proberen te vertellen. Leg het me eens uit. Ik bedoel, in grote lijnen weet ik het natuurlijk wel, maar misschien moet je wat specifieker proberen te zijn. Misschien helpt het als je het onder woorden weet te brengen.'

Ondanks mijn ernstige twijfels over het nut van praten, voel ik ineens de behoefte om het er allemaal uit te gooien, om mijn donkerste gedachten op te biechten. 'Ik was zo kwaad dat Rachel meeging naar dat feest,' zeg ik. 'Zij hoorde feestjes helemaal niet leuk te vinden, ze vond ze ook nooit leuk. Normaal gesproken zou ze voor geen goud naar een feest zijn gegaan. Maar het was net alsof ze ineens aan het veranderen was. Stukje bij beetje. Ze werd socialer. Opener. En dat vond ik helemaal niks. Zij hoorde het verlegen meisje te zijn. Het brave meisje. Het wonderkind. Ik was het feestbeest, niet zij. Ik was de populairste van ons tweeën... en ik had het gevoel dat ze me dat afnam. Ze was al zo getalenteerd, zo volmaakt. Als ze ook nog sociaal zou worden, dan zou ze... weet ik veel, dan zou ze alles hebben gehad. Dan zou iedereen nog meer van haar gaan houden. Ik zou onzichtbaar zijn geworden.' Mijn stem klinkt kleintjes, beschaamd. 'En daar haatte ik haar om.'

Philippa zegt niets, ze lijkt na te denken, en ik vraag me af of ze soms walgt van mijn bekentenis.

Na een tijdje zegt ze: 'Mick was vroeger echt compleet hopeloos op school. Hij liep met alles achter. Met lezen. Met rekenen. Echt met alles. Hij kreeg bijles en zo om te voorkomen dat hij zou blijven zitten. Ik was degene met hersens en ik deed altijd alsof ik medelijden met hem had. Maar stiekem vond ik het fantastisch. Ik vond het fantastisch dat ik slimmer was dan hij, omdat hij beter was in alle andere dingen. Hij was goed in sport en hij was grappig en zag er goed uit en had heel veel vrienden. En ik was, nou ja, zo'n echte nerd, met stom rood haar en sproeten, waar hij helemaal niks van heeft meegekregen, wat volkomen oneerlijk is, maar ach...' Ze kijkt naar mijn buik. 'Het zit wel in zijn genen, dus pas maar op met jullie kind. Maar hoe dan ook, om terug te komen op wat ik wilde zeggen, toen Mick in de vijfde zat, veranderde hij plotseling. Hij nam zijn huiswerk ineens serieus en begon te leren en zo. En toen werd hij ineens overal de beste in.' Ze schudt haar hoofd. 'Ik was zo kwaad. Zo belachelijk jaloers... terwijl ik toen zelf niet eens meer op school zat. Ik kon er gewoon niet tegen.' Met een glimlachje eindigt ze: 'Hoewel hij het nooit heeft geschopt tot schoolvertegenwoordiger, en ik wel.'

Ik lach.

'Maar het punt is,' vervolgt ze. 'Het punt is dat ik nu juist blij ben dat hij intelligent is. Ik zou het vreselijk vinden als hij niet van lezen hield of van nadenken. Het zou echt klote zijn als hij een halve zool was. Dan zouden we niets gemeen hebben. Dat zou echt een ramp zijn.'

'Een grote ramp,' beaam ik.

'Zie je nou wel? Met al die zinloze praatjes van mij heb ik alles weer beter gemaakt, toch? Je zult waarschijnlijk nooit meer hoeven huilen.' Ze trekt me wat steviger tegen zich aan en vervolgt dan op wat ernstigere toon: 'Goed, je bent niet de volmaakte zus geweest. En wat dan nog? Jij hebt niemand vermoord. Het is niet jouw schuld wat er is gebeurd. Je hebt precies gedaan wat ieder weldenkend mens in die situatie zou doen. Hoe denk je dat je ouders zich zouden hebben gevoeld als jullie allebei waren vermoord? Als allebei hun dochters dood waren geweest? Zou dat beter zijn geweest? Want dat is wat er zou zijn gebeurd als je niet was weggelopen, als je had geprobeerd om je te verzetten. Dan had je het er alleen maar erger op gemaakt.'

'Misschien wel,' zeg ik. 'Maar misschien ook niet. Dat zullen we nooit weten. Maar ik ben wel degene die haar heeft meegenomen naar dat feest. En als ik gewoon was gebleven waar ik was, in die schuur, dan hadden ze Rachel misschien alleen maar verkracht en waren ze daarna gewoon weggegaan. Als ik niet was weggelopen, hadden ze haar misschien niet vermoord. Dan zou ze misschien nog leven.'

'Maar als je zo wilt denken, als je jezelf er de schuld van wilt geven dat je bent weggelopen of dat je Rachel hebt meegenomen naar het feest, hoe zit het dan met je ouders? Die moeten zichzelf er dan de schuld van geven dat ze niet thuis waren. Dat ze de verantwoordelijkheid überhaupt aan jou hadden overgelaten. En hoe zit het met die jongen, die vriend van je, die je met die auto heeft laten meegaan? Die zou ook de schuld aan zichzelf moeten geven. Die schuld kan zich naar iedereen uitspreiden... als... als gif. En misschien voelt iedereen die erbij betrokken was ook wel iets van schuld, van spijt en vragen ze zich af of het niet anders was gelopen als ze zus of zo hadden gedaan. Maar één slechte beslissing maakt nog geen moordenaar van je. Je was een meisje van vijftien en je ging naar een feest. Daarmee deed je iets wat niet mocht. Nou en? Je deed niets wat elk willekeurig ander meisje van vijftien niet zou hebben gedaan. Je kon toch niet weten wat er zou gebeuren? Je moet ophouden met zo te denken. Dat is belachelijk. De enigen die verantwoordelijk zijn voor de dood van Rachel, zijn die jongens. Jij was ook een slachtoffer, Katherine. Jij en Rachel, je ouders, jullie waren allemaal slachtoffer. Je kwam voor een onverwachte, vreselijke situatie te staan en je hebt gedaan wat je toen het beste leek.'

Ik knik en glimlach en laat Philippa in de waan dat ik me nu beter voel, dat ze iets heeft gezegd wat ik nog niet eerder heb gehoord. Het punt met woorden is dat ze in theorie nog zo zinnig kunnen zijn, maar dat ze niet kunnen veranderen wat je vanbinnen voelt. En ik begin langzaam te begrijpen dat hier geen einde aan zal komen, dat er geen sprake kan zijn van zoiets als een volledige absolutie. Ik zal moeten leren leven met de dood van Rachel en met mijn aandeel daarin. Ik kan alleen maar hopen dat ik zal leren mezelf te vergeven dat ik niet de volmaakte zus ben geweest.

# 33

Wanneer ik later die middag thuiskom, wacht Mick al op me. De deur wordt al bijna opengetrokken voordat ik de kans heb om aan te kloppen, en zodra ik binnen ben, slaat hij zijn armen om me heen, blij lachend. 'Ik ben net gebeld.' Hij lacht. 'We hebben de flat. We kunnen er volgende week in.'

Hij trekt me aan mijn hand mee de keuken in, pakt een kruk en geeft me een glas verse jus d'orange. Hij is bezig met het eten. Op een bord ligt een berg gesneden groente – paprika, champignons, boontjes – en de kleine keuken, normaal gesproken een rommelige chaos, is schoon.

'Ik wilde het vieren met iets gezonds. Een roerbakgerecht.'

'Klinkt lekker.'

'Het kan op een ramp uit lopen, maar ik doe mijn best. Hé, Philippa vertelde dat jullie Alice tegen het lijf waren gelopen?' Hij neemt me bezorgd op. 'Alles oké?'

'Ja hoor,' zeg ik. 'Niks aan de hand.' Ik laat me zwaar op de kruk zakken en steun met mijn ellebogen op het werkblad.

'Philippa vertelde dat Alice behoorlijk rottige dingen heeft gezegd. Ze zei dat je van streek was.'

'Een beetje wel, geloof ik. Maar niet echt om wat Alice zei. Ik... eh... nou ja, ze heeft niet echt iets gezegd wat ik zelf al niet duizend keer heb gedacht. Dus eigenlijk was het niet echt Alice waardoor ik van streek raakte.'

'Hoe bedoel je?'

'Nou, oké, ze is natuurlijk wel een bitch en zo. En ze probeert expres wreed te zijn, dat weet ik. Het is gewoon eng hoe gemeen ze is, hoe graag ze me wil kwetsen. Maar wat ze zei, had ik zelf ook allemaal al bedacht. Al die tijd al. Ik heb Rachel inderdaad in de steek gelaten, ik heb haar daar achtergelaten en toen werd ze vermoord.' Wanneer ik zie dat Mick tegenwerpingen wil maken, steek ik mijn hand op en ga iets harder praten. 'Het is gewoon zo. Dat zijn de feiten. En ik héb haar meegenomen naar dat feest, ik héb haar laten drinken. Ik was verantwoordelijk voor haar. Dus die gedachten waren er al. In mij. Ze waren een deel van mij. Het is niet Alice die me op die gedachten heeft gebracht. Eigenlijk voelt het zelfs een beetje alsof Alice de enige is die compleet eerlijk tegen me is geweest. De enige die hardop durft te zeggen wat iedereen wel eens moet hebben gedacht.'

'Maar je kon...'

'Mick, alsjeblieft,' onderbreek ik hem. 'Laat me uitpraten. Ik ben nog niet klaar.'

'Oké,' zegt hij. 'Ga verder.'

'Sorry. Maar het komt gewoon omdat ik vandaag voor het eerst iets besefte. Iets goeds, geloof ik.'

Hij knikt.

'Ik dacht altijd dat er vanzelf een moment zou komen waarop alles weer beter zou voelen. Een soort tovenarij. Ik dacht dat ik op een dag wakker zou worden en dan niet meer bedroefd zou zijn. Me niet meer schuldig zou voelen. Gewoon Bam! en dan zou ik eroverheen zijn. En ik heb op die dag zitten wachten. Ik dacht steeds bij mezelf dat ik me, zodra het zover was, beter zou voelen en dat ik daarna echt verder zou kunnen met mijn leven, er weer echt van zou kunnen genieten.' Ik lach, een beetje verlegen met de emotie in mijn stem. 'Maar vandaag drong eindelijk tot me door dat het zo niet werkt. Ik zal het altijd met me mee blijven dragen. Altijd. En dat is niet erg. Het is oké. Ik accepteer dat.'

'Dat is heel fijn, Katherine, maar denk je niet dat...'

Ik krijg niet te horen wat hij wil zeggen, want er wordt ineens heel hard op de deur geklopt.

'Jezus.' Mick kijkt me hoofdschuddend aan. 'Wie kan dat...'

'Katherine! Katherine! Ben je daar?' schreeuwt een man wanhopig aan de andere kant van de deur, terwijl hij zo hard klopt dat de muren ervan trillen. 'Katherine! Doe open!'

'O mijn god!' Ik schiet overeind en voel alle kleur uit mijn gezicht wegtrekken. 'Volgens mij is dat mijn vader.'

'Wat? Waarom?'

'Dat weet ik niet,' antwoord ik. Ik sta op, ren naar de deur en trek hem open, net als mijn vader mijn naam weer wil gaan roepen.

Mijn ouders staan naast elkaar op de veranda. Ze lijken verbaasd me te zien, alsof ze me niet echt hadden verwacht. Ze kijken elkaar aan en dan mij. Ze zien er eigenaardig stijf en gespannen uit.

'Papa! Mama! Wat is er? Wat doen jullie hier?'

'O Katherine.' Mijn moeder doet een stap naar voren en trekt me snel tegen haar borst. 'Hoe gaat het? Is alles goed met je?'

'Ja.' Ik houd haar even stevig vast en maak me dan weer los. 'Prima. Alles goed. Maar wat doen jullie hier? Wat is er aan de hand?'

Ineens pakt mijn vader mijn kin beet, duwt mijn gezicht omhoog en kijkt me onderzoekend in de ogen. 'Weet je zeker dat alles in orde is?' vraagt hij. 'Zeker weten?'

Fronsend doe ik een stap naar achteren. 'Wat is er?' vraag ik, van de een naar de ander kijkend. 'Jullie maken me bang. Wat doen jullie hier?'

Het volgende moment staat Mick al naast me, hij pakt mijn hand en steekt zijn andere uit om mijn ouders te verwelkomen. 'Hallo. Ik ben Mick. Willen jullie niet liever binnenkomen?'

Mijn vader negeert Micks uitgestoken hand en neemt Mick

van top tot teen op, hem heel onbeleefd taxerend, iets wat ik niet van hem ken.

Mijn moeder doet een stap naar voren en glimlacht – maar het is een geforceerd, onnatuurlijk lachje dat haar ogen niet haalt – en geeft Mick een hand. 'Mick. Ik ben Helen. Dit is mijn man, Richard. En ja, we willen graag binnenkomen. Dank je.'

Mick en ik stappen opzij om mijn ouders erlangs te laten. We lopen hen achterna en Mick werpt me achter hun rug een vragende blik toe. Maar ik kan alleen mijn schouders ophalen. Ik ben net zo verbaasd over hun komst, over hun vreemde gedrag, als hij.

We gaan naar de keuken die licht en vrolijk en schoon is en waar duidelijk te zien is dat er voorbereidingen worden getroffen voor het avondeten. Ik merk dat mijn ouders elkaar aankijken. Ze zien er bijna net zo verward uit als ik me voel.

Mijn moeder draait zich om en kijkt ons aan. 'We kunnen het maar beter meteen zeggen,' zegt ze. 'Alice heeft ons gebeld.'

'O,' zeg ik. Bij het horen van haar naam krijg ik een naar voorgevoel wat me meteen moe maakt. 'Waarom? Wat moest ze?'

'Ze maakte zich zorgen om jou, lieverd,' begint mijn moeder, maar mijn vader onderbreekt haar bars.

'Ze zei dat je drugs gebruikt. Ze zei dat je samenwoonde met een of andere...' Hij knikt naar Mick. 'Nou ja, om Alice' woorden te gebruiken, met een woeste muzikant die motorrijdt en je aan de drugs heeft gebracht.' Dan kijkt hij mij aan, en hij ziet er zo kleintjes en treurig uit dat het bijna onverdraaglijk is. 'Ze zei ook dat je zwanger was.'

Ik zou mezelf gemakkelijk kunnen verdedigen. Tenslotte gebruik ik geen drugs en is Mick niet woest. Ik kan zo bewijzen dat het niet waar is – een schone flat, gezond eten, onze glazen jus d'orange. Maar dat van mijn zwangerschap snoert me de keel, maakt dat ik me schaam en geen woord kan uitbrengen.

'Alice is een liegbeest,' zegt Mick, en ik kijk hem dankbaar aan. Hij is zo fatsoenlijk en verstandig en eerlijk. Dat moeten ze toch ook zien? 'Katherine gebruikt geen drugs. Dat is belachelijk.' Hij kijkt mijn vader recht aan, met een open blik, zonder met zijn ogen te knipperen. 'En ik gebruik ook niet.'

Niemand zegt iets, maar mijn ouders kijken elkaar aan en aan hun gezichten valt de opluchting af te lezen. Het is duidelijk dat ze maar al te graag willen geloven wat Mick zegt.

'Maar waarom zou Alice zulke dingen in vredesnaam zeggen?' vraagt mijn moeder, en ik hoor dat haar toon al luchtiger is, hoopvoller.

'Omdat ze problemen heeft,' zegt Mick. 'Ernstige psychische problemen.'

'Echt waar?' Mijn vader kijkt me met opgetrokken wenkbrauwen aan. Alle spanning die zijn gezicht net nog zo stijf en onvriendelijk maakte, is verdwenen. 'Echt waar, Katherine? Is dat zo? Je gebruikt geen drugs?'

'Nee, papa.' Ik schud mijn hoofd en glimlach. 'Natuurlijk niet. Ongelooflijk dat jullie ook maar een seconde hebben gedacht dat dat waar was.'

'We hoorden helemaal niets meer van je,' zegt mijn moeder. 'Je nam de telefoon bij Vivien niet op en op je mobieltje kregen we je ook niet te pakken. We hebben heel veel berichtjes ingesproken, lieverd. Minstens tien. We... nou ja, we begonnen ons eerlijk gezegd al zorgen te maken nog voordat Alice belde.'

'O god. Sorry, mama. Mijn mobieltje staat uit. Dat had ik gedaan omdat ik niet met Alice wilde praten. Ik had geen flauw idee dat ze jullie zou bellen. Dat ze zulke leugens zou ophangen. Dit is allemaal zo maf. Het spijt me. Het is mijn schuld. Ik had moeten bellen, ik had jullie moeten laten weten waar ik was.'

'Dat maakt nu niet meer uit.' Mijn moeder schudt haar hoofd, en voordat ze de kans heeft om ze weg te knipperen, zie ik tranen in haar ogen. 'Het kan me eigenlijk weinig schelen, zolang het maar goed met je gaat.'

En dan stappen mijn ouders, bijna tegelijkertijd, naar voren en omhelzen me. Ze kussen me op mijn hoofd, op mijn wang en lachen van opluchting en blijdschap. Wanneer ze zich van me hebben losgemaakt en zichzelf weer onder controle hebben, staan we daar een beetje met z'n drieën te staan, lichtelijk gegeneerd, tot Mick stoelen onder de tafel vandaan trekt, tegen ons zegt dat we moeten gaan zitten, en glazen verse jus d'orange inschenkt.

'Ik voel me nu zo stom,' zegt mijn moeder, terwijl ze haar hand op de mijne legt. Ze kijkt Mick aan. 'Je vindt ons vast vreselijk, dat we zomaar ineens op de stoep staan. Met al die idiote beschuldigingen.'

'Nee hoor. Jullie waren gewoon in paniek. Dat zouden de meeste ouders zijn.' Hij schudt zijn hoofd, kijkt mijn moeder aan en lacht zijn prachtige lachje – en aan haar reactie kan ik zien dat ze van hem gecharmeerd is.

'Ja, dat is ook zo.' Dan kijkt ze mij aan, lacht en knijpt even in mijn hand voordat ze me weer loslaat. 'Ik ben zo blij dat alles goed met je is, lieverd. We waren zo bezorgd. Zo bang. Je hebt geen idee.'

Hoewel het een bizarre reden heeft dat we hier samen aan tafel zitten, voelt het uur daarna vreemd vrolijk, bijna feestelijk aan. Mick staat erop dat mijn ouders blijven mee-eten. We eten met smaak van Micks roerbakgerecht en mijn vader vertelt over het telefoontje van Alice. Hoewel ik nauwelijks kan geloven dat ze het lef heeft gehad om al die leugens op te hangen en het ook een beetje eng vindt dat ze blijkbaar zo rancuneus is, ben ik haar ook welgezind. Door haar actie zijn mijn ouders me nader komen te staan, en hoewel ik nooit heb getwijfeld aan hun liefde voor mij, ben ik ontroerd door hun overduidelijke bezorgdheid, hun paniek. Ik voel dat ze van me houden. Dat ze me koesteren.

Mijn ouders vragen echter niet of ik nou wel of niet zwanger ben – óf ze gaan ervan uit dat alles wat Alice heeft verteld gelogen is, óf ze durven het niet te vragen – en Mick en ik hebben het er ook geen van beiden over. Terwijl we eten en praten en lachen, blijf ik manieren bedenken waarop ik het hun zou kunnen vertellen – O trouwens, mama en papa, niet alles wat Alice zei, was gelogen. Ik ben echt zwanger! Leuk hè, jullie worden opa en oma! – maar het is te groot om zomaar midden in een gesprek te laten vallen, te serieus en blijvend, dus zeg ik niets. Iedere keer dat Mick zijn mond opendoet, denk ik dat hij het gaat vertellen en dan begint mijn hart sneller te slaan, maar hij zegt niets, en tijdens het eten praten we over Alice. En over muziek. En over hoe Mick en ik elkaar hebben leren kennen.

Wanneer we klaar zijn met eten, staat Mick erop om de afwas te doen. Hij kijkt me nadrukkelijk aan wanneer mijn ouders met hun rug naar ons toe zitten en gebaart dat ik ze moet meenemen naar de huiskamer. Ik weet wat hij doet. Hij probeert me een beetje privacy te geven zodat ik hun kan vertellen dat ik zwanger ben.

Wanneer ik hun echter vraag of ze zin hebben om even bij me te komen zitten – zogenaamd om hun foto's te laten zien van de laatste paar weken op school – zegt mijn vader nee. Hij wil Mick graag met de afwas helpen, zegt hij.

Mijn moeder haalt glimlachend haar schouders op en pakt mijn hand beet. 'Laat hem maar,' fluistert ze. 'Hij wil je vriend gewoon wat beter leren kennen.'

Hoewel ik verschillende manieren heb ingestudeerd waarop ik het voorzichtig, tactvol zou kunnen zeggen, komt het er uiteindelijk op neer dat ik het er uitflap zodra we uit het zicht van mijn vader en Mick zijn. 'Ik ben zwanger.'

'Wat? Wat zei je?' Mijn moeder blijft staan en draait zich om om me aan te kijken. Ze fronst. 'Pardon?'

'Ik ben zwanger.'

'Zwanger? O, mijn hemel. Nou, dus dat gedeelte klopte wel.' Ze draait zich gauw weer om, maar ik zie nog net de veelzeggende tranen in haar ogen, het trillen van haar kin.

'Alsjeblieft, mama. Alsjeblieft. Ik weet dat je teleurgesteld bent. Ik weet dat dit niet is wat je van me verwachtte, of voor me hoopte. Dat weet ik best. Ik wilde het ook niet. Maar echt, mama, we redden ons wel. Echt. Maak je nou maar geen zorgen, Mick is fantastisch. Hij gaat er heus niet vandoor of zo. We zorgen wel dat het goed komt. Echt. Het komt allemaal goed. Ik kan nog steeds gaan studeren. Ik beloof je dat ik mijn opleiding zal afmaken. Het komt wel goed, mama. Het komt allemaal in orde.'

'Zwanger?' herhaalt ze nog een keer, alsof het haar moeite kost om het te begrijpen. Ze loopt naar de bank en laat zich er zwaar op neerzakken. 'Zwanger.'

Ik ga naast haar zitten. Met neergeslagen ogen kijk ik naar mijn handen en pluk zenuwachtig aan mijn spijkerbroek. 'Ik heb je teleurgesteld, hè?'

'Nee,' zegt ze. 'Nee.'

'Je schaamt je voor me.'

'Nee,' zegt ze. 'Dat is niet zo.' Ze klinkt nu vastbesloten, verontwaardigd. 'Katie. Je snapt het niet. Ik ben niet teleurgesteld, dat is het niet. Helemaal niet. En het woord schaamte komt al helemaal niet in mijn woordenboek voor. Het is een beetje een schok, dat wel, dat je echt zwanger bent, en het is ook een beetje moeilijk te bevatten. Maar jezus, Katherine, nog maar een paar uur geleden waren we bang dat je drugs gebruikte. We dachten echt dat we je zouden kwijtraken.' Ze zucht en schudt haar hoofd. 'Er is een dochter van me gestorven. Dingen als schaamte zijn... Ik denk niet eens meer in dat soort termen.'

Ik kijk haar aan. Ik ben in de war. Ik heb geen flauw idee wat ze denkt, wat ik moet zeggen.

'Katie, liefje.' Ze glimlacht. 'Ik zou dit waarschijnlijk niet moeten zeggen, misschien zelfs niet mogen denken, en ik weet zeker dat het niet in het handboek voor goed ouderschap staat, maar je moet begrijpen dat ik het moeilijk vind om dit als een ramp te beschouwen.'

'O,' zeg ik. 'Wat vind je er dan van?'

Ze legt een vinger op haar lip, staart even met grote ogen naar het plafond, kijkt dan weer naar mij en grijnst. Het is een vrolijke, ondeugende, beetje schuldbewuste grijns. 'Als ik heel eerlijk ben, dan vind ik het behoorlijk spannend.'

Ik kijk vast net zo geschokt als ik me voel, want ze begint te lachen, schuift over de bank naar me toe en slaat haar arm om me heen.

Ze spreekt kalm, krachtig. 'Misschien dat het verkeerd van me is, of egoïstisch zelfs, maar ik kan alleen maar denken dat het fantastisch is. Je voegt iemand toe aan ons gezin, je maakt een nieuw wezentje van wie we allemaal kunnen houden. Je maakt een nieuw leven, lieverd, je... je leeft je leven. Echt, als ik heel eerlijk ben, dan vind ik het fantastisch. Ik krijg een kleinkind, iemand van wie ik kan houden... en leg me eens uit waarom ik dat in vredesnaam erg zou moeten vinden? En ik vind die vriend van je een schat, echt waar, echt een keurige jongen. En je kunt zo fijn met hem praten, hij is zo intelligent.' Dan pakt ze een zakdoek uit haar zak, veegt langs haar ogen en snuit haar neus. 'Ik herinner me nog zo goed toen ik net zwanger was van jou. Die mooie, onschuldige hoop, die opwinding.'

'Dus je bent echt niet teleurgesteld? Niet boos?'

'Nee, nee, dat ben ik niet.'

'Vind je het ook niet stom dat we het willen houden terwijl we elkaar eigenlijk nauwelijks kennen?'

'Misschien. Daar kan ik geen antwoord op geven. Maar volgens mij hebben jullie net zoveel kans om bij elkaar te blijven als ieder ander stel. Sommige mensen trouwen nadat ze elkaar jaren kennen en gaan dan toch nog scheiden. Het leven kent geen zekerheden.'

'Maar ik ben nog zo jong.' Ik weet niet precies waarom, maar ineens geef ik uitdrukking aan alle twijfels en angsten waar ik zelf nog nauwelijks over na heb durven denken. Ik wil dat mijn moeder me nog meer geruststelt, het is fijn om haar zulke positieve dingen te horen zeggen. Ik kan er gewoon geen genoeg van krijgen. Ik wil dat ze zegt dat alles goed zal komen. 'Niemand van mijn leeftijd krijgt al kinderen. Niemand.'

'Ik wist niet dat het je zoveel kon schelen wat anderen doen.'

'Dat is het niet. Zo bedoel ik het niet. Het is alleen...'

'Ik snap wat je bedoelt, lieverd. Ja, het is iets heel groots, en ja, je zult er veel vrijheden door kwijtraken die anderen van jouw leeftijd wel hebben. En dat zal moeilijker worden dan je je nu kunt voorstellen. Maar er zal ook een andere wereld voor je opengaan. Het zal een magische, prachtige, dimensie toevoegen aan je leven, iets wat je leven verandert. Dat doet moederschap met je.' Ze legt haar hand op mijn wang. 'En je vader en ik zullen er zijn om je te helpen. Zoveel als we maar kunnen. Dat zouden we een eer vinden.'

'Ik ben zo blij dat je niet boos bent.'

'Natuurlijk ben ik niet boos. Hemeltje, nee.' Weer grinnikt ze. 'Ik voel me belachelijk opgewonden eerlijk gezegd. Opgewonden voor jou en Mick. Opgewonden voor je vader en mij. En ook zenuwachtig. En dolblij. En ik wil het zelf graag aan je vader vertellen, mag dat?'

'Natuurlijk.'

Ik maak haar zelden zo mee – zo open en niet bang om haar gevoelens te tonen – en waarschijnlijk is de verbazing van mijn gezicht af te lezen.

'Wat is er, lieverd?' vraagt ze. 'Is er iets? Je kijkt zo raar.'

'Sorry. Het is alleen... je lijkt anders. Echt gelukkig. Jij en papa. Dat is natuurlijk te gek, maar ik... ik ben het gewoon niet meer gewend.'

'Ik weet het, lieverd.' Ze legt haar hand op mijn hoofd en trekt me tegen zich aan, zodat mijn wang tegen haar borst rust. Terwijl ze praat, voel ik het troostende gebrom van haar stem, het regelmatige ritme van haar hartslag. 'Ik weet het. Het was niet echt eerlijk van ons, hè? En weet je wat? Die gekke vriendin van je heeft ons eigenlijk een grote dienst bewezen. Je vader en ik waren zo bezorgd toen ze belde en al die domme dingen over je vertelde. We waren doodsbang, bang dat we je zouden kwijtraken. En toen we ontdekten dat alles goed ging met je,' ze haalt diep adem en zucht dan, 'was het net alsof we een tweede kans kregen. En ik weet hoe je je over Rachel hebt gevoeld, lieverd. Ik weet dat je je schuldig voelt over die dag, dat je je schuldig voelt omdat jij nog leeft en zij dood is. En ik hoop dat je me het kunt vergeven dat ik het niet eerder heb gezegd, dat ik je nooit duidelijk heb gemaakt dat je je helemaal nergens schuldig over hoeft te voelen, dat je echt door moet gaan met je leven. Er moet een soort einde zijn, een soort... o, weet ik veel... wat is dat vreselijke woord ook alweer dat iedereen tegenwoordig gebruikt?'

Ik leun iets naar achteren en kijk haar aan. 'Afsluiting?'

'Ja, dat bedoel ik. Afsluiting. Er moet een soort afsluiting zijn. In elk geval voor jou, lieverd. Ze was je zusje, niet je dochter. Het is niet goed als jij daar de rest van je leven onder gebukt zou moeten gaan. Het is niet goed als dat je leven zou verpesten.'

'Maar...' Ik wil haar vertellen tot welke nieuwe inzichten ik ben gekomen, haar uitleggen waarom ze dit niet tegen me hoeft te zeggen.

'Nee,' onderbreekt ze me, terwijl ze mijn kin vastpakt en me teder aankijkt. 'Ik ben niet eerlijk geweest. Ik heb al die tijd geweten dat je eronder leed, maar ik had het te druk met mijn eigen verdriet om de energie te kunnen opbrengen daar iets aan te doen. Ik weet al heel lang dat ik je zou kunnen helpen als ik mezelf ertoe zou kunnen zetten om een paar simpele dingen te zeggen. Maar dat heb ik niet gedaan. En daar schaam ik me diep voor. Maar ik kan het nu wel zeggen, lieverd.' Ze schraapt haar keel en gaat verder. 'Je vader en ik geven jou niet de schuld van wat er met Rachel is gebeurd. Dat hebben we ook nooit gedaan. Als we al iemand de schuld geven, dan is het onszelf. En je moet ook echt geen moment denken dat we liever hadden gehad dat jij het was geweest in plaats van Rachel. We hielden van jullie allebei evenveel. Dat is altijd zo geweest.'

Ik knik, maar ik kan geen woord uitbrengen. Ik ben bang dat ik dan zal gaan huilen. Zal gaan snikken als een klein kind.

'En hoe schandalig het misschien ook is om te vragen, jij zou wel een paar dingen voor mij kunnen doen,' zegt ze.

'Natuurlijk mama, zeg het maar.'

'Ten eerste wil ik dat je me mijn egoïsme vergeeft. Dat je me het vergeeft dat ik de afgelopen paar jaar geen goede moeder voor je ben geweest, dat ik niets heb gedaan om je te laten weten dat je vader en ik jou nergens de schuld van geven. Want dat is echt niet zo. Dat is ook nooit zo geweest.'

En dan begin ik wel te huilen. Ik kan er niets aan doen. Alles wat ik zopas nog met absolute zekerheid wist, lijkt ineens ver weg en onbelangrijk. De wetenschap dat ze mij nergens de schuld van geeft, zorgt voor meer opluchting en vreugde dan ik ooit voor mogelijk had kunnen houden. Ik houd mijn moeder vast en snik het uit tegen haar borst.

Ze omhelst me stevig, maar gaat gewoon door met praten. 'En ten tweede wil ik dat je iets van je leven maakt. Dat je een zo goed en gelukkig mogelijk leven leidt. En je mag je nooit, helemaal nooit, schuldig voelen omdat je gelukkig bent. Waag het niet. En als je dat niet voor jezelf kunt opbrengen, doe het dan voor je vader en mij. Want als jij niet gelukkig bent, lieverd, als jij niets van je leven maakt, dan zijn we alles kwijt. Dan zijn we jullie allebei kwijt.'

Ik hoef mijn vader niet te vertellen dat ik zwanger ben. Mijn moeder wil het hem vertellen wanneer ze alleen zijn – ze wil hem de gelegenheid geven het in zijn eentje te verwerken. Ze denkt dat hij in het begin geschokt en boos zal zijn. 'Heel normaal voor een vader,' zegt ze. 'Je bent tenslotte altijd zijn kleine onschuldige meisje geweest. Maar hij draait wel bij, hij went wel aan het idee, en uiteindelijk zal hij net zo blij zijn als ik.'

Zoals ik wel had verwacht, steekt mijn vader, voordat hij weggaat, nog een preek tegen ons af over de motor. Hij is opgelucht wanneer we hem vertellen dat hij te koop staat, en ik moet hem beloven nooit meer motor te rijden en Mick moet hem beloven voorzichtig te zijn, als hij überhaupt nog moet rijden.

Wanneer ze zijn vertrokken, doen Mick en ik de lampen uit en gaan naar bed. Mick is bijzonder teder en lief, hij zegt steeds weer dat hij van me houdt, en we gaan dicht tegen elkaar aan liggen, ik met mijn hoofd op zijn borst.

'Ik weet dat je er vast schoon genoeg van hebt om het nog over Alice te hebben,' zegt hij. 'Maar gaat het wel? Ben je niet al te erg in paniek vanwege haar?'

'Nee,' antwoord ik. 'Ik ben te gelukkig om zelfs maar aan haar te denken.' En hoewel het helemaal niet Alice' bedoeling was, voel ik me behoorlijk opgetogen over de avond met mijn ouders. Mijn moeder heeft in geen jaren zo open over haar gevoelens gepraat, en het was heerlijk om haar weer zo warm en uitbundig mee te maken, het was een onverwachte vreugde te merken dat ze me steunde – niet alleen wat betreft de baby, maar ook wat Rachel betreft. 'Ik bedoel, het is wel duidelijk dat Alice gestoord is,' ga ik verder. 'En ik ben blij dat we geen vriendinnen meer zijn. Maar de enige die ze hiermee heeft, is zichzelf. Ze zet zichzelf behoorlijk voor schut. Ik heb medelijden met haar.'

'Ja.' Mick gaapt. 'Ik ook. Ze is echt een zielig geval. Hopeloos zielig gewoon.'

'Ja. En bovendien, wat kan ze nou doen? Zodra we zijn verhuisd, weet ze niet eens meer waar we wonen. En ik neem ook een nieuw nummer voor mijn mobieltje. Dan kan ze me niet meer bellen. Dus wat zou ze me dan nog kunnen aandoen?'

'Niets,' antwoordt hij. Hij doet het lampje naast bed uit en kust me in het donker op mijn lippen. 'Je bent helemaal veilig. Ze kan je helemaal niets aandoen.'

# 34

De volgende dag komt er een pakketje voor Mick. Het wordt bezorgd wanneer hij weg is om te oefenen met de band, en wanneer hij 's avonds laat thuiskomt, geef ik het hem. Hij scheurt het niet meteen open zoals ik zou doen, maar werpt er alleen een ongeïnteresseerde blik op en legt het op de salontafel.

'Waarom maak je het niet open?' vraag ik, terwijl ik het weer oppak. 'Misschien zit er wel iets leuks in. Een verjaardagscadeautje of zo.'

'Dat lijkt me stug. Ik ben nog lang niet jarig.'

'Toe nou. Ik snap niet dat je dat kunt. Dat je niet wilt weten wat erin zit. Schiet nou op, ik zit te hele dag al te wachten.' Ik druk hem het pakje in handen. 'Maak nou open.'

Schouderophalend draait hij het pakje om. Er zit bruin papier omheen en er staat geen afzender op. 'Ik zie nou al dat het iets heel saais is. Een belastingfolder of zo. Tenzij...' zegt hij ineens grijnzend. 'Tenzij jij het me hebt gestuurd. Dat is het, hè? Daarom zat je te wachten, daarom ben je zo ongeduldig.'

'Nee,' zeg ik. 'Het is niet van mij. Echt niet.'

Klaarblijkelijk gelooft hij me niet. Hij schudt zijn hoofd en maakt het pakje glimlachend open. Er zit een soort boek of fotoalbum in, met op de voorkant een zwart-witfoto en een korte tekst. Mick houdt het bij me weg.

'Wil je weten met wie je bent?' leest hij hardop voor. Hij

glimlacht nog steeds, maar klinkt ook verbaasd. Hij bladert erin, maar houdt het zo hoog dat ik niet kan meekijken.

'Mick,' zeg ik lachend. 'Ik heb het niet gestuurd. Het is niet van mij. Ik weet niet wie...' Maar ik stop wanneer ik zijn gezichtsuitdrukking zie. Zijn glimlach is veranderd in een frons en alle kleur is uit zijn gezicht verdwenen. 'Wat is er?' vraag ik. 'Mick? Wat is het? Wat is er?'

'Jezus christus,' zegt hij. En ineens weet ik wie het pakje heeft gestuurd.

Alice.

'Laat zien.' Ik steek mijn arm uit. 'Ik wil het zien.'

'Nee, dat is nergens voor nodig. Doe nou maar niet. Alsjeblieft.'

'Doe niet zo stom, Mick. Laat me dat kloteding zien.' Ik klink scherper dan de bedoeling is. 'Sorry,' zeg ik. 'Maar laat het me alsjeblieft zien. Het helpt heus niet om het voor mij verborgen te houden.'

Met tegenzin geeft hij het me. 'Katherine,' zegt hij hoofdschuddend. 'Het is onzin. Gewoon... Ze is gestoord. Laat je niet...'

'Oké,' zeg ik. 'Oké, dat weet ik. Dat weet ik allemaal al.'

Voorop staat een oude krantenfoto. Een foto van mij en Rachel – een familiekiekje dat na haar dood op de een of andere manier in handen van de pers is gekomen. We staan naast elkaar op het strand, met een brede lach op ons gezicht en ons haar vochtig en verwaaid. We hebben onze armen om elkaar heen geslagen. We zien er zo gelukkig uit, zo onschuldig...

De foto is expres ruw doormidden gescheurd en op de voorkant geplakt. Boven de foto staan letters – een willekeurige mix van kleine letters en hoofdletters – die uit kranten zijn geknipt en samen de zin vormen: 'Wil jE echT WeteN meT wIe jE BEnt?'

De volgende bladzijde bestaat uit een lukrake verzameling krantenknipsels uit de tijd vlak na Rachels dood. En hoewel het duidelijk om verschillende artikelen gaat, heeft Alice ze zo uitgeknipt en aan elkaar geplakt dat ze één lang, wijdlopig stuk vormen. Ze heeft er ook een zelfgefabriceerde verontrustende kop boven geplakt.

vErkeeRde meNSen VerOordeeLd? dE sCHuldiGe gaAt vrijUiT?

Maar wie is hier echt verantwoordelijk? In deze zogenaamd verlichte tijden kunnen we toch niet echt verwachten dat een stel slecht opgeleide jongens uit achterstandsbuurten als enige verantwoordelijk is voor een misdrijf dat de vinger legt op alles wat er mis is met de typische betreurenswaardige 21e-eeuwse opvatting van wat onze zorgplicht zou moeten zijn tegenover hen die jonger zijn dan wij?

Grant Frazer is als kind misbruikt. Hij werd door zijn alcoholische vader regelmatig bont en blauw geslagen en had een verslaafde moeder die niet van hem hield. Het kan geen verrassing heten dat hij zonder een sociaal geweten opgroeide.

De zusjes Boydell leidden een rijk en geprivilegieerd leventje. Hun huis is enorm groot, niet protserig, maar elegant, hun tuin een sprookjesland voor kinderen, met geheime binnenplaatsjes, een tennisbaan en een zwembad.

Maar een dure opleiding heeft Katie Boydell er niet van kunnen weerhouden om haar veertienjarige zusje mee te nemen naar een illegaal feest zonder toezicht waar ze zichzelf onder tafel kon drinken.

Dus wie is hier echt verantwoordelijk? Wie is de hoofdschuldige?

Het verbaast me dat deze woorden me na al die tijd nog steeds pijn kunnen doen. Ik voel een overweldigend verlangen om te gillen dat het niet waar is, om mezelf te verdedigen, het uit te leggen, mezelf te rechtvaardigen.

De volgende pagina's staan vol foto's en artikelen uit verschillende kranten – ze zijn uitgesneden en uitgeknipt en lukraak op de bladzijdes geplakt, zo te zien zonder enig systeem. Het meest opvallend zijn de grote letters boven de foto's en artikelen – 'LAFAARD, MOORDENAAR, JALOEZIE TUSSEN ZUSJES, VERRAAD, ONVERANTWOORDELIJK, JALOEZIE'.

Op de op een na laatste bladzijde is een foto van mij geplakt. Het is een echte foto, een heel recente – de enige die niet uit een krant komt. Ik sta er lachend op, met mijn hoofd in mijn nek gegooid. Ik zie er idioot gelukkig uit.

'KatHeriNe PatTerSon nU. EeN LeVen zoNder Haar zusJe,' staat er in krantenletters overheen.

Op de laatste pagina staat simpelweg: 'kAtherInE paTteRsOn / KAtiE bOydeLL – slAchToFfer of MooRdenAres?'

'Godsamme.' Mick rukt het album uit mijn handen, slaat het met een klap dicht en smijt het woest door de kamer zodat het tegen de muur knalt en op de grond valt. 'Daar moet je niet meer naar kijken. Het is gestoord.'

Ik zeg niets. Ik kan geen woord uitbrengen. Ik voel de smaak van gal achter in mijn mond. Ik draai me om en ga naar bed, waar ik op mijn zij ga liggen en me opkrul in een foetushouding.

Mick komt me achterna en gaat naast me zitten. Hij legt zijn hand op mijn schouder. 'Misschien kunnen we beter de politie bellen,' zegt hij zacht. 'Ze gaat echt te ver. Dit is een vorm van intimidatie.'

'Nee.'

'Maar we moeten ervoor zorgen dat ze ermee ophoudt.'

'Ik wil er geen politie bij halen.' Ik ben bang dat alles weer opgerakeld zal worden, dat het verleden weer opgedregd zal worden als een stinkend lijk, met een politie die maar wat doet en waar je niets aan hebt, met de media die zich als aasgieren op het rotte vlees storten. 'Die doen toch niets. Ze kunnen niets doen.'

Hij komt naast me liggen en slaat zijn arm om me heen.

Uiteindelijk vallen we in slaap, met onze armen stevig om elkaar heen geslagen. Wanneer ik 's ochtends opsta, is het album weg.

# 35

De paar dagen daarna besteed ik, wanneer Mick aan het werk is, iedere avond een paar uur aan de voorbereidingen op de verhuizing. Ik ga naar Viviens huis en pak mijn spullen in. Ik ben niet meer zo moe als in het begin en vind het leuk om alles te organiseren en te dromen over mijn nieuwe leven met Mick. Dat mijn ouders hem klaarblijkelijk aardig vonden en dat mijn moeder verrassend blij was met de baby, heeft de meeste twijfels weggenomen. We doen hier goed aan. We houden van elkaar. Het wordt fantastisch.

Ik stuur Vivien een mailtje om haar te laten weten dat ik ga verhuizen. Ik beloof haar voor de post te zorgen en een oogje in het zeil te houden tot ze terug is. Ik eindig het bericht met mijn verontschuldigingen voor het feit dat het zo kort dag is.

Ze schrijft terug:

Verontschuldigingen zijn nergens voor nodig! Ik wist wel dat er een reden was waarom je er zo gelukkig uitzag en ik vind het echt helemaal te gek dat je iemand hebt gevonden die je dat gevoel geeft. Ik verheug me erop je snel weer te zien (en je Mick te leren kennen!). Pas goed op jezelf. Heel veel liefs. Tante Viv xxx

Het kost me drie avonden om alles in te pakken bij tante Vivien en elk spoor van mij uit haar appartement te verwijderen. Ik wil het brandschoon achterlaten, glimmend, als dank omdat ik bij haar mocht wonen. Op vrijdagavond ben ik om halfelf klaar en ik vraag me af of ik nog tijd heb om het einde van Micks optreden te zien. Hij zou me bellen als hij klaar was; de zanger zou hem dan een lift geven naar Viviens appartement zodat Mick me indien nodig nog een handje zou kunnen helpen. Maar hij heeft niet gebeld, dus ik neem aan dat er veel publiek is en dat hij nog steeds aan het spelen is. Ik besluit hem bij wijze van verrassing te gaan afhalen.

Buiten regent het, de weg is nat en donker, dus ik rijd langzaam, zodat ik er pas om elf uur ben. Het is stil in de kroeg, bijna leeg, en alles op het podium is al ingepakt.

Omdat Mick niet in de kroeg is, ga ik naar backstage. Ik hoor zijn stem en loop in de richting van een verlichte deuropening. Maar ik stop en doe een stap naar achteren wanneer ik haar ineens zie staan. Alice.

Ze staat tegen een tafel geleund, met haar lange benen gekruist voor haar. 'O jezus zeg,' zegt ze, traag en slissend van dronkenschap. 'Wat geeft dat nou? We doen er niemand kwaad mee toch? Niemand hoeft het zelfs maar te weten.'

Mick staat met zijn rug naar haar toe. Hij is bezig de snoeren op te rollen. Hij schudt zijn hoofd. 'Je bent knettergek. Ik wil dit gesprek niet eens voeren. Ga weg.'

'Ach toe.' Ze lacht en zwiept uitdagend haar haren naar achteren. Het is een tevergeefs gebaar, want Mick kijkt niet eens naar haar. 'Gratis seks. Dat is wat ik je aanbied. Fantastische seks zonder voorwaarden. Waarom zou je nee zeggen? Wat voor man ben jij?'

Mick lacht kort. 'Ik denk dat de vraag eerder is wat voor soort iemand jij bent? Wat voor vriendin?' Hij draait zich om om haar aan te kijken, ziet mij en stopt. 'Katherine.'

Alice draait zich ook naar me om. Heel even lijkt ze geschrokken, maar ze herstelt zich meteen weer, glimlacht en steekt haar arm uit. 'Katherine!'

Ik blijf vanuit de deuropening naar haar staan kijken. 'Wat moet jij hier?'

'O, ik zag een aankondiging in de krant. En ik dacht bij mezelf: laat ik die vriend van mij eens steunen en naar het optreden gaan.' Glimlachend steekt ze haar arm uit naar Mick. 'Eigenlijk dacht ik dat jij er ook wel zou zijn, Katherine. Ik hoopte wat te kunnen bijkletsen. Het is de laatste tijd erg moeilijk om je te pakken te krijgen.'

Heel even overweeg ik om haar op de man af te vragen waarom ze er zo op gebrand is om me te kwetsen, maar ik zie er meteen weer van af. Het heeft geen zin. Ik wil haar uitleg niet eens horen – er bestaat geen redelijk excuus voor wat ze heeft gedaan, er valt haar niets te vergeven – en ik heb ook geen zin om naar een van die onoprechte verontschuldigingen van haar te moeten luisteren. Ik wil alleen maar weg.

'Ben je klaar hier?' Ik kijk Mick aan.

'Ja.' Hij stopt met het oprollen van snoeren en schopt ze in een slordige stapel. Meestal is hij overdreven netjes, maar hij wil hier blijkbaar net zo graag weg als ik.

'Toppie!' Alice klapt in haar handen, staat op en wankelt een beetje. 'Waar gaan we naartoe?'

'Ik weet niet waar jij naartoe gaat,' zegt Mick op ijzige toon. Hij slaat zijn arm om mijn schouders. 'Maar wij gaan naar huis.'

'Nou, dan ga ik toch met jullie mee? Dat wordt vast heel leuk. Met ons drietjes.' Ze blijft vlak achter ons terwijl we de kroeg verlaten en over straat naar de geparkeerde auto lopen. 'Drie is beter dan twee. Wat jij, Katherine? Hè?'

Wanneer we bij de auto aankomen, houdt Mick het portier voor me open, maar voordat ik instap, wend ik me nog even tot Alice. 'Ga naar huis. Ga weg. En laat me verder met rust. Bemoei je niet met mijn leven. Je bent gestoord. Ik heb medelijden met je. Je moet echt hulp gaan zoeken.'

Ze schudt haar hoofd en lacht spottend, met haar bovenlip opgekruld in een uitdrukking van afkeer. 'Ik ben gestoord? Ik? Dat is maf. Ik dacht dat jij degene was die een probleem had, Katherine. Ik dacht dat jij het was die je zusje...'

'Katherine!' Micks stem klinkt kordaat. Hij zit al achter het stuur en heeft de motor gestart. 'Stap in. Stap in en trek dat portier dicht.'

En dat doe ik. Mick doet de portieren op slot, zet de richtingaanwijzer aan en kijkt in de achteruitkijkspiegel of hij kan wegrijden.

Door de voorruit heen blijft Alice me recht in de ogen kijken, en ik merk dat ik mijn blik haast niet kan losrukken. En net wanneer Mick wegrijdt van de stoeprand, glimlacht ze – een koud, betekenisloos uitrekken van haar lippen – en doet een stap naar voren, de goot in.

Ik gil: 'Mick! Stop! Wacht!' Maar het is al te laat en er klinkt een akelige, misselijkmakende klap wanneer Alice valt.

'Fuck! Jezus! Fuck!' Mick trapt op de rem en is binnen de kortste keren uitgestapt.

Ik kan me niet verroeren, durf niet te kijken. Het hart bonkt me in de keel en ik staar zonder iets te zien door de voorruit naar het tegemoetkomend verkeer. Het is voorbij, denk ik. Ze heeft wat ze wilde. Alles verpest. Het is voorbij. Het is voorbij.

'Alice!' hoor ik Mick schreeuwen. Ik hoor de paniek in zijn stem. 'Gaat het? Ben je gewond? Alice!'

En dan hoor ik het: het hoge, hysterische geluid van haar lach.

# 36

Ik ben bezig dozen uit te pakken in onze nieuwe keuken wanneer het gebeurt. Ik sta op en voel vocht langs mijn benen druppelen. Eerst weet ik niet wat het is en ik vraag me zelfs even af of ik in mijn broek heb geplast. Ik loop snel naar de badkamer waar ik mijn broek uittrek. Bloed.

Ik probeer me zo goed en kwaad als het kan met wc-papier droog te vegen en loop dan meteen naar Mick. Hij staat boeken op onze geïmproviseerde boekenplanken te zetten, neuriënd en op de maat met zijn hoofd knikkend. Hij glimlacht als ik kom aan lopen.

'Ik bloed.'

'Wat?' Hij schrikt. 'Shit. Is dat erg? Ja, dat is erg, hè?'

'Ik weet het niet. Ik geloof van wel.'

'We gaan naar het ziekenhuis.'

Ik sla een oude handdoek om mijn middel, Mick pakt de autosleuteltjes, en we lopen voorzichtig naar de auto.

Het is druk op de Eerste Hulp, en een verpleegster vertelt ons dat het wel eens lang kan duren voordat we aan de beurt zijn.

'Maar dan verliest ze de baby misschien wel,' zegt Mick. 'Er moet nu iemand naar haar kijken.'

'Sorry. We werken volgens het triagesysteem. En als je zo vroeg in de zwangerschap een miskraam hebt, kunnen we helaas weinig doen. We zullen alleen maar luisteren.' Ze glimlacht vriendelijk. 'Maar misschien is dat het niet. Heel veel vrouwen hebben last van bloedverlies tijdens de zwangerschap en krijgen dan toch gewoon een gezond kind. Ga maar zitten en probeer je niet al te veel zorgen te maken.'

Mick en ik schuifelen naar de stoelen. Er zijn geen twee lege stoelen naast elkaar, maar een vrouw die in haar eentje zit, ziet dat we bij elkaar horen en schuift een plaats op zodat we naast elkaar kunnen zitten. Mick bedankt haar, en hoewel ze me aankijkt en meelevend glimlacht, wend ik mijn blik af. Ik wil geen medelijden of vriendelijkheid. Ik wil mijn verdriet in mijn eentje dragen. De wachtkamer is vol en het kan niet anders of iedereen heeft ons gesprekje met de verpleegster gehoord. Met de handdoek om mijn middel voel ik me kwetsbaar en heb ik het idee dat iedereen naar me kijkt.

Ik ga zitten, doe mijn ogen dicht en leg mijn hoofd tegen Micks schouder.

Veertig minuten later roept een verpleegster mijn naam. Ze vraagt Mick even te wachten, maar wanneer ik begin te huilen en me vastklamp aan zijn arm, mag hij met me mee. Ze brengt ons naar een bed en vraagt me plaats te nemen.

'Hoeveel bloed heb je verloren?'

'Dat weet ik niet precies. Het leek veel.'

'Een vol maandverband? Meer?'

'Misschien. Ja. Een vol maandverband.'

Ze noteert het op een vel papier. 'Bloed je nu nog steeds?'

'Ik geloof van niet. Ik weet het niet zeker. Ik voel niks.'

'Mooi zo. Als je niets voelt, dan bloed je waarschijnlijk niet.'

Ze maakt nog wat aantekeningen, neemt dan mijn bloeddruk en mijn temperatuur. 'Dat is allemaal in orde. De dokter komt zo. Ga maar even liggen rusten.' Ze legt een deken over mijn benen en trekt bij het weggaan het gordijn dicht.

Mick gaat in de stoel naast het bed zitten en pakt mijn hand beet. 'Ik had je niet moeten laten uitpakken, hè?' vraagt hij. Hij ziet er troosteloos uit.

'Dat is het niet. Ik heb niet eens zware dingen getild. Je hoeft een zwangere vrouw heus niet als een invalide te behandelen, hoor.' Ik knijp in zijn hand. 'Maar laten we niet meteen van het ergste uitgaan. Nog niet.'

'Sorry. Nee. Natuurlijk niet. Maar ik wil gewoon dat het goed is. Ik wil niet dat...'

'Ik ook niet.' Ik bijt op mijn lip en probeer niet te gaan huilen.

Dan gaat het gordijn open en komt er een lange, magere vrouw binnenlopen. Ze heeft kroezig rood haar en doet me vaag aan Philippa denken, wat me, heel irrationeel, meteen op mijn gemak stelt. Ze duwt een groot apparaat voor zich uit.

Wanneer ze ziet dat ik ernaar kijk, zegt ze: 'We gaan een echo maken.' Ze gaat naast het bed staan en klopt even op mijn been. 'Ik ben dr. King. Laten we eens even naar deze baby kijken.'

Ik ben doodsbang terwijl ze met het apparaatje over mijn buik glijdt. Ik kijk naar het scherm waarop een hele verzameling wolkachtige grijze vlekken en schaduwen te zien is waar ik geen wijs uit kan worden.

'Aha.' Dr. King houdt het apparaatje stil en wijst glimlachend naar het scherm. 'De hartslag. Zie je wel? Heel krachtig. En de baby is ook precies zo groot als in dit stadium zou moeten.'

Ik zie het hartje van mijn kind kloppen en hoor mezelf een raar, verstikt geluid slaken, half lach, half snik.

Mick knijpt in mijn hand. 'Wauw.'

De arts zegt dat volgens haar alles in orde is – waarschijnlijk was het gewoon een eenmalige bloeding zonder duidelijke oorzaak. Gewoon een van die rare dingen, zegt ze. Ze zegt tegen Mick dat hij me mee naar huis moet nemen, een paar dagen voor me moet zorgen en me onmiddellijk terug naar het ziekenhuis moet brengen als het weer gebeurt. 'Maken jullie je maar geen zorgen, ik geloof niet dat het ernstig was,' zegt ze. 'Maar doe toch maar een paar daagjes rustig aan,' eindigt ze met een glimlach. 'Gewoon voor alle zekerheid.'

Ik blijf drie dagen in bed. Mick gaat naar de bibliotheek en haalt een stapel zwangerschapsboeken voor me die ik allemaal van begin tot eind uitlees. Gelukkig is het weer er perfect voor – stormachtig en koud – en ik voel me veilig en knus en intens tevreden onder de dekens van ons bed. Mick oefent op zijn digitale drumstel met het geluid zo zacht dat ik het nauwelijks hoor en brengt me ontbijt, lunch en avondeten op bed. Wanneer het lezen me de keel begint uit te hangen, zet hij de tv in de slaapkamer en kijken we overdag samen naar soaps waarbij we moeten lachen om de absurde plots en het houterige acteerwerk. Ik bloed niet meer.

Wanneer ik op de vierde dag wakker word, voel ik me fantastisch en energieker dan ik me in weken heb gevoeld. Ik laat Mick nog even slapen, sta op en zet een pot thee voor mezelf. Bij de vier flats in ons blok hoort een kleine, gemeenschappelijke tuin. Ik neem mijn thee mee naar buiten en ga op het trapje zitten dat naar de tuin leidt.

Hoewel het nog vroeg is, is de zon al warm, en de prachtige donkerblauwe lucht lijkt enorm groot en heel ver weg – een lucht die voor mij typisch Australisch is, een lucht die ik nooit in Griekenland of Indonesië of Europa heb gezien, of in welk ander land dan ook waar we voor Rachels dood op vakantie gingen – en ik voel me ineens zo vreselijk gelukkig, zo onmetelijk dankbaar dat ik leef dat ik moet glimlachen. Een enorme, spontane, onverwachte glimlach. De houten tree voelt warm aan onder mijn voeten, de thee is heerlijk zoet, de zon streelt zacht mijn huid en kust me wakker.

Dit gevoel van geluk heb ik te lang proberen te onderdrukken, het eenvoudige, sensuele genot van in leven te zijn. Ik vond dat oneerlijk tegenover Rachel – een egoïstische genotzucht, een soort verraad – omdat zij dat soort momenten nooit meer zou kunnen beleven. Maar ik denk aan wat mijn moeder zei, dat het belangrijk is dat ik verderga met mijn leven, mezelf toesta ervan te genieten, en ineens weet ik met een overweldigende zekerheid dat Rachel zou willen dat ik gelukkig was. Ze zou me een vol en gelukkig leven nooit, helemaal nooit, misgunnen. En ik ben me er opeens erg van bewust dat ik kan kiezen hoe ik me voel, en dat ervoor kiezen om ongelukkig te zijn betekent dat de mannen die Rachel hebben vermoord, ook mijn leven hebben verwoest, net zoals ze dat van haar hebben verwoest.

'Ik ben gelukkig, Rachel,' zeg ik hardop als in een soort gebed. 'Echt gelukkig.'

De zon laat zich echter niet lang zien en halverwege de ochtend hebben zich alweer donderwolken verzameld en is de lucht donker geworden. Weer zit ik de hele dag binnen te lezen, terwijl Mick gaat oefenen met de band. Tegen de tijd dat hij thuiskomt, om zes uur 's avonds, ben ik rusteloos en verveel ik me en verlang ik naar hem.

Zodra ik zijn sleutel in het slot hoor, ren ik naar de deur om hem in de armen te vliegen.

Hij lacht, maar omhelst me niet, want hij houdt iets verborgen achter zijn rug. 'Verrassing!' zegt hij. En dan geeft hij me een grote witte envelop.

In de envelop zit een enorm dikke stapel bankbiljetten van honderd dollar. Ik kijk hem nieuwsgierig aan. 'Wat is dat?'

'Verkocht. Eén motor. Drieduizend ballen.'

'O Mick.' Ik sla mijn armen om hem heen. 'Vind je het rot?'

'Ben je gek?' Hij houdt me stevig vast en kust me in mijn hals. 'Je vader heeft me doodsbang gemaakt. Hij heeft me ervan weten te overtuigen dat het mijn dood wordt wanneer ik nog één keer op dat kloteding ga zitten. En ik wil niet dood. En hé, vandaag zijn we rijk, laten we het gaan vieren, laten we wat te eten bestellen.'

'Nee. Nee. Laten we uit eten gaan. Ik word knettergek als ik nog langer binnen moet zitten.'

'Maar denk je dat het kan? Lijkt het je echt een goed idee?'

'Tuurlijk.' Ik trek snel mijn kleren uit en loop naar de badkamer. 'De dokter zei dat ik het een paar dagen rustig aan moest doen. Ze heeft niet gezegd dat ik een halfjaar het bed moet houden. Ik heb hier gewoon vastgezeten. Als ik niet snel naar buiten ga, word ik echt gek.'

'Dan gaan we met de auto.'

'Doe niet zo stom. We kunnen de auto nooit kwijt.'

'Dat is ook weer waar.' Hij zucht. 'Maar weet je zeker dat het kan? Anders wil ik best ergens wat te eten voor ons gaan halen.'

'Ik kan het echt wel aan. We zullen langzaam lopen,' zeg ik lachend. 'Als oude mensen.'

Het is niet al te ver naar het restaurant en we nemen het pad langs het strand. Het regent niet, maar er staan zwarte donderwolken aan de hemel en op het strand waait het hard en de golven zijn woest en schuimend. Het is een spectaculair gezicht, en we maken geen haast, we slenteren gearmd langs het strand. We vinden het allebei fijn om er even uit te zijn, om de frisse lucht op te snuiven en van het mooie uitzicht te genieten.

Ook voor het eten nemen we de tijd. Mick heeft het over de band, over muziek componeren. We fantaseren over later, een wereldtournee, geld, roem, duizenden gillende fans. Ik zeg lachend dat ik de meisjes van hem af zal moeten slaan.

'Dan word ik de heks die thuis zit, de jaloerse, dikke echtgenote. Met zes kinderen.'

'Ja,' zegt hij plagend. 'Dat zie ik al helemaal voor me.'

We overwegen om een taxi naar huis te nemen omdat het ernaar uitziet dat het gaat regenen, maar besluiten dan toch om te gaan lopen. Het is lekker buiten, en het is maar een korte wandeling. En van een beetje regen gaan we echt niet dood.

# 37

Je hoort voetstappen achter je – het scherpe klik klik klik van hakken op beton – maar staat er verder niet bij stil. Wanneer de voetstappen luider worden, dichterbij komen, gaan jij en hij opzij, zodat de vrouw jullie kan passeren. Maar ze stopt, plant haar handen in haar heupen en kijkt jullie aan. Het wordt al donker buiten, dus het duurt heel even voordat tot je doordringt wie het is. Alice.

Ze houdt haar hoofd scheef en glimlacht. 'Katherine,' zegt ze. En aan haar manier van praten – langzaam, voorzichtig – kun je horen dat ze dronken is. Ze buigt zich naar voren. 'Ik wist wel dat ik je hier kon vinden. Ik wist gewoon dat ik, als ik maar lang genoeg wachtte, jou en onze Micky-boy vanzelf wel tegen het lijf zou lopen.'

Hij trekt je weg, houdt je hand stevig vast. Jullie lopen door.

'Het is echt een mooie avond om aan de wandel te zijn, hè?' Ze volgt jullie op de voet en spreekt op een gemaakt vriendelijk toontje. 'Ik ben zo blij dat ik je tegen het lijf ben gelopen. Nou ja, jullie dan. We hebben nog zoveel te bespreken.'

Jullie gaan harder lopen, zonder je om te draaien. Geven geen antwoord.

'Ach, toe zeg! Hebben jullie geen zin om een beetje te kletsen?'

Hij knijpt in je hand. Jullie lopen door.

'Nou, goed dan. Misschien hebben jullie geen zin om te praten. Dat snap ik best. Maar ik heb wel zin om te praten. Ik moet zelfs met jullie praten. Er zijn nog veel dingen onbesproken gebleven, Katherine, veel dingen die je niet weet over die avond.' Ze lacht gemeen. 'En ik weet dat je weet over welke avond ik het heb. Die avond.'

Jullie blijven staan.

Achter jullie lacht ze. 'O, nou luisteren jullie wel, hè? Nou? Je kunt niet eeuwig op de vlucht blijven, hè, Katie? Je zult de waarheid een keer onder ogen moeten zien.'

Je draait je naar haar om. 'Waar heb je het over? Wat raaskal je nou?'

Ze plant weer haar handen in haar heupen en neemt je van top tot teen op. 'Hoe is het om een volmaakt leventje te hebben, Katherine? Het volmaakte gezinnetje? Het is vast fijn om zo verwend te zijn, om zo blind te zijn voor het lijden van anderen?'

'Het volmaakte gezinnetje? Blind voor lijden?' vraag je ongelovig. 'Dat meen je niet, Alice. Mijn zusje is vermoord. Onze familie is verre van gelukkig, verre van volmaakt.'

'Maar je ouders houden toch van je?' vraagt ze met een hatelijk lachje. 'Dat weet ik. Ik heb ze gezien. Jij bent hun prinsesje. Ze aanbidden de grond waarop je loopt. Daarom ben je zo tevreden met jezelf. Daarom kan het je niks schelen.'

'Wat kan me niks schelen? Je bent gek, Alice. Je praat in raadsels.'

'Mensen zoals wij kunnen je niks schelen.'

'Mensen zoals wij?' Ik kijk expres langs haar heen. 'Wie zijn wij, Alice? Over wie heb je het?'

'Over mijn broer en ik. Daar heb ik het over. Over mijn kleine broertje en ik.'

Ik schud verward mijn hoofd. 'Waar heb je het in vredesnaam...'

'Voor mensen zoals jij is het allemaal heel gemakkelijk, Katherine. Je ouders houden van je. De wereld houdt van je. Je hoeft nooit iets aan wie dan ook te bewijzen. En als je zusje wordt vermoord, dan kiest natuurlijk iedereen meteen partij voor jou, dan neemt iedereen onmiddellijk aan dat jij onschuldig bent, dat jij er niks aan kon doen.'

'Maar ik kon er ook niks aan doen.' En ondanks de hysterie die je voelt opkomen, ondanks de woede waardoor je zou willen gillen, slaan, klinkt je stem kalm, bijna normaal. 'Dat je dat zelfs maar durft te zeggen. En bovendien klopt het niet. Iedereen deed afschuwelijk toen Rachel was vermoord. Het was afschuwelijk. Dat heb ik je verteld.'

'Afschuwelijk? Wat een zielig woord is dat toch. Ik geloof er niets van dat het zo afschuwelijk was als je beweert. Ben jij soms de gevangenis in gegooid? Ben jij soms van moord beschuldigd?'

Mick trekt aan je arm en zegt dat je het erbij moet laten zitten, weg moet lopen, maar je bent te boos, je voelt je inmiddels te betrokken om weg te kunnen gaan. Je duwt zijn hand weg en blijft waar je bent.

'Natuurlijk niet!' En ondanks alle twijfels die je nog steeds achtervolgen, ondanks alle fouten die je hebt begaan op de avond van Rachels dood, raak je ineens vervuld van een ziedende woede – op Alice, op de media, op de moordenaars zelf – en die woede is aan je stem te horen. 'Ik heb niks verkeerd gedaan!'

'O. Maar eigenlijk heb je toch wat gedaan, hè?' En nu glimlacht ze en haar toon is gemaakt vertrouwelijk. 'Tja, oppervlakkig gezien zal het er wel op hebben geleken alsof je onschuldig was. Voor iemand die niet beter weet. Maar jij en ik weten beter, hè?'

'Nee, Alice. Nee. Dat weten we niet.' Hoewel je diep vanbinnen weet dat dit een zinloos gesprek is, voel je je genoodzaakt om jezelf te verdedigen, om te vechten. 'Je hebt het mis. Het is gewoon walgelijk wat je zegt. Het klopt niet. Ik was alleen maar bang. Ik zag ergens licht branden en ben ernaartoe gerend om hulp te halen. Ik was doodsbang. Ik had geen keus.'

'Natuurlijk had je wel een keus, Katherine. Je had die avond allerlei keuzes. Maar steeds weer maakte je de verkeerde. Steeds weer.'

'Nee.' Je schudt je hoofd en probeert niet in tranen uit te barsten. 'Nee, dat klopt niet.'

Ze buigt zich naar je toe. Spreekt kalm. 'Je had niet hoeven weglopen, Katherine.'

'Wel waar,' zeg je. 'Ik had geen keus.'

'Nee.' Ze gaat weer rechtop staan, slaat haar armen over elkaar en vervolgt op autoritaire toon: 'Op het moment dat je wegrende, waren zij degenen die geen keus hadden. Je hebt ze gedwongen iets te doen wat ze niet wilden doen.'

'Waarom zeg je dit allemaal?' Je staat inmiddels te schreeuwen. Je pakt haar arm en houdt hem stevig vast. 'Waarom? Waarom zeg je dat ik een keus had? Zij hebben ons tegen onze zin meegenomen. Zij waren de enigen die een keus hadden. Niet ik. Niet mijn zusje. Wij waren de slachtoffers. Waarom wil je zulke beesten verdedigen?'

'Beesten?' Ze schudt haar hoofd. 'Zie je nou hoe je over ze praat, Katherine? Niet echt aardig, hè? Niet echt eerlijk.'

'Het zijn beesten.' Je spuugt de woorden er bijna uit. 'Ze hebben mijn zusje vermoord. Van mij mogen ze doodvallen.'

'Mijn broertje is geen beest.' Haar gezicht is zo verwrongen van verbittering dat ze even lelijk is. 'Hij is geen beest.'

'Je broertje?' Je schudt je hoofd. 'Waar heb je het over?'

Haar gezicht verandert opnieuw en ineens huilt ze en haar stem klinkt hoog en beverig. 'Niemand hield van hem. Niemand. Zelfs onze echte moeder niet. En ook niet die trutten die ons uit elkaar hebben gehaald. Denk je soms dat hij daar geen verdriet om heeft gehad? Denk je soms dat je daar niet gek van kan worden als je eigen moeder je niet wil? Denk je niet dat ze dat als excuus hadden kunnen gebruiken voor zijn fouten, voor zijn verwardheid?'

'Alice.' Je blijft haar arm vasthouden. Je wilt dat ze je aankijkt, dat ze kalmeert, dat ze ophoudt met zulke onzin uit te kramen. Haar gedrag is beangstigend, irrationeel, krankzinnig. Je vraagt je af of je haar niet beter naar een dokter kunt brengen. 'Ik weet niet waar je het over hebt. Het slaat allemaal nergens op.'

Ze rukt zich los en staart je aan. Haar gezicht is vol afkeer. 'Het is jouw schuld dat mijn broertje een moordenaar is geworden,' zegt ze. 'Het is jouw schuld dat hij in de gevangenis zit.'

'Allemachtig zeg.'

'Het is jouw schuld dat hij in de gevangenis zit,' herhaalt ze, elk woord langzaam en precies uitsprekend. Dan glimlacht ze – een kil, venijnig lachje waarvan de kou je om het hart slaat. 'Duidelijker kan ik toch niet zijn? Sean. Mijn broertje. Het is jouw schuld dat hij in de gevangenis zit.'

'Ik ken je broertje niet eens. Hoe kan ik...'

'Sean,' onderbreekt ze me. 'Sean Enright.'

'Maar is hij... is hij...'

'Ja. Hij is mijn broertje.'

En ineens begrijp je het. Je begrijpt alles. Haar vriendschap met jou. Haar wraakzucht. Hier ging het al die tijd over. Over haar broertje. Jouw zusje. Hierover.

Sean. De jongen op de achterbank. De te dikke jongen met het aardige gezicht. Hij was zo zenuwachtig, hij leek zo bang...

Maar toch. Hij heeft je zusje wat aangedaan. Opzettelijk, zonder enig mededogen. Hij heeft zijn keuze gemaakt.

Daar sta je dan, stokstijf, en je staart haar aan. Je voelt de tegenstrijdige aandrang om haar te slaan en haar tegelijkertijd je verontschuldigingen aan te bieden. Ze staart jou ook aan, met een triomfantelijk lachje, zich verkneukelend, en net als je haar een klap wilt geven, begint Mick aan je te trekken, je aan te sporen door te lopen.

'Katherine, kom. We gaan.' Hij slaat zijn arm om je schouders en dwingt je om je om te draaien, door te lopen, naar huis te gaan. Het is begonnen te regenen en er kletst water in je gezicht, in je haren. Tegen de tijd dat jullie thuiskomen, zullen jullie doorweekt zijn.

Ze loopt jullie achterna. 'Goed idee, Mick. Het wordt wel erg nat, hè? Misschien moeten we allemaal maar naar jouw huis gaan. Dan kunnen we het er nog even over hebben.'

Hij stopt met lopen. Je voelt zijn woede in de manier waarop hij je schouder vastgrijpt, je hoort het aan zijn stem. 'Ga weg, Alice. Rot op. Als je ons nou niet met rust laat, bel ik de politie. Ik meen het. Ga weg.'

'De politie? Wat heeft dat nou voor zin? Voor mijn broertje hebben ze ook nooit een vinger uitgestoken.' Ze houdt haar hoofd scheef en trekt een pruillip. 'O, dat is waar ook. De politie is gek op mensen zoals jullie. Geprivilegieerde middle class-klootzakken zoals jullie. Ze kiezen altijd partij voor jullie, hè?'

Terwijl jullie je omdraaien en doorlopen, raast ze door over de politie tot ze ineens van toon verandert. 'Ach, laten we nou geen ruzie maken. Hé, ik heb een goed idee. Zullen we met z'n allen naakt gaan zwemmen? Dan kunnen we elkaar wat intiemer leren kennen.'

En daar rent ze al, voor jullie uit, de met gras begroeide helling af, het strand op. Ze bukt zich, trekt haar schoenen uit en smijt ze in het zand. Ze laat haar vest vallen en trekt haar jurk in één vloeiende beweging uit over haar hoofd.

'Kom op, Katherine!' schreeuwt ze, terwijl haar haren woest om haar gezicht waaien. 'Je wilt toch niet je hele leven zo'n kleine lafbek blijven? Dit is je kans om te laten zien dat je ook moedig kunt zijn! Kom op!'

Ze rent rechtstreeks het water in, rent door de beukende golven totdat ze tot aan haar dijen in het water staat en duikt dan kopje-onder, verdwijnt.

Mick kijkt je aan. Uit zijn gezicht spreekt angst. 'Fuck,' zegt hij. En dan is hij weg, hij rent de helling af, het strand op. Je loopt hem achterna.

Samen staan jullie op het strand haar naam te roepen. 'Alice! Alice!'

'Alice! Waar ben je? Alice!'

Jullie rennen samen naar de rand van het water, met jullie schoenen nog aan, allebei zo hard mogelijk schreeuwend, met jullie handen aan de mond.

'Zo meteen verdrinkt ze nog, verdomme! Alice!' schreeuwt hij.

En dan hoor je het. 'Help!' Het klinkt zwak, van heel ver weg. Aan het water is het zo winderig, zo koud, zo nat, en de golven beuken maar door. Maar toch hoor je het weer. 'Help!'

'Deze kant uit. Alice! Alice! Volgens mij zie ik haar.'

Je weet wat je te doen staat. Je weet, uit ervaring, wat goed is. Deze keer zul je geen lafaard zijn. Je zult niet weglopen, je zult niet nog een keer dezelfde fout maken. Deze keer zul je moed tonen. Je trekt je schoenen uit, gooit ze aan de kant en begint dieper het water in te lopen, in de richting van de stem.

'Katherine!' Hij trekt je terug, schreeuwt tegen je. 'Verdomme, wat doe je nou?'

'Zo meteen verdrinkt ze nog,' zeg je. 'Zo meteen verdrinkt ze nog.'

Hij sleept je het water uit, duwt je op de grond zodat je in het zand zit. 'Wacht hier!' brult hij. 'Wacht!' En dan trekt hij zijn T-shirt over zijn hoofd, zijn schoenen uit, zijn sokken en struikelt bijna wanneer hij het water in rent.

'Nee,' zeg je. 'Nee. Wacht.' Maar het is al te laat, hij rent al weg nog voordat je zelfs maar de kans hebt gehad om te zeggen dat hij zijn spijkerbroek moet uittrekken.

Je staat op en volgt hem, maar het is zo donker en het water maakt zoveel kabaal dat je hem onmiddellijk kwijt bent. Je loopt het water in, langzaam, steeds opnieuw zijn naam roepend, omdat je niet weet waar hij is, waar je hem moet zoeken. Je loopt tot het water aan je dijen rukt, de stroming is zo sterk dat je hem voelt trekken, je valt bijna om. Je laat je meeslepen door de stroming, voelt dat je je overgeeft aan de inktzwarte diepte. En dan zit het in je gezicht, je neus, je mond – en in je hoofd blijf je zijn naam schreeuwen, maar het heeft geen zin, je kunt hem niet vinden, hij is onvindbaar.

En dan rukt er iemand aan jou, doet je pijn, trekt aan je haar. Er zijn lichtjes en stemmen. Geschreeuw.

Er is lucht.

De nacht breng je door in het ziekenhuis. Je borstkas voelt strak aan, je keel en ogen branden, voelen rauw aan.

'Het komt allemaal weer in orde,' zeggen ze. 'Heel snel. Honderd procent.'

Maar wanneer je zijn naam roept, draaien ze zich om. 'Je bent erg moedig geweest,' is hun antwoord.

Het komt niet allemaal weer in orde. Niets komt meer in orde.

Je legt je hand op zijn wang en trekt hem meteen weer terug.

De huid van een dode voelt niet meer aan als huid. Hij voelt helemaal niet meer aan als iets menselijks. Veel te koud en hard en levenloos. Hij is weg – dit stijve, roerloze grijze geval op bed is slechts een lege verpakking, een huls – en je voelt geen enkele behoefte om die paarse lippen te kussen of die ijskoude wang aan te raken. In deze naargeestige ziekenhuiskamer is voor jou niets te vinden behalve een koud en leeg niets dat geen antwoorden heeft, geen rust kan geven, geen troost zal bieden aan de levenden.

# 38

Mijn vader en moeder en de ouders van Mick halen samen de flat leeg. Ik blijf bij mijn ouders, in bed, begraven onder de dekens. Ik kan onmogelijk helpen met het ontruimen van ons leven samen, onze toekomst, onze dromen, en niemand verwacht dat ook van me. Ze doen het zo efficiënt dat ze binnen een dag klaar zijn. Wanneer ze weer thuis zijn, komt mijn moeder naar mijn kamer en gaat bij me op bed zitten.

'We hebben Micks drumstel meegenomen. En zijn platen. Zijn ouders dachten dat jij die misschien wel wilde hebben.'

Het is voor mij onverdraaglijk om aan Micks zwijgende drumstel te moeten denken, aan zijn ongespeelde muziek, maar ik knik om te bedanken en draai me dan om, met mijn hand voor mijn mond geslagen.

Mijn moeder legt haar hand op de deken, op mijn dij en strijkt onder het praten troostend over mijn been. 'We hebben ze natuurlijk ook over de baby verteld.'

'O,' zeg ik. Ik probeer beleefd te zijn, wat belangstelling te tonen, maar ik wil alleen maar dat ze weggaat en me met rust laat. Laat me in mijn eentje jammeren. Gek dat ik me er nog maar een paar dagen geleden zo druk om maakte wat iedereen van mijn zwangerschap zou denken. Dat lijkt nu compleet irrelevant – het lijkt zelfs onmogelijk dat ik een baby krijg.

'Ze schrokken eerst natuurlijk wel. Maar ik geloof dat ze er uiteindelijk toch blij mee waren. Het is natuurlijk Micks kind, en dat is al wat. Een soort troost,' zegt ze.

Ik knik en wacht tot ze weggaat, maar ze verroert zich niet, en aan de druk van haar hand, aan de manier waarop ze zucht, merk ik dat ze nog iets wil zeggen. Ik draai me naar haar om en probeer te glimlachen.

'Ik moest je van hen zeggen dat ze het erg waarderen wat je hebt gedaan,' zegt ze. 'Dat je hebt geprobeerd hem te helpen, met gevaar voor eigen leven.'

Ik draai me weer om.

'Je hebt alles gedaan wat je kon.'

Maar het was niet genoeg, denk ik, lang niet genoeg.

Ik zie ze voor het eerst op Micks begrafenis. Micks vader lijkt op Philippa, zijn moeder akelig veel op Mick, en ze trekt me tegen zich aan en houdt me stevig vast. En ik klamp me aan haar vast en adem haar in tot ze me uiteindelijk dwingen om haar los te laten.

Het daaropvolgende halfjaar leef ik als een robot. Ik doe alle juiste dingen – ik eet goed en krijg voldoende beweging met mijn wandelingen door de buurt – maar ik voel me niet verbonden met wat er gebeurt, heb geen belangstelling voor het kind. Micks ouders komen een paar keer op bezoek, en Philippa ook, en pas in hun gezelschap, wanneer ik een soort band met Mick voel, lijkt het weer een beetje alsof ik leef. De rest van de tijd voel ik me een soort zombie. Een levende dode.

De dag voordat ik ben uitgerekend beginnen de weeën, en in het begin vind ik de pijn fijn – het is een lichamelijke pijn, veel gemakkelijker te verdragen dan emotionele pijn – en ik voel een pervers soort tevredenheid wanneer de pijn almaar erger wordt.

De pijn houdt echter twee dagen en twee nachten aan en wordt uiteindelijk zo erg en overweldigend dat ik de goden smeek om hem te laten ophouden en tegen de vroedvrouwen krijs en schreeuw dat ze me moeten helpen, maar ze knikken en glimlachen alleen maar en zeggen dat ik moet hurken en dan eindelijk ben ik aan het persen, persen, persen, het universum van tussen mijn benen, en dan is ze er. Sarah. Micks dochter. Mijn kleine meisje.

Ik weet niet of het komt door het heerlijke einde van de pijn of dat het een soort hormonale golf is, maar ik heb ineens een intens en overweldigend gevoel van liefde en dankbaarheid. Voor mijn kleine meisje, voor mijn moeder en Philippa die me hebben geholpen haar op de wereld te zetten, voor de vroedvrouwen, voor de hele wereld. Ik voel weer – wat ik sinds Micks dood niet meer kon. En ik til mijn dochtertje op, nog steeds slijmerig en nat van de bevalling, houd haar tegen mijn borst en zeg een zacht gebed op voor Mick, een plechtige belofte dat ik haar altijd zal beschermen, altijd van haar zal houden. Haar zal koesteren.

# 39

Robbie glimlacht. Eerst is zijn lach aarzelend, bang bijna, maar wanneer ik teruglach en knik, begint hij te stralen, schudt zijn hoofd en lacht. En dan staat hij al voor me, met zijn handen in de mijne.

'Mijn god, Katherine. Je bent het. Niet te geloven. Je bent het echt.'

Van dichtbij zie ik dat hij ouder lijkt – logisch, het is vijf jaar geleden – en dat staat hem goed. Zijn gezicht is mannelijker geworden, vierkanter, op de een of andere manier verweerder.

'Mama, mama, wie is die meneer?' Sarah trekt aan mijn been, terwijl ze Robbie nieuwsgierig opneemt.

Hij gaat op zijn hurken zitten zodat hun gezichten op gelijke hoogte zijn. 'Hoi. Ik ben Robbie. Ik ben een oude vriend van je mama.'

Sarah houdt haar hoofdje scheef en kijkt Robbie vriendelijk aan. 'Maar je ziet er helemaal niet oud uit. Je ziet er niet zo uit als mijn opa en oma.'

Robbie lacht, en Sarah, die geen weerstand kan bieden aan de aantrekkingskracht die de heuvel op haar uitoefent, pakt haar slee en begint hem weer naar boven te slepen.

Robbie en ik staan naast elkaar en kijken haar na. 'Wat een mooi meisje,' zegt hij. 'Echt een schatje.'

'Ja. Ze lijkt op haar vader.'

'Ook op jou.'

Er zijn wel duizend en één dingen die ik tegen hem zou willen zeggen – een gesprek dat uren zou kunnen duren – maar nu, op dit moment, op deze plek kan ik gewoon niets bedenken, geen woord. En zo blijven we staan, allebei zwijgend, tot hij zijn hand op mijn arm legt.

'Ik moet weer aan het werk. Ik kan niet zomaar ineens stoppen.' Hij draait zich om en kijkt naar de groep mensen achter ons. 'Ze staan op me te wachten.'

'Oké,' zeg ik, zijn blik ontwijkend. 'Natuurlijk.'

'Het was fantastisch om je weer te zien,' zegt hij. 'Maar wel een beetje een schok.'

'Totaal onverwacht.' Nu ik weet dat hij weggaat en ik weer veilig ben, kan ik hem recht in de ogen kijken. 'Maar wel een fijne schok. Ik vond het ook fantastisch om jou weer te zien.'

Hij knijpt in mijn arm, knikt, draait zich om. Net wanneer ik achter Sarah aan de heuvel op wil lopen, roept hij me.

'Ja?' Ik draai me weer om.

'Heb je straks wat te doen? Vanavond? Zullen we uit eten gaan?'

We komen overeen dat we het beste bij mij in het huisje kunnen eten om Sarahs dagindeling niet overhoop te gooien.

Robbie arriveert om halfzeven met de spullen voor het avondeten. Sarah heeft al gegeten en is in bad geweest en zit op de bank in haar pyjama naar een dvd te kijken.

Robbie gaat naast haar zitten en praat met haar over de personages in de film, terwijl ik een fles wijn opentrek. We gaan aan de kleine ronde eettafel zitten, tegenover elkaar.

In het begin is het ongemakkelijk, we doen overdreven beleefd en het gesprek voelt geforceerd aan. We praten over het weer, over werk, dingen die ons geen van beiden echt interesseren, maar na een tijdje noemt Robbie eindelijk haar naam. Alice.

'Heb je haar gemist? Je eerste jaar in Europa?' vraag ik aan hem.

'Ja.' Hij knikt. 'Ja, ondanks alles wat ze had gedaan miste ik haar toch. Ik miste haar heel erg. In het begin, voordat ze doodging, had ik steeds zin om terug te komen. Ik dacht almaar dat ik gewoon bij haar wilde zijn, wat ze ook had gedaan. Maar daarna had het geen zin meer. Ik ben zelfs niet terug geweest voor de begrafenis. Dat kon ik gewoon niet aan.'

'Nee. Dat snap ik. Ik ben ook niet gegaan.' Ik kijk naar mijn handen die krampachtig verstrengeld in mijn schoot liggen. Ik schaam me nu voor mijn haat, mijn woede. 'Ik haatte haar toen zo erg dat het hypocriet zou zijn geweest. Ik was blij dat ze dood was. Ik kon niet naar haar begrafenis gaan en doen alsof ik verdriet had. Ik haatte haar.'

'Katherine,' zegt Robbie, en ik kijk hem aan. Hij schudt zijn hoofd, glimlacht lief. 'Natuurlijk haatte je haar. Dat was logisch. Het was haar schuld dat Mick stierf, dat wist iedereen. Je was zwanger en voor het eerst sinds jaren weer echt gelukkig en dat had zij voor jou verknald. Natuurlijk haatte je haar. Ik zou haar ook hebben gehaat.'

'Heb je wel overwogen om terug te komen voor de begrafenis?' vraag ik.

'Nee. Niet echt. Mijn vader belde me om te vertellen dat ze was verdronken. Hij had het in de krant gelezen en heeft uiteindelijk jouw moeder gebeld. Zij heeft alles verteld – over Mick, over Alice' broer Sean, over het verband met Rachel, en dat was zo schokkend, zo walgelijk... Ik kon het gewoon niet aan. Ik ging overal aan twijfelen, aan mijn hele relatie met Alice, aan al die maanden dat we met z'n drieën bevriend waren. Was het allemaal alleen maar een of ander ziek spelletje geweest? Was er ook maar iets echt aan geweest? Ik was zo kwaad op haar. Ik kon gewoon niet komen.'

'Dat heb ik me ook afgevraagd. Of er nog wel iets echt aan was geweest. Die hele vriendschap... ik bedoel, had ze me niet al die maanden stiekem gehaat? Zat ze alleen maar te wachten tot ze wraak kon nemen?' Ik haal mijn schouders op en lach verbitterd. 'Ik heb in elk geval wel de verkeerde school uitgezocht, hè? Dat ik van alle scholen in Sydney nou net Drummond moest kiezen. Waar Alice op zat.'

'Maar hoe wist ze eigenlijk wie je was? Hoe wist ze waar je was?'

'Ze moet me hebben herkend. Van een foto, denk ik. Haar ouders hebben na haar dood allerlei spullen in haar flat gevonden. Een hele map met spullen over de rechtszaak. Krantenknipsels, rechtbankverslagen... In de kranten stonden foto's van mij en Rachel. Toen ze me Drummond High zag binnenwandelen, heeft ze vast gedacht dat al haar gebeden waren verhoord. Ze heeft al die tijd geweten wie ik was en wat er was gebeurd.'

'Jezus. Dat is gewoon eng. Helemaal fout.'

'Ja.'

'Het spijt me,' zegt hij, terwijl hij ineens over tafel naar voren leunt en me indringend aankijkt. 'Het spijt me nu dat ik niet ben teruggekomen. Ik had moeten terugkomen om jou te helpen, ik had een betere vriend moeten zijn. Voor jou had ik moeten terugkomen.'

'Nee.' Ik schud mijn hoofd. 'Je had niks kunnen doen. Je had me niet kunnen helpen. Het had geen enkel verschil gemaakt.'

Robbie slaat zijn ogen neer. Hij zegt niets en ik ben bang dat ik hem heb gekwetst.

'Robbie?' vraag ik. 'Gaat het?'

'Jawel hoor. Ik zat alleen te denken aan alle tijd die ik heb verspild vanwege haar. Aan alle tijd die ik heb verspild met mijn verlangen naar haar, terwijl niets ervan, helemaal niets, echt was. Ik had nog beter van een stuk steen kunnen houden.'

Ik lach. 'Van een stuk steen had je tenminste niks verwacht. Een steen had je niet kunnen teleurstellen.'

'Inderdaad.' En hoewel hij lacht, staan de tranen hem in de ogen. 'En ook mijn vader, weet je. Ik heb een jaar niet met hem gesproken vanwege haar. En dat was stom, gewoon zonde van de tijd; dat met Alice was niet eens zijn schuld, ze had hem gebruikt, net zoals ze ons heeft gebruikt. Maar toch bleef ik kwaad op hem, zelfs nadat ik had gehoord dat Alice dood was. Nu weet ik niet eens meer waarom. En dat maakt me nog steeds razend, weet je, dat jaar dat ik mijn vriendschap met mijn vader kwijt was. Allemaal vanwege haar.'

'Maar het is wel gek,' zeg ik, met een blik op Sarah die inmiddels op de bank in slaap is gevallen, met haar duim in haar mond. 'Heel veel dingen uit die tijd vind ik erg, en bijna iedere dag denk ik wel dat ik wou dat alles anders was gegaan. Maar toch kan ik het niet echt erg vinden dat ik Alice heb leren kennen. Als ik haar niet had leren kennen, had ik Mick ook niet leren kennen. En dan had ik Sarah niet gehad. En hoe kan ik dat nou erg vinden? Je kunt je eigen kind toch niet weg wensen?'

'Tja. Ik weet niet. Je moet het natuurlijk wel erg vinden dat Mick dood is. Hij was onschuldig, had er helemaal niets mee te maken. Maar je kunt het niet erg vinden dat je Sarah hebt. Maf hè? Alles wat met Alice te maken had, was maf,' zegt hij op verbitterde toon. 'Het was allemaal hartstikke gestoord.'

'Ben je nog steeds boos?' vraag ik. 'Haat je haar nog steeds?'

'Een beetje,' antwoordt hij. Hij lacht spottend. 'Maar alleen als ik aan haar denk. En dat gebeurt niet meer zo vaak. En jij? Ben jij nog boos?'

Terwijl ik over die vraag nadenk, in mezelf kijk, de zere plekken onder een loep leg en zoek naar de diepe, hete kern van woede die daar zo lang heeft gebrand, besef ik dat die weg is. 'Niet meer. Volgens mij heb ik alleen nog maar heel veel medelijden met haar.'

Robbie trekt zijn wenkbrauwen op. 'Echt waar?'

'Ik weet best dat het vast onoprecht overkomt. Heel newageachtig. Maar ze wist gewoon niet hoe ze van iemand anders kon houden. Ze kon alleen van zichzelf houden. Ze heeft nooit geleerd om lief te hebben. Haar eigen moeder hield niet van haar. Stel je eens voor hoe dat moet zijn?' Ik kijk naar Sarah, van wie ik meer houd dan van het leven zelf. 'Ze was leeg vanbinnen. Harteloos. Het moet toch verschrikkelijk zijn om zo te leven.'

Robbie knikt, maar hij lijkt niet erg overtuigd.
'Ik zie het in Sarah,' ga ik verder. 'Ze kijkt naar me, doet me na. Als ik aardig ben, is zij ook aardig. Als ik liefdevol ben, is zij dat ook. Stel je voor dat je zoiets niet meekrijgt. Dat niemand je leert hoe je van andere mensen moet houden. Daar zou je toch vreselijk door beschadigd worden.'
'Misschien wel.' Robbie haalt zijn schouders op. 'Misschien verklaart dat veel van haar gedrag. Maar dat pleit haar nog niet helemaal vrij. In mijn ogen niet tenminste. Er zijn mensen die het beroerder hebben gehad en die toch fatsoenlijke volwassenen zijn geworden.'
Even doen we er het zwijgen toe, elk van ons verdiept in zijn eigen gedachten.
'Hoe dan ook, ik heb je wel gemist,' zeg ik na een tijdje. 'Dat besef ik nu pas. Maar ik heb je echt gemist. Heel erg.'
'Ik jou ook,' zegt hij. 'Het verschil is alleen dat ik dat wel wist. Vanaf de dag dat ik wegging.'
'En toch heb je niet geprobeerd om contact te houden?'
'Nee.' Weer haalt hij zijn schouders op. 'Voordat Alice doodging, heb ik expres geen contact met je opgenomen. Ik dacht dat het dan nog moeilijker zou zijn om weg te blijven. Als ik met jou zou praten. Jou zou missen. Alice zou missen. En toen Alice stierf, was ik in shock. Ik denk dat ik depressief was. Een beetje. En toen, na een tijdje, wist ik gewoon niet of je wel wat van me zou willen weten. Maar ik had je zoveel te zeggen. Ik heb je wel honderd lange mailtjes geschreven die ik uiteindelijk allemaal weer heb gewist.'
'Ik wou dat je ze wel had gestuurd,' zeg ik met een glimlach.
'Ik ook.'
We glimlachen, houden elkaars hand vast en drinken wijn.
Robbie kookt; we praten heel lang en het wordt zo laat, dat ik hem voorstel om bij mij en Sarah te blijven slapen. Hij slaapt naast me in het grote bed. Het heeft niets seksueels, Robbie draagt een T-shirt en een pyjamabroek van mij. Ik draag een ze-

dig nachthemd. Maar we houden elkaars handen vast wanneer we gaan slapen en het is fijn om een warm volwassen lichaam naast me te hebben, fijn om het gevoel te hebben dat er een beetje voor me wordt gezorgd. En wanneer Sarah midden in de nacht in bed komt, lacht ze verrukt omdat hij er is en wil ze per se tussen ons in liggen.

Ik kijk naar Robbie die – met halfgesloten ogen – haar kussen opklopt, de deken over haar heen trekt en teder glimlacht.

Robbie zorgt voor het ontbijt, roerei op toast, en we eten gezellig met z'n drieën aan tafel.

'Word jij mijn nieuwe papa?' vraagt Sarah met een mond vol ei. Het komt als een donderslag bij heldere hemel.

'Sarah!' Ik probeer het weg te lachen. 'Doe niet zo gek.'

Robbie reageert echter niet geschokt, hij spreekt haar ook niet tegen, hij glimlacht alleen maar. En ik ben blij dat hij niet naar mij kijkt, want ik voel dat ik knalrood ben geworden.

Ik loop met hem mee naar zijn auto wanneer hij weg moet. Sarah hangt aan zijn been en smeekt hem om te blijven.

'Dat kan niet,' zegt hij lachend. 'Ik moet mensen leren skiën. Ik moet ervoor zorgen dat ze geen ongelukken krijgen op de berg.'

'Wanneer kom je weer?' vraagt ze. 'Als je dat zegt, laat ik je los.'

Hij kijkt me aan – en in zijn blik zit een vraag, een keuzemogelijkheid – maar ik heb mijn keuze al gemaakt, die heb ik gemaakt op de dag dat Mick stierf toen ik me voornam dat ik me nooit meer zou laten bezeren, door niets of niemand niet.

Ik wend mijn blik af, buk me om Sarah op te tillen en begraaf mijn gezicht in haar haren zodat ik hem niet hoef aan te kijken. 'Robbie heeft het heel druk, liefje,' zeg ik. 'Hij heeft geen tijd om nog een keer te komen.'

'Tante Pip, tante Pip!' Sarah duwt de deur open en laat hem achter zich dichtknallen terwijl ze over het tuinpad naar Philippa rent.

Philippa tilt haar stralend op en knuffelt haar stevig. 'Snoepje van me,' zegt ze. 'Ik heb je zo gemist.'

Philippa zal Sarah vandaag meenemen naar de dierentuin zodat ik me kan inschrijven voor de universiteit. Sarah gaat volgend jaar voor het eerst naar school en dan heb ik, eindelijk, tijd om te gaan studeren.

Philippa komt de oprit op lopen en we omhelzen elkaar. We gaan naar binnen waar zij Sarahs spulletjes bij elkaar zoekt – haar flesje water, haar hoedje, haar lievelingspop. 'Ik kom haar rond een uur of drie weer terugbrengen. Ik dacht erover om bij McDonald's of zo te gaan lunchen. Ik trakteer,' zegt ze.

'McDonald's?' Sarah springt opgewonden op en neer. 'Echt waar? Mag dat, mama? Mag het?'

'Wat een goed idee,' zeg ik. 'Kleine bofkont.'

We lopen met Sarah naar Philippa's auto waar we haar vastgespen in het babyzitje dat daar speciaal voor haar is geplaatst. Wanneer ik afscheid heb genomen van Sarah en het portier heb dichtgeslagen, steekt Philippa me een stukje papier toe. 'Van Robbie,' zegt ze. 'Zijn telefoonnummer. Hij wil dat je hem belt.'

'O.' Ik pak het papiertje niet aan. In plaats daarvan steek ik mijn handen in mijn jaszakken. 'Heb je hem gezien?'

'Hij belde. Hij wil je spreken. Hij wil je echt heel graag spreken, Katherine.'

'Nee.' Ik schud mijn hoofd. 'Nee. Dat wil ik niet. Dat kan ik niet.'

'Waarom niet?'

'Ik... ik wil het gewoon niet.'

'Wil je het niet? Of ben je gewoon bang?'

'Weet ik veel.' Ik haal mijn schouders op. 'Dat laatste denk ik.'

'Waarom?' Philippa trekt haar wenkbrauwen op. 'Omdat hij misschien dood kan gaan?'

'Nee. Natuurlijk niet. Nee.' Ik schud mijn hoofd en wrijf

langs mijn ogen. Ik wou dat ze opschoot en wegging. Me met rust liet. 'Misschien. Oké. Ja. Ik weet het niet.'

Dan doet ze een stap naar voren, pakt mijn hand beet en zegt zacht en vriendelijk: 'Sta je wel eens stil bij wat voor voorbeeld je Sarah zo geeft?'

'Hoe bedoel je?'

'Dat je nooit risico's neemt. Dat je de hele tijd zo voorzichtig en angstig doet.'

'Angstig? Is dat zo?' Ik kijk naar Sarah in de auto. Ze zit druk tegen haar pop te praten, terwijl ze het haar ervan fatsoeneert. 'Is dat de indruk die ze van me krijgt?'

'Nog niet, maar dat komt nog wel wanneer ze wat ouder is.' Philippa knijpt in mijn hand en glimlacht vriendelijk. 'Als je niet probeert om gelukkig te zijn. Als je zonder moed leeft.'

Dat woord geeft de doorslag. Moed. Ik pak het stukje papier uit haar hand en stop het diep in mijn zak. Dan buk ik me om Sarah door het raampje heen een afscheidskus te geven.

Moed.

'Hallo?' Hij neemt bijna meteen op.

Maar ik merk dat ik geen woord kan uitbrengen. Ik ben ineens doodsbang. Ik houd mijn hand voor het mondstuk en heb al mijn energie nodig om te kunnen blijven ademhalen.

'Hallo?' zegt hij weer. En dan: 'Katherine? Ben jij dat? Katherine?'

Het duurt even voordat ik mijn stem heb teruggevonden, maar wanneer ik praat, klink ik beheerster, duidelijker dan ik had verwacht. 'Kun je naar me toe komen, Robbie?' vraag ik. 'Vandaag?'

'Ja,' antwoordt hij. 'Ik ben er zo. Ik kom zo snel mogelijk.' En hij probeert niet cool te doen of zijn enthousiasme te verbergen, en dan weet ik weer hoe graag ik hem mag, hoe grappig en aardig en goed en grootmoedig hij is. En ik twijfel er geen seconde aan dat ik de juiste keuze heb gemaakt.

# Dankwoord

Uit het diepst van mijn hart dank ik Jo Unwin, niet alleen een briljante en onvermoeibare literair agent, maar ook een talentvolle redacteur en een inspirerend en in het algemeen fantastisch mens.

Mijn redacteuren – Sarah Brenan in Australië, Kate Miciak in de Verenigde Staten en Julia Heydon-Wells in Groot-Brittannië – dank jullie wel voor jullie hulp om het boek zo goed mogelijk te maken.

Erica Wagner van Allen and Unwin, dank je wel dat je de eerste redacteur ter wereld durfde te zijn die de rechten van een *Schitterend kwaad* heeft aangekocht het is vast eng om een gok te wagen met een onbekende schrijver.

Duizendmaal dank gaat uit naar mijn zus, Wendy James, die alles wat ik ooit geschreven heb grootmoedig en behulpzaam heeft gelezen en die de eerste was die me zei dat ik kon schrijven.

Ook dank ik alle mensen die zo aardig waren mijn boek in kladversie te willen lezen: mijn vader en moeder, Prue James, Haidee Hudson, Sam Ackling en Kath Harris. Bedankt allemaal! Jullie aanmoediging was, en is, van onschatbare waarde.

Speciale dank gaat uit naar Jake Smith-Bosanquet voor zijn inspanningen om het boek wereldwijd te verkopen, en ook naar literair agent Sally Harding, voor haar eerdere aanmoedigingen en vertrouwen. Emma James, mijn zusje, ook jij bedankt voor het lezen, en voor je eeuwige optimisme.

En natuurlijk heel veel dank aan en een heleboel kussen voor de prachtman met wie ik samenwoon, Hilary Hudson. Hij verdient een medaille voor zijn geduld met mijn idiote obsessie van de afgelopen paar jaar en voor de vele volmaakte kopjes thee die hij me heeft gebracht.

En onze zonen, Charlie, Oscar, Jack en Jimmy – dank jullie wel voor de vrolijke chaos.